「はーい、ララちゃんばんざいして～」
「ひとうです！　ろてんぶろです！」

綺羅崎 雛
コミュ障で無口な先輩。
単純な戦闘能力なら学園
最強。とあることをきっか
けに恭弥と戦うことと
なり——

「――《夜《や》遡《そ》舞《ま》娥《が》殲《つ》灯《ひ》》――!!」
九条 恭弥
異世界召喚された少年。元々はごく普通の学生だが召喚された何もない荒野の世界で三万年間フェリスに修業をつけられ、最強の力を手に入れた。フェリスが平和に暮らせればそれでいいと思っている。

ゆえに、小毬はその名を呼ぶ。
絶対に皆を助けるという、
確固たる願いだけを込めて。
「《女神の天涙――
『福音もたらす光の枝《レーヴァテイン》』形態《オルタ》》――!!」

最凶の魔王に鍛えられた勇者、異世界帰還者たちの学園で無双する 2

紺野千昭

HJ文庫
1005

CONTENTS

口絵・本文イラスト◉ fame

序章　とある少年の憂鬱

僕《ぼく》は学校で落ちこぼれだった。
誰《だれ》よりも弱く、誰からも愛されず、誰もが僕を見下した。
でもそれは仕方ないこと。僕は特別なんかじゃない。ただのモブキャラだから。
だけどそんな時、その機会はやってきた。
異世界転移。
異世界に呼び出され、勇者となり、魔王《まおう》を倒《たお》す。
学校では落ちこぼれだった僕にとって、それは夢みたいなチャンスだった。
そこからすべてが変わった。
誰よりも強く、誰からも慕《した》われ、誰もが僕を尊敬してくれた。
まるで生まれ変わったみたいに。
あの世界で、僕は誰よりも特別だった。
だけど、それは終わってしまった。

僕はまた学園の落ちこぼれに戻《もど》った。ここではみんなが特別で、僕はやっぱりモブキャラだった。できることならもう一度、あの夢みたいなチャンスが欲《ほ》しいと思うけど、そんなにうまくいかないのはわかってる。だって僕はもう、特別じゃないから。

だけどそんな時、その人は現れた。

あの異世界転移と同じぐらい唐突《とうとつ》に。

夢みたいなチャンスを携《たずさ》えて。

その人は僕に言ってくれたのだ。


『――もう一度、生まれ変わる気はありませんか?』

第一章　『班別統合擬戦演習』

——見るも華《はな》やかなショーウィンドウ。

——スタイリッシュなスカイラインを描《えが》く高層ビル。

——立ち並ぶオシャレなカフェテリア。

俺《おれ》たちユグラシア学園第十三期生一同は今、煌《きら》びやかな大都会の真っただ中にいた。

入学からおよそ半年。学園敷地内《しきちない》での寮生活《りょうせいかつ》が義務付けられている俺たち勇者にとって、こんな街を訪《おとず》れる機会は久方ぶり。誰もが歓喜《かんき》に頬《ほお》をほころばせている。

ただし……

「信じられないな……これが学園内だなんて……」

そう、ここはユグラシア学園第七仮想学区——通称《つうしょう》〝タウン〟。学園同様、亜空間内《あくうかんない》に創られた疑似東京なのだ。

といっても、見ての通りその再現度は凄《すさ》まじく高い。建物も店も商品もすべて実物だし、店員や通行人だって普通《ふつう》にいる。さすがに生身の人間ではなく魔術《まじゅつ》人形のようだが、独自に思考する自律タイプであるため傍目《はため》からは本物と見分けがつかない。完成度と規模からして固有異能によって造られた代物《しろもの》だろう。さすがは帰還《きかん》勇者が集められたチート学園だけのことはある。

これには我《わ》がチームメイト、『ララちゃん班（仮）』の面々も大喜びだ。

「うわあ、でっかいですね！　私、東京なんて初めて来ました！」

「疑似だけどな」

「とーきょーです！　しゅとです！　すごいです！」

「あくまで疑似だぞ？」

「ふむ、ここが噂《うわさ》のＴＯＫＹＯか。はて、『ごじら』とやらはどこにいるのかのぅ？」

「だから疑似……ああもういいや、ここを東京とする！」

と、ハイテンションで大はしゃぎしているのは、小毬《こまり》にララ、そしてフェリスの三人組。

ポンコツ勇者&幼女女神&元魔王の黒猫《くろねこ》というごった煮《に》じみたパーティが俺の仲間である。

どうやら三人（二人＋一匹《びき》）揃《そろ》って何か重大な勘違《かんちが》いをしているようだが……まあいいか。

なんて騒《さわ》いでいた時、不意に引率《いんそつ》役の笛が鳴った。

「はーい新入生諸君〜、こっち注目してや〜」

そう言ってツアーガイド用の手旗をふりふりするのは、胡散臭いエセ関西弁の女――学

園中央機関たる執行部《しっこうぶ》に属する上級生・水穂《みなほ》葛葉《くずは》だ。……なぜか俺に目をつけているらしく、ことあるごとに絡《から》んでくる厄介《やっかい》な先輩《せんぱい》である。

ただし、今日の葛葉は珍《めずら》しく優《やさ》しい微笑《ほほえ》みを浮《う》かべていた。

「事前説明の通り、今日は〝タウン〟の体験実習や。……ま、ゆうても実習なんて建前、要は君らの入学半年を祝ったサービスデー。夕方まで好きに遊んできてええで～。あ、もちろん金なんて要求されんからな。思いっきりハメはずしてきーや」

「「「うおおおお!!」」」

葛葉の言葉を聞くや、生徒たちはみな思い思いに街へと散っていく。

実質的に現世から隔離《かくり》されている俺たちにとって、自由に街で遊べるというのは何よりのご褒美《ほうび》なのだ。

ただ、半年記念で自由時間をくれるだなんて、この先輩にしては優しすぎるような……

「ん？　なんや恭弥《きょうや》くん、そんなにうちを見つめてからに。何か言いたいことでもあるんか？　んん？　ほら遠慮《えんりょ》せんと言うてみ？」

と、やっぱり絡んでくる葛葉。

俺は慌《あわ》てて目を逸《そ》らす。

「いえ、別に、特には何も……」

「ふーん……『この胡散臭い女のことだ、どうせ何か裏があるんだろ？』とか思ってへん？」

「うっ」

こいつ、読心能力者か？

「いややなあ、うちかて後輩《こうはい》は可愛《かわい》いもんや。せやから自由をあげたいんよ。……なんて言ってもどうせ恭弥くんは信じてくれへんのやろ？　ほんまかなしーわー」

信用させたいのなら、まずその演技丸出しのウソ泣きをやめろと言いたい。

「まっ、ええわ。信頼《しんらい》関係っちゅうのは時間をかけて築くもんやしな。……それよりほら、君もはよう行った方がええんとちゃう？」

と、おもむろに葛葉が指さした先には……

「わあぁ、すごーい、都会ですね！」

「すごいです！　とかいです！」

「すごいのぅ！　都会じゃのぅ！」

田舎者《いなかもの》感丸出しの感想を零《こぼ》しながら、ぽかんと口を開けて高層ビル群を見上げる小毬たち。しかも、三人まとめて足元がお留守なせいで、そのまま車道へと突《つ》っ込《こ》みかけている。

「あ、あいつら……！」

「くくく……シティで車に轢《ひ》かれた、なんて事件前代未聞《ぜんだいみもん》や。有名人になれるチャンスやねえ？」

と、他人事《ひとごと》で笑う葛葉。やっぱり後輩のことなどどうでもいいんじゃないか。

ともかくこんなところで目立ってはたまらない。俺は慌てて駆《か》け出すのだった。

※※※※※

「ほえ～、おしゃれなお店がたくさん！　おっきなビルもいっぱい！　あれ全部お洋服屋さんですか⁉」

「はいから（？）です！　とれんでぃ（？）です！」

「見よ、ビルとやらに猫《ねこ》がおるぞ！　あんなに大きい種もいるとは……生意気じゃのう！」

かくして始まった疑似東京旅行。繁華街《はんかがい》を歩く小毬たちは揃って大はしゃぎ。道行く他の生徒たちもショッピングやカフェを素直《すなお》に楽しんでいる。

もちろん、普段《ふだん》の学園生活に不便があるかと言えば決してそんなことはない。大抵《たいてい》の物は支給されるし、足りなければ取り寄せもしてくれる。なにせこちとら指先一つで国を滅ぼせる勇者様御一行《ごいっこう》。政府としてもご機嫌《きげん》取りに必死なのだろう。

……ただ、それでもやっぱり何もかも思い通りとはいかない。支給されるのはいわゆる検閲《けんえつ》済みの官給品というやつで、当然限界はある。洋服で言えば選べるのは国内ブランドだけだったり、漫画《まんが》で言えば最新号が一週間遅《おく》れだったり、ゲームソフト一つ取り寄せるのにも面倒《めんどう》な申請書《しんせいしょ》が必要だったり、といった具合だ。

その点、この街は本当に自由だ。服も、本も、スイーツも、並んでいるのはすべて最新のもの。それをカタログ経由ではなく自分の眼《め》で見て好きに選べる。これでテンションが上がらない方がおかしいというもの。都会自体初体験らしい小毬たちにとってはなおさらだろう。俺たちはしばらく夢中になって街並みを見て回る。

そうして一時間ほど歩いたところで休憩《きゅうけい》することに。

「うーん、よしっ！　ここにしましょう！」

と小毬たちが選んだのはいかにも都会風なしゃれたカフェ。目抜《めぬ》き通りに面しているためか、中は学園の生徒たちで賑《にぎ》わっている。

「いらっしゃいませ。三名様ですね？」

入店するやにこやかに応対してくれる魔術人形の店員さん。なんだかこの感じ、すごく懐《なつ》かしい気がする。そして順番待ちの列に並ぶこと数分、いよいよ注文だ。

「わああ、今の人の注文聞きました?!　呪文《じゅもん》みたいでしたね！　かっこいい～！」

「い、いいから早く何か頼《たの》もう！」

　この手のしゃれたカフェに縁《えん》がなかった俺でも『モタモタしていると田舎者扱《いなかものあつか》いされる』ってことぐらいは知っている。とりあえずメニュー表を指さしつつ、何か聞かれたら「普通で」を連発しどうにか注文を終える。

　ふう、なんとか乗り切ったな……なんて思っていると、そこで予想外のことが。

「それでは、こちらで精算をお願いします」

　と店員さんが差し出したのは、よくある釣銭《つりせん》トレー……ではなく一枚の水晶板《すいしょうばん》。

　ん？　なんだこりゃ？

「あ、これ異世界にありました！　ステータス見るやつですよ！　ほら、こうやって使うんです！」

　と、張り切って実演してくれる小毬。すると、水晶板に浮かび上がる小さな数字。だがそれはステータスではなかった。

『３ＳＰ』――表示された数字は、学園内の評価システムであるセイバー《S》・ポイント《P》。ちょうど俺たちが保有するポイント量と同じだ。……前回の魔王討伐遠征《まおうとうばつえんせい》で赤字は解消できたものの、なんともしょっぱい数字である。

　それはさておき……一体なぜ今ＳＰが表示されるんだ？　なんて首をかしげていると、店員さんの口からとんでもない一言が。

「お客様、残高不足です」

「……へ？」

「お客様のご注文になった品は合計12ＳＰとなっております」

と機械的に答える店員さん。

「ま、まさか……」

そこで俺たちはようやく気付く。葛葉は「お金はいらない」と言っていた。実際それは嘘《うそ》ではなかった。……が、お金の代わりにこの街ではＳＰで支払《しはら》う仕組みになっているらしい。やっぱり裏があるんじゃないか。

なんて今更《いまさら》歯ぎしりしても意味はない。たかだかコーヒー代も持っていない俺たちに対して、周囲からはくすくすと笑いが起きている。今やるべきことは一つ——戦略的撤退《てったい》だ。

「し、失礼しました……！」

かくしてカフェから退散した俺たちは、路傍《ろぼう》のベンチへ腰《こし》を下ろす。大通りを行き交《か》う他生徒たちはみな高価な買《か》い物袋《ものぶくろ》や流行のスイーツなんかを手にショッピングを堪能《たんのう》中。なんならＮＰＣの自動人形たちでさえ普通にハンバーガーとか買い食いしている。それを横目に見る俺たちのなんと惨《みじ》めなことか。これが格差社会というやつか。

「……アイス、おいしそうです……」

「うっ……甲斐性《かいしょう》のない勇者で済まない……」

そうして負け犬オーラをまき散らしていると……

「——そこの皆《みな》さん、どうかなさいましたか？」

「——やあ君たち、この街は初めてかい？」

と、声をかけてきたのは親切そうな二人組の男女。大変にこやかで友好的ではあるのだが……これって、もしかして……

「ところで、運命について どう思いますか？」

「最近幸せについて考えたことはあるかい？」

間違《まちが》いない、キャッチセールスとか宗教勧誘《かんゆう》とかそっち系のやつだこれ。ここまでリアルに再現しなくてもいいものを。

「あ、あ～、すみません俺たちちょっと用事があって……」

こういうのは相手にしないのが吉《きち》。さっさと立ち去ろうとするが……

「幸せについて考える……確かに重要かも！」

「はい！　ララ、プリンたべてるときがしあわせです！」

「にゃんじゃ、このわしと運命について議論しようとな？　くくく、面白《おもしろ》い……！」

「あらまあ皆さんとても素晴《すば》らしいわ！　ぜひこっちでゆっくりお話ししましょうね」

「あわわわわ……」

とばっちり引っかかる我が隊員たち。あれよあれよという間に路地裏へと引きずり込まれていく。

と、絶体絶命（？）のその時だった。

「――まったく、あなたたち遅《おそ》いですわ！　待ち合わせの時間はとっくに過ぎていましてよ！」

背後から聞こえてくる綺麗《きれい》な声。振《ふ》り返ってみれば、そこに立っていたのは美しい女子生徒。ウェーブのかかった艶《つや》やかな金髪《きんぱつ》と、モデル並みに整ったスタイルはまさに絵に描《か》いたようなご令嬢《れいじょう》といったところ。路地裏の暗がりの中でなお気の強そうな瞳《ひとみ》が美しく輝《かがや》いている。

と、まあそれはそれとして……どちら様だ？　待ち合わせがどうのと言われたが、当然こんな美人の知り合いなどいるはずもない。暗闇《くらやみ》のせいで誰かと間違えたのだろうか？

なんて首をかしげている間にも、当のお嬢様は俺たちの腕《うで》をひっつかんでぐいぐい表通りまで引きずっていく。そうして二人組を引き離《はな》したところでようやく解放してもらえた。

「危ないところでしたわね、あなたたち。ああいう手合いははっきり断らなければダメでしてよ」

「あ、はい……ありがとうございます……」

なるほど、どうやら今のは俺たちを助けるための演技だったらしい。俺は慌てて頭を下げる。……が、どうしたことか。後ろの小毬は呆《ほう》けたように突っ立っているだけ。

「こら小毬、ちゃんとお礼を……」

と注意しかけたその時、小毬がぽつりと呟《つぶや》いた。

「香音《かのん》、ちゃん……？」

「え……？　――うそ、小毬ですの……⁉」

束《つか》の間《ま》見つめあう二人。そして――

「久しぶりです‼」

「久しぶりですわ～‼」

と、二人は揃って歓声《かんせい》をあげながら抱《だ》き合う。何やら本当にお知り合いだったようだ。

「あ、えーっと、こちらの方は……？」

「紹介《しょうかい》しますね、こちらは花菱《はなびし》香音ちゃん！　昔からのお友達なんですっ！」

そういえば、小毬はクラス転移で召喚《しょうかん》されたと言っていた。だったらこの学園に友達がいても不思議はない。

「にしては、あまり見かけなかったけど……」

「当然ですわ。入学式の能力測定でAランク以上だった生徒は、最初から別メニューですからね」

と高飛車に腕組《うでぐ》みをする香音。見れば、彼女《かのじょ》が持っている紙袋《かみぶくろ》はみな超有名《ちょうゆうめい》ブランドのものばかり。これだけの高級品を買い漁《あさ》れるということは、現時点で相当SPを稼《かせ》げるだけの実力があるということだ。そりゃ俺たち落伍《らくご》組と顔を合わせることもないだろう。

「ふふふ、そうですよ～、香音ちゃんはとっても強いんですよ！　クラスでも一番でしたもんねっ！」

「おほほほほ、まあそれほどでもありますわ！　なにせわたくしたちは世界の誰よりも気高く可憐《かれん》で強いのですからね！」

なぜ一人なのに複数形？　と思った次の瞬間《しゅんかん》、香音の傍《かたわ》らにしゅるりと現れる一頭の獣《けもの》。

流れるような白銀のたてがみに、蹄《ひづめ》のついたしなやかな四肢《しし》、そしてなんとも見事な一本角――美しい燐光《りんこう》を纏《まと》うその獣は、まさしく神話に登場するユニコーンの姿をしていた。

（ほう、精霊《せいれい》……それも天然ものの神獣《しんじゅう》級じゃのう。契約《けいやく》式にも品がある。悪くないではないか）

〝精霊〟とは志向性を持つ魔力《まりょく》の塊《かたまり》であり、その根源は世界そのものに由来する――確かフェリスにはそう教わった。要はこの世界樹が創り出した使《つか》い魔《ま》や式神の類であり、人間が人工的に生み出すそれらとは別次元の性能を秘《ひ》めた存在なのだという。

無論、精霊にもピンからキリまであるのだが、フェリスが褒《ほ》めるということはこのユニコーンは最上位に近い霊格《れいかく》を備えているのだろう。どうやら自信過剰《かじょう》なこの態度もあながち無根拠《むこんきょ》ではないらしい。

もっとも、そんなすごい精霊を前にしても小毬はいつも通り。

「わあ〜、キャロットちゃんも久しぶり！　相変わらずふさふさだね〜、おーよしよし！ほらララちゃん、お馬さんだよ〜！」

「すごいです！　かっこいいです！　風のようにかけるですっ！」

と、ララと二人で犬か何かのように撫《な》で回している。なお、この暴挙に対して顔色一つ変えずに泰然《たいぜん》としているあたり、このユニコーンやはりなかなかの強者《つわもの》である。

そんな小毬に向けて、香音はコホンと咳払《せきばら》いをした。

「そんなことよりも……小毬、わたくしにも紹介していただけるかしら？　特に、そちらの殿方《とのがた》について」

「あっ、そうでした、忘れてました！」

おい。

「こちらは九条《くじょう》恭弥さん！　私のチームメイトなんです！」

「ふぅん、そう。……冴《さ》えない顔ですわね」

「はは、サーセン……」

俺《おれ》だって気にしてるんだ、ほっといてくれ。

「でもでも、こう見えて恭弥さんってばと～っても強いんですよ！」

「あ、おい、余計なことを……！」

謎《なぞ》の過大評価はまあ嬉《うれ》しいのだが……さっきからやたら刺々《とげとげ》しい視線を送ってくる香音の前でそんなこと言ったら……

「へえ、お強い、ねえ？」

「はい！　私の師匠《ししょう》なんです！」

「!!?　へええ、わ、わたくしを差し置いて小毬の師匠に、ねえ～?!!」

俺を睨《にら》む香音の視線がどんどん憎悪《ぞうお》に満ちていく。

ほら、やっぱりこうなるじゃないか。

「恭弥さん、とおっしゃいましたか？　あなた、本当に小毬にふさわしいだけの力を持っていらして？」

「い、いやいや、それは小毬が勝手に言ってるだけでして……ほら、所詮《しょせん》俺なんて落伍勇者なんで。固有異能も使えないですし、もう雑魚《ざこ》スライム一匹にも苦戦するぐらいで……」

と慌てて弁明する。ハードルは下げておくに越《こ》したことはない。……が、香音はそれを遮《さえぎ》った。

「そうじゃありません！　あなた鈍感《どんかん》系主人公なのでして？」

「え？　今、なんて……」

「腕っぷしの強さなんてどうでもいいんですの！　固有異能になど興味はありません！　わたくしが聞いているのは中身！　心根の問題ですわ！　咄嗟《とっさ》の時に身を挺《てい》してでも小毬を守るだけの気概《きがい》を持っているのかという話です！　小毬は昔から危なっかしいのですから、ナイトを名乗るのであれば相応の根性《こんじょう》がなくてはダメダメですわ!!」

と、香音は怒涛《どとう》の如《ごと》く詰《つ》め寄ってくる。ナイトを名乗った覚えは一度もないのだが……それはさておき、正直少し感心してしまった。

大事なのは心――高慢《こうまん》で能力至上主義者なご令嬢かと思いきや、意外と温かみのあることを言うので驚《おどろ》いた。そういえば、さっきも強引《ごういん》な勧誘から助けてくれたし、自分の精霊にララがじゃれついていても気を悪くした様子もない。何より、小毬がこんなにも懐いている。

もしかして、この人……

「もっとも、先ほどの路地裏でもおたおたしていただけですし？　まああなたに期待するだけ損というもので……」

「お前、すごくいいやつなのか……？」

「ふぁっ⁉︎‼︎　こ、ここ、この流れで一体何を言い出すんですの⁉︎」

素《す》っ頓狂《とんきょう》な声をあげた香音は、それからハッと何かに気づいたらしい。

「よ、よもやわたくし……口説かれてますの⁉︎　これが俗《ぞく》に言うナンパ……⁉︎　しかもあなた、小毬というものがありながらこのわたくしまで……ハッ⁉︎　まさか、ハーレム狙《ねら》い⁉︎　ハーレム系主人公狙いですのっ⁉︎⁇」

何を言っているんだこいつは。

「うふふ、香音ちゃんは時々お嬢様言葉が出ちゃうんですよ！　私たちじゃ何言ってるのかわからないですけど、きっととっても高貴な言葉なんです！」

「いや、お嬢様言葉とかじゃなくてただのオタクワードな気が……」

「し、失敬な！　わたくしがほんとはサブカル好きの腐《くさ》れエセお嬢様だとでも⁉︎」

いや、そこまでは言っていない。

「まったく、邪推《じゃすい》はおよしなさいですわ！　わたくしはれっきとしたお嬢様！　あの花菱家のご令嬢ですのよ！」

「と言われましても……」

「もしや、花菱家をご存じでない⁉　日本を代表する某大手《ぼうおおて》自動車メーカー……の、地方支店の隣《となり》の隣に暖簾《のれん》を構える自転車修理店ですわ！　ちなみに、父で三代目ですわ！」

「わあ、地域密着型だあ」

とりあえずこいつがエセお嬢様であることはよくわかった。まあ、誰にでも隠《かく》し事《ごと》というのはあるものだ。

「おっほん！　とにかくですわ！　あなた、小毬のチームメイトであればしっかりなさいな！　特に最近、新入生の風紀が乱れていますの！　喧嘩《けんか》やいじめ、サボりに飲酒喫煙《きつえん》、果てはおかしな薬が流行《はや》っているなんて噂もありますわ！　そういうものに小毬が引っかからないよう守ってくださらないと困ります！」

と、まるで母親の如くお説教を垂れる香音は、最後にもう一つ付け加えた。

「そうでなくとも、じきに『トーセン』が始まるのですから！」

その聞きなれぬ言葉に俺たちは揃って首をかしげる。

「「とーせん⁇」」

「も、もしやあなたたち、『トーセン』をご存じでない⁉」

こいつ、このリアクション気に入ってるのか？

「まったく呆《あき》れますわね。トーセンというのは『班別統合擬戦演習』――学園全体で行われる大規模な実技試験のことですの。ルールは毎回変わるそうですが、わたくしたち学生にとってとても重要な演習なのですわよ」

「なんだそりゃ、初耳だぞ」

もしや、またララがプリントをため込んでいたのか。……と思ったがそうではないらしい。

「現時点での公式発表はまだですから、無理もありませんわ。近いうちに生徒集会で聞かされるでしょうね。……ただ、普通は先輩方《せんぱいがた》から事前に聞いているものですわよ？」

「うっ……」

俺たちは皆から見放された落伍組。その手の学生ネットワークからはハブられているのだ。

にしても、大規模演習試験とは。なんだかものすごくめんどくさそうな予感がする。

「あの、それって自由参加とかでは……」

「あのねえあなた、やりたくないからって期末テストを休めたことがありまして？　当然強制ですわよ」

「だよな……ま、まあ適当に流せば……」

「あまあまですわっ！」

と、耳ざとくも俺の呟きに突っ込む香音。

「トーセンは超実戦《ちょうじつせん》寄りの演習、例年死傷者も多数出るという話ですの。そんなへっぴり腰《ごし》では小毬を守れませんのよ！」

ああ、やっぱりそういう感じの大会か。小毬どうこう以前に、俺は自分の身が心配である。……なお、当の小毬はといえば、びびるどころかやる気満々なのであった。

「ふっふっふっ、心配ご無用ですよ、香音ちゃん！　なんたって私、恭弥さんのお陰《かげ》ですっごく強くなりましたから！　あっ、そうだ！　折角《せっかく》ですし今から見せてあげます!!」

なんてまた思い付きで動き出す小毬。……って、おいまさか、ここでアレをやるつもりなのか?!

「ま、待て小毬、その技は……！」

俺は咄嗟に止めようとするも、時《とき》すでに遅し。

「はぁあああああ!!」

裂帛《れっぱく》の気合と共に小毬は魔力を解き放つ。それに応じて宙空に展開されたのは、光り輝《かがや》く巨大《きょだい》な剣《つるぎ》――彼女の固有異能《女神の天涙《エル・ヴィスカム》》だ。以前ならば顕現《けんげん》するだけで倒れていたのだが、今はしっかりと安定状態を保てている。

だが驚くなかれ。修行《しゅぎょう》の成果はここから始まるのだ。

ムムム、と小毬が念じるや、なんと光剣がむにょむにょとその形状を変え始め――

「はっ――獣の型!!」

かっこいい技名と同時に、剣はなんとも可愛い猫の形に変化する。

もちろんそれで終わりではない。

「それっ――大地の型!!」

次は葉っぱの形に。

「とうっ――疾風《しっぷう》の型!!」

続いて自転車の形に。

「ほいっ――今日の朝ごはんの型!!」

さらにはおにぎりの形に。

この目まぐるしい七変化《しちへんげ》に、オーディエンスから思わず喝采《かっさい》が上がる。

「すごいです！　あっぱれです！」

「うむ、座布団《ざぶとん》一枚じゃ！」

と、大喜びでぱちぱち手を叩《たた》く幼女と黒猫。小毬もまた「ふぅ」とやり遂《と》げた感満載《まんさい》のドヤ顔で汗《あせ》を拭《ぬぐ》う。

そう、これぞ小毬の鍛錬《たんれん》の成果。出力を抑《おさ》えるだけではなく、剣の形状を変化させられるようになったのだ。なお、実用性に関してはここでは言及《げんきゅう》しないものとする。……まあ、使えもせずにぶっ倒れていた頃《ころ》に比べれば確かに成長と呼べなくもないだろうが、これはあまりにも……

気になって隣へ視線をやれば、当然の如くしぶーい顔になっている香音。そうだよな、普通そういう反応だよな。俺がおかしいんじゃなくて良かった。

そうして香音は丸々一分コメントに迷った末……

「うん、とにかく頑張《がんば》りなさいね、小毬」

どうやら見なかったことにしたらしい。

「さて、そろそろわたくしもお暇《いとま》させていただきますわ。チームメイトを待たせてしまっていますので」

「そっかあ……もっとお話ししたかったのに……」

と、香音は優雅《ゆうが》に踵《きびす》を返す。

だがその去り際、ぽんと俺の肩《かた》を叩いた。

「あなたもよ、九条恭弥。身《み》の丈《たけ》以上に無理をする必要はないわ。ですが、殿方であるのならしっかり小毬を守りなさい。よろしくって？」

「は、はい……」

そうしてユニコーンにまたがるや、今度こそ去っていく香音。

明らかに近代的な街並みから浮いているその背中を見送りながら、俺は思わず呟く。

「す、すごい濃《こ》い友達がいるんだな、お前……」

「えへへ、素敵《すてき》ですよね？」

「ま、まあな」

あのエセお嬢様っぷりを素敵と呼んでいいのかはともかく、悪い奴《やつ》でないことは確かだろう。

そんなことより今気になっているのは……

「にしても、『トーセン』かぁ。嫌《いや》なこと聞いちまったな」

この超実力《ちょうじつりょく》主義の学園で開催《かいさい》される、実戦形式の演習試験。しかも毎度死人が出るとか言っていた。正直不穏《ふおん》な予感しかしない。

だが、我が隊の面々はのんきなもの。

「ふふふ、腕が鳴りますね！　新技で香音ちゃんにかっこいいとこ見せなきゃ！」

「ふらぐじゃぞ恭弥！　これは無双《むそう》展開ふらぐじゃ！」

「ララも！　ララもがんばるですっ！」

と、各々《おのおの》勝手なことを言う三人。一周回って心強いというべきなのか？

なんにしても、俺から言いたいことは一つ。

「あの新技、本番じゃ封印《ふういん》な」

「そんな～!!」

※※※※※

かくして数日後。

香音の言っていたように、俺たち十三期生はいつもの大講堂に集められていた。

「いやあ、わざわざ集まってもらってありがとうな。実は君らに大事なお話があんねん。……と、その前にまずは一言——改めておめでとう、諸君！　入学から今日で半年！　ハーフアニバーサリー記念や～!!」

と、例によって壇上《だんじょう》に立つ葛葉がパチパチと手を叩く。この人が言うとどんな祝福も嫌味《いやみ》にしか聞こえないのは逆にすごいと思う。

「これにてオリエンテーション期間は終了《しゅうりょう》。チュートリアルクリアってとこやね。これで君らは正式にうちら学園生の仲間入りや。それに伴《ともな》って諸々《もろもろ》の制約もなくなるで～。たとえばこの前行った第七学区《シティ》の常時開放、外出券の申請《しんせい》や第三学区への居住地変更《へんこう》、このあたりがみんな自由になる。特にでかいんは所属班の自由化やね。これからは上級生も下級生も関係なし、申請さえすれば自由にパーティを組めるようになるんや。まっ、とにかく学園ライフはここからが本番っちゅうことや！」

その説明を受けて、生徒たちから「おおっ」と歓声が漏《も》れる。なんだかんだあった制約が緩《ゆる》まるのだから、不満を持つ者などいないだろう。隣の小毬も目を輝かせている。……が、

「ただし、何事にも相応のSPは必要になるけどな～」

との一言でがっくりと肩を落とす小毬。まあそうだろうな。

そんな反応を予期していたかのように、葛葉はにんまり笑う。

「おっと、がっかりしたか？　まあ『SPないよ～』っちゅう子もおるやろうな。でも大《だい》丈夫《じょうぶ》！　そんな諸君に耳寄り情報や。実はな、SPがっぽり稼ぐ大チャンスがあるんやで～」

なんてあくどい顔をした葛葉は、今日の本題を口にした。

「じゃじゃーん、重大発表～！　『班別統合擬戦演習』開催決定や～!!」

その単語が出た瞬間、周囲の生徒たちに緊張《きんちょう》が走る。やはりみんな噂で知っていたよう

だ。

「くくく、なーんて、君らもとっくに聞いとるわな？　せや、知っての通り『班別統合擬戦演習』――通称〝トーセン〟は全員強制参加の班別学内対抗戦《たいこうせん》や。さっきも言うたようにここから先はすべてが自由。逆に言えば今まで以上に実力と成果が問われることになる。となれば重要なのはより上位の強いチームに所属することや。このトーセンはそのためのお披露《ひろめ》目会ってとこやな。自分の力を周囲にアピールし、高ランクパーティにスカウトしてもらう……君ら新入生にとっては通過儀礼《ぎれい》であり就職試験。これから始まる学園生活本番はすべてこのトーセンにかかってるゆうても過言やない。うまくすれば執行部からもお声がかかるかもしれんなあ。もちろん学園側もこのイベントに重きを置いとるから、いい成績を収めればがっぽりＳＰももらえるで」

と口早に説明した葛葉は、それから生徒たちを見まわして笑った。

「まあ、そんな緊張せんでこう考えや。これは君らにとって生まれ変わるチャンスや。いきなりここに連れて来られて、正直うまくいっとらん子も多いやろ？　でもな、このトーセンで結果を出せばすべてが変わる。君らはもう一度生まれ変われるんや。最初に異世界召喚されたあの時みたいにな」

そう囁《ささや》く葛葉の眼がこちらを見たような気がするのは、きっと気のせいじゃないだろう。

「まっ、前置きはもう十分やな。ちゅうわけで、早速《さっそく》ルール説明と行こか！」
なんてあっさり切り替《か》えた葛葉がパチンと指を鳴らす。すると、壇上のスクリーンに三つの単語が浮かび上がった。
《第一フェイズ：フラッグ戦》
《第二フェイス：サバイバル戦》
《第三フェイズ：トーナメント戦》
「ほいっと、まあ見ての通りやね。今回のトーセンはこの三フェイズの総合点で順位が決まる形式や。なんでそんなまどろっこしいことをって話やけど、ほれ、うちらの仕事は魔《ま》王討伐《おうとうばつ》やろ？　せやけど異世界飛んで即《そく》ラスボスとタイマンとはならへん。向こうかて色々と対策を仕掛《しか》けてくる。せやから人質《ひとじち》の奪還《だっかん》やらダンジョンの攻略《こうりゃく》やら総合的な攻略能力も必要になってくるんや。まっ、補助職の子らにも見せ場があるようにっちゅう理由もあるけどな」
なんだか学園らしからぬ配慮《はいりょ》だが、案の定それは最初だけ。
「んで、それぞれのルールについてなんやけど……あー、なんやめんどくさいなあ。これぐらい君らなら字面《じづら》でわかるやろ？　漫画とかでよくあるあれや。フェイズごとの細かいルールは後で配られる冊子で予習しといてや」

と説明役をぶん投げた葛葉は、しかし、思い出したように付け加えた。

「ああ、でもこれだけは言っとかなあかんな。かわいい後輩の君らにとっておきのアドバイスや。――死ぬな」

その一言で生徒たちの空気が変わる。

「このトーセンっちゅう大会はな、いわゆる『なんでもアリ』や。固有異能は使い放題、魔装の使用もOK、ドーピングもお好きにどうぞ。それらすべてを含《ふく》めた実戦における力を測定するっちゅうのが趣旨《しゅし》やからな。まあそういうわけやから……この大会のルールブックに『殺すな』っちゅう条文はない。何が起ころうとすべてはただの〝事故〟。それがトーセンや。だからええか、身の危険を感じたら迷わず棄権《きけん》しいや。……まだ声が出せるなら、の話やけどな」

と忠告した葛葉は、それから一転、いつものようにへらへらと笑った。

「さてと、かったるい説明はこれでしまいや！　言い忘れとったけど、開催は今から一か月後やからな。それまでは自主練期間や、しっかり訓練しとけよ～。さぼったら後悔《こうかい》すんのは自分やからな～」

なんてテスト前の教師みたいなことを言って、葛葉は投げやりに手を振った。

「っちゅうことで、今日の集会はこれまでや。そんじゃお疲《つか》れさ――」

……と、解散を宣言しかけたその時。

「──あれれ？　ここどこだろ～？」

鈴《すず》の鳴るような声と共に、ゆっくりと開かれる講堂の扉《とびら》。

そこから現れたのは一人の少女。

その瞬間、講堂中が静まり返る。理由は一目瞭然《いちもくりょうぜん》……迷《まよ》い込んできたその少女が、あまりにも美しかったからだ。

月光の如く艶《つや》めく銀髪《ぎんぱつ》、透《す》き通るような雪白の肌《はだ》、可憐という言葉では到底《とうてい》表現しきれないその美貌《びぼう》は、まるで世界そのものから寵愛《ちょうあい》を受けているかのよう。恐《おそ》らくは女神であろうその美少女に魅入《みい》られ、生徒たちは例外なくその場に固まってしまう。隣の小毬など文字通り開いた口が塞《ふさ》がっていない。もっとも、俺《おれ》もフェリスを見慣れていなければ同じ間抜《まぬ》け面を晒《さら》していただろうからバカにはできない。

そうして沈黙《ちんもく》が支配した後、我に返った生徒たちがざわめきだす。口々に囁かれるその名前は……

「──ローゼ様だ……！」

「──あれが学園創設者の一人……!?」

「──本物初めて見た……」

生徒たちの反応を見るに、どうやら有名な女神らしい。

すると、鞄《かばん》の中でフェリスが「ふむ」と唸《うな》った。

（フェリス、お前も知ってるのか？）

（女神ローゼ――《まやかしと欺瞞《ぎまん》》を司《つかさど》る女神じゃな。一度だけまみえたことはある。姿かたちをころころ変える奴じゃったから、あの時とは随分《ずいぶん》と顔が違《ちが》うが……）

と、フェリスは訝《いぶか》しげに目を細めた。

（……しかし、気配までこれほど変えられるものか……？）

そんな話をしている間に、ずんずんと講堂の中へ入ってくる女神ローゼ。行く手にいる生徒たちはみな自然と道を開ける。そうして当然の如く壇上へ登ったローゼは、親しげに葛葉へ声をかけた。

「ねえねえ葛葉ちゃん、もしかしてこれ、トーセンのやつ？」

「ええそうです。ちょうど今説明が終わったところですわ」

「そっかあ～、これいつだっけ？　たしかもうすぐだよね？」

「開催は一か月後の予定ですね」

葛葉がそう答えると、ローゼは「なーんだ」とつまらなそうに呟いた。

「一か月かぁ……結構遠いねえ。楽しみなことって待つの長く感じちゃうよ～」

と唇《くちびる》を尖《とが》らせたローゼは……それからとんでもないことを言い出した。

「そうだ！　ねえねえ、これ、明日からにならないかなあ？」

ニコニコと口にしたのは、ひどく子供じみたおねだり。

だが、もちろんそんなわがままが通るはずもない。

「いやあ、ローゼ様のお願いいっちゅうてもさすがに難しいですわ〜。特に今回は片付けておきたいごたごたもありまして……」

と、ごく当然の答えを返しかける葛葉。……だが、そこで不意に口をつぐむ。そしてなおもニコニコと笑っているローゼを前にしばし逡巡《しゅんじゅん》した後——

「……そうですねえ、ほんなら、明日からにしましょか」

と、まさかの同意をしてしまった。

「あはは、やった〜！　やっぱ葛葉ちゃんは話がわかるな〜！」

まるで当然のようにわがままを通してしまったローゼは、なんとも無邪気《むじゃき》に笑う。

だが俺たち生徒からしたら笑い事じゃ済まされない。

ちょっと待て、明日から？　いくらなんでも急すぎないか？　などとみんなして困惑《こんわく》している間にも勝手に話は進む。

「まっ、この一か月はゆうたら修行パートや。そんなん漫画《まんが》やったらぱらぱら〜ページめくって終わりやろ？　そんな感じではしょっても問題ないわな。っちゅうわけで、さっそく明日からの対戦カードを決めんとなあ。ここは公平に抽選《ちゅうせん》をっと……」

とか言いながら、魔法《まほう》でガラガラ回る抽選器を作り出す葛葉。

おいおい、本気で日程を早めるつもりなのか？　こんな思いつきみたいなわがままで？

あまりに展開が飛躍《ひやく》しすぎて思考がついていけない。……が、確かなことが一つ。

こういうパターン、だいたいロクなことにはならない。

そしてその予感が当たっていたことはすぐにわかった。なにせ、一つ目の玉を取り出した葛葉が、実に嬉しそうにこちらを見たのだから。

「それじゃあ発表するで～。幸運なる初日第一試合目のカードは――」


――……

――……

翌日。
第二学区――通称《つうしょう》〝コロッセオ〟の第一闘技場《とうぎじょう》に、ばかでかいマイクの爆音《ばくおん》が響《ひび》いていた。

『さあ今期もやってまいりました！　「班別統合擬戦《ぎせん》演習」略してトーセン!!!　ちょ〜っとばかしいきなりの開幕ではありますが〜〜〜、そんなの関係ねえっ!!!　我ら勇者、常在戦場！　あの麗《うるわ》しきローゼ様のおねだりだ、まさか文句言うやつなんていねえよなあ?!』

と安い煽《あお》りが響くと、闘技場の客席から生徒たちの歓声があがる。皆が皆ジュースやらポップコーンやらを持ち込《こ》んですっかり行楽モードのご様子。いきなりの開催も全く気にしていないらしい。上級生たちにとってはローゼのわがままなどもう慣れっこというわけか。

『ちなみに、今期も実況《じっきょう》はわたくし「え？　俺の実況がやばすぎるって、それ的確すぎって意味だよな？」でおなじみの執行部広報班班長・白瀬達郎《しらせたつろう》でお送りいたします!!』

なんて軽薄《けいはく》な実況までついているあたり、ノリとしてはテストというより運動会に近い。

……ただし、その危険度は比べるべくもないが。

『さあて前口上も終わったところで、早速選手の紹介…………と行きたいところだが、その前にまずはルール説明だ！　どうせお前ら説明書読まずにゲーム始めるタイプだろ？　でも大丈夫《だいじょうぶ》、《第一フェイズ：フラッグ戦》のルールはそんな脳筋にもわかる超絶《ちょうぜつ》シンプル仕様！　フィールドはこのドーム！　制限時間は一時間！　両端《りょうたん》にある敵チームのフラッグを先に取った方の勝ち！　以上ッ!!　禁じ手、反則、一切《いっさい》なし！　こまけえことはいいからとにかく旗を取れ馬鹿野郎《ばかやろう》ってこった!!』

おざなりなルール説明に沸《わ》き立つ観衆。ほとんど聞きもせず早く始めろと囃《はや》し立てる。帰還者《きかんしゃ》同士のガチバトル、彼《かれ》らにとってはこれ以上ない娯楽《ごらく》なのだろう。まったく品性のかけらもないことだ。

……ちなみに、さっきからこうやって客席を眺《なが》めている俺が今どこにいるのかというと……

『はいはいわかってるってお前たち！　さっさと始めりゃいいんだろ⁉　さあ、記念すべき第一回戦、選手のご紹介だ！　先陣《せんじん》を切って乗り込んできたのは、まさかまさかの落伍《ジャンク》勇者チーム！　劣等《れっとう》？　最弱？　落ちこぼれ？　ノンノン違うぞそうじゃない！　俺たちはまだ本気を出していないだけ！　主役は遅《おく》れてやってくる！　最底辺からの成り上がり物語、ここらでいっちょ見せてやれ！　赤コーナ〜〜〜――チーム「ララちゃん班(仮)」――〜〜〜!!!!』

盛大《せいだい》な煽り文句と共に会場の巨大スクリーンに映し出されたのは、他でもない俺と小毬なのであった。

「わあぁ、見てください！　私たち映ってますよ！　ピースピース！　ララちゃん見てるかな〜⁈」

「あああ、なんでこんなことに……」

そう、俺たちがいるのはフィールドの中。嫌な予感通り、見事に初日第一回戦を引き当ててしまったのである。

なお、不運といえばもう一つ。

『そして対するお相手は～？　Bランク第四位の超実力派《ちょうじつりょくは》！　噂《うわさ》によると今期のA昇格《しょうかく》は内定済み！　その名を聞けばどんな魔王《まおう》も裸足《はだし》で逃《に》げ出す学園きっての精鋭《せいえい》部隊――チーム「アリアドネ」～～!!』

もう一つのスクリーンに映し出されるのは、なんとも場慣れした様子の四人小隊。一人一人が画面越しでもわかるほどの魔力を漂《ただよ》わせている。……よりにもよっていきなり高ランクチームとぶち当たってしまったのだ。これを不運と呼ばずしてなんと呼ぶのか。いや、葛葉のことだ、絶対これ何か仕組んだだろ。

なんて恨《うら》み言を呟いていると、小毬にバシバシと肩を叩かれた。

「恭弥さん、もしかして緊張してるんですか⁉　大丈夫です、私たちのチームワークがあればきっと何とかなります！　やってやりましょう!!」

と気合十分なご様子。どこから湧《わ》いてくるんだその自信。

だがまあ、確かに見習うべきところはある。既《すで》に戦うことは決定しているのだ、今更《いまさら》ぐちぐち不運を嘆《なげ》いていても何も始まらない。こうなったらやるだけやってやろう。

『月とすっぽん、クジラとイワシ、勇者様と村人A!!　ブックメーカーも台本を放り投げるレベルの格差マッチだが、ここから生まれるドラマもあるのか⁉　さあ、それではみなさんご一緒《いっしょ》に！　カウントダウンの開始ですッ!!』
十、九、八……と迫《せま》りくるカウントダウン。もう腹をくくるしかない。
まずは状況《じょうきょう》を整理しよう。このフィールドは半径約二キロの円形をしており、両チームの旗は南北の両端に配置されている。各員のスタート位置も旗と同じ場所からだ。フィールドの中間地帯は小型の森に覆《おお》われているため、攻《せ》めるにしろ守るにしろここでの視界確保が勝敗を分けてくるだろう。いずれにしてもまずは相手の固有異能を知ることが最優先。

とりあえずは感知魔術《まじゅつ》で向こうの出方を窺《うかが》いつつ、どうにか隙《すき》をついて旗を奪《うば》えば……

なんて考えている間にカウントがゼロに。その瞬間、実況が大声で叫《さけ》んだ。

『──二、一、ゼロ!!　それでは第一回戦──試合、終了〜〜〜!!』

「……ん？」

今なんて言った？　試合終了？　開始じゃなくて？

ただのミスだよな、と思いつつ後ろを振《ふ》り返る。

するとⅠ……ない。

百メートルほど後方に立っていたはずの俺たちの旗が綺麗《きれい》に消えている。慌《あわ》てて大モニターを見れば、でかでかと映し出された敵チームの姿が。その手に握《にぎ》られているのは紛《まぎ》れもなく俺たちの旗――

『チーム「アリアドネ」リーダー、夏江《なつえ》選手のスキル《位相転換《コーディネイト・シフター》》がここに炸裂《さくれつ》ゥ～～！　空間座標を入れ替えて余裕《よゆう》の旗ゲット～！　落伍勇者の成り上がり英雄譚《えいゆうたん》、一秒で終了だァ～～～！！』

「…………」

沸き起こるブーイング。

飛んでくるポップコーン。

旗を取られたことにも気づかず突進《とっしん》していく小毬。

かくして俺たちはたった一秒で初戦を終えたのだった。

「いや……ズル《チート》だろ、それ……」

第二章　ローゼの子ら

　こうして幕を開けた班別統合擬戦演習《トーセン》第一フェイズ《フラッグ戦》。

　速攻《そっこう》で初戦を落とした俺たち『ララちゃん班（仮）』は……それからも順調に負けまくっていた。

『二戦目』……催眠術《さいみんじゅつ》で操《あやつ》られた小毬《こまり》が降伏《こうふく》宣言して棄権負け。

『三戦目』……テレポートにより場外に飛ばされて反則負け。

『四戦目』……異空間トンネルにより旗を取られて普通《ふつう》に負け。

　いずれの試合も開始三秒以内での敗北だ。聞くところによるとトーセン始まって以来の最速連敗記録を更新《こうしん》中だとか。もちろん全く嬉しくない。これがトーナメント形式であれば初戦敗退で終わっていたものを、生憎《あいにく》と第一フェイズは五試合分の総合点で競《きそ》うポイント制。まったくいい晒しものである。

「……っていうか、なんだよあれ、チートだろ……」

　第四戦を終えて部屋に戻《もど》ってきた俺は、思わず不満を漏らす。すると鞄から飛び出した黒猫《フェリス》がけらけら笑った。

「くくく、何を今更。ここではそれが普通であろう？」

そう、チート能力が飛び交《か》うのは俺たちの試合に限った話じゃない。空間転移やら瞬間《しゅんかん》移動やら催眠術やら、どの試合を見ても固有異能による奇策《きさく》の応酬《おうしゅう》が繰《く》り広《ひろ》げられている。

みんながみんな何かしらの異能を持っているのがこの学園なのだ。

それは俺だってわかってるが……

「それでも、限度ってものはないのかよ？」

研究も兼《か》ねて俺も試合を観戦してきたが、固有異能のバリエーションは本当に様々。それも、『炎魔術《ほのおまじゅつ》を強化する』鬼島《きしま》や『強力な風《かぜ》魔術を扱《あつか》える』京極《きょうごく》のような単純な能力だけではない。『周囲を一瞬《いっしゅん》でダンジョンに作り変える』能力や『発動領域内での魔術を禁止する』能力など、明らかに魔術で可能な範疇《はんちゅう》を超《こ》えた異能も多い。

そしてそれらすべてに共通して言えるのは、既存《きそん》の物理・魔法体系とは全く別の論理によって能力が行使されているということ。

「そもそも固有異能ってどういう原理なんだ？　魔力《まりょく》の流れを見てても原因と結果が噛《か》み合ってないのばっかだぞ」

「ふむ、どうと聞かれてものぅ……それこそ、あらゆる手順を無視して原理そのものを世界に割《わ》り込ませるのが固有異能じゃからのぅ」

「手順を無視、か……」

そうだ、それが何よりも厄介《やっかい》なんだ。実際問題、局地的になら世界の法則を書《か》き換《か》えるのは難しいことじゃない。既存の魔術体系に則《のっと》っても十分可能な範疇だし、俺もフェリスもそれぐらいはできる。……だが、勇者のやっていることは俺たちとはまるで別物。

『固有異能を発動する』——ただそれだけであらゆる手順やプロセスを飛び越《こ》えて新たなルールをこの世に設定できる。『原因』と『結果』の間にあるはずの『過程』が丸ごと省略されているのだ。中間がないのでは解析《かいせき》することもできず、途中《とちゅう》で妨害《ぼうがい》することもできない。鬼島みたいに既存魔術を強化するタイプなら術式の方を止められはするものの、ルール強制タイプや概念歪曲《がいねんわいきょく》タイプが相手だとそれも通じない。だから『結果』として生じる現象に対して後手で対応せざるを得なくなってしまう。魔術戦においてこれほど不利なことはないのだ。

「にしても……よく考えると恐ろしいな。こんな力が元から俺たち全員の中にあるわけだろ？　いくら力の覚醒《かくせい》に女神様が必要って言ったって、これじゃ世界を守るどころか壊《こわ》しかねなくないか？」

《無辜《むこ》の果実》とか《女神の天剣》とか呼ばれてるらしい俺たち地球人は、世界樹の守護者として創られた存在。だから強大な力が必要になる、のはわかるが……世界の因果を書き換える力なんて、ちょっとやりすぎじゃないか？

「くくく、今更気づいたか？　まあそりゃそうじゃ、なにせ《固有異能》とは――」

と言いかけたフェリスは、なぜか急に口を閉じてしまった。

「ん？　おい、『固有異能とは』なんだよ。急にやめんなよ」

「……はて？　わし今にゃにか言ったかのぅ？」

「誤魔化《ごまか》すの下手か。気になるだろ」

「いやあ、わしも年じゃて、急に記憶《きおく》が……」

とかすっとぼけているが、あんな思わせぶりなところで切っておいてそれは通じないだろう。……だが、問い詰《つ》めようとしたその時、急に部屋の戸が開いた。

「――恭弥《きょうや》さ～～～んっ!!」

「あの小毬さん、プライバシーって言葉をご存じでない？」

「あー、あれおいしいですよねっ、今度一緒に食べましょう！　そんなことよりっ！」

と当たり前のように飛び込んできた小毬は、興奮した様子で報告した。

「最終戦のお相手が決まりましたよ！　チーム『星詠《よ》みの館』ですって！」

「胡散臭《うさんくさ》い占い師《うらなし》みたいだな……つっても、どうせAランクとかだろ？　もうわかってるって」

これまでの対戦相手はみな揃《そろ》いも揃ってBランク以上の強豪《きょうごう》チームばかり。絶対に葛葉《くずは》の嫌がらせに決まっている。だから今回もそうだと思っていたのだが……

「違いますよ、私たちと同じFランクチームらしいです！」

「……え、ほんとか？」

俺は慌てて学園の『トーセン速報アプリ（非公式）』を確認《かくにん》する。チーム『星詠みの館』……構成人数は三人。戦績は今のところ四戦四敗。全員が俺たちと同じ落伍勇者のパーティのようだ。

最初に断っておくが、俺的には正直こんなふざけた運動会などどうでもいい。成り上がりがしたいわけじゃなし、観衆の前で手の内を晒すなんてデメリットしかないからだ。

……が、それでも俺だって男である。負けて嬉《うれ》しいわけじゃないし、何より……俺たちが負けるたび、ララがすごくしょんぼりするのだ。さすがにそろそろ幼女の期待に応えてもいい頃だろう。

「……おい小毬、次、勝ちに行くか……！」

「もちろんです！　私はいつだって全力ですよっ！」

お相手には悪いが、なんだか俺もやる気が出てきた。……きっと向こうもおんなじことを思っているだろうから、まあお互《たが》い様《さま》だろう。

かくして二日後、運命の最終戦がやってくる。

気力は十分。体調も良い。控室《ひかえしつ》からフィールドへ向かう俺たちは、これまでになく闘志《とうし》に満ち満ちている。

と、その道中にて。

「――やっほ～、恭弥くん。調子はどうや？」

廊下《ろうか》の角で待っていたのは、いつものにやけ面を浮《う》かべた葛葉だった。

「どうって、まあ見ての通り全敗中っす。……おかげさまで」

「なんやのその言い方～、棘《とげ》を感じるで～？　まさかうちが不利マッチング仕組んだなんて思ってへんよねえ？　くすくすっ、まっ、もしかすると手違《てちが》いで偏《かたよ》りが生まれてたかもわからんけどな～」

「だとすると、今回のは温情ですか？」

「あれあれ、なんや恭弥くん、相手がFランクやからってもう勝った気でいるん？　気をつけや～、そうゆう時こそ足元掬《すく》われるもんやで。もしかしたら、あちらさんも〝秘策〟持ってるかもしれへんよ～？　あ、それとも……君らの方が何か用意してたり？」

「……？」

葛葉の言い回しはいつも回りくどいが、今回は明らかに何か含みがある。一体何の話をしているのか？

「……何のことっすか？」

と思わず問い返すと、葛葉は「いんや」と手を振った。

「その反応、心当たりはないみたいやね。なら別にええわ。ほな頑張ってな恭弥くん、うち、君のファンなんやから」

そう言ってさっさと歩み去っていく葛葉。

試合前に余計な茶々が入ってしまったが……今はそんなことに気を取られている場合じゃない。

「あれ？　恭弥さーん、早く早く！」

「あ、ああ！」

そうして俺たちは最後の戦いへと赴《おもむ》く。見慣れたフィールド上では、既に相手チームが待ち構えていた。

「ふふふ、よおチーム『ララちゃん班（仮）』。よくぞ逃げずに来たな」

「むっ、今日は負けませんよ！　チーム『星詠みの館』さん！」

とお互いナンセンスなチーム名を呼び合う。傍《はた》で聞いているとすごく恥《は》ずかしいのだが、当人たちは至って真剣《しんけん》である。

「まあお互い後がない身だ、ベストを尽《つ》くそう……と言いたいところだが、勝つのは俺たちだ！　冥途《めいど》の土産《みやげ》に教えてやろう！　俺たちの能力を!!」

と聞いてもないのに叫ぶ敵チーム。

「くくく、俺の能力は《真理鑑定《かんてい》》――あらゆるものを鑑定する魔眼《まがん》だ！」

なるほど、直接戦闘《せんとう》タイプではないが厄介な能力だ。

「ふふふ、そしてあたしの能力は《真相鑑定》――あらゆるものを鑑定する魔眼よ！」

なるほど、直接戦闘タイプではないが……ってあれ？　なんかデジャヴ？

「ふははは！　そしてこの僕《ぼく》の能力は《真正鑑定》――あらゆるものを鑑定する魔眼だァ!!」

……なるほど、どうして彼らが最下層チームなのかよくわかった。なんというか……適材適所って大事だな。

だが同情してばかりもいられない。なにせ俺たちは敵同士なのだから。

「くっ……強敵ですね、恭弥さん！　でも私たちだって負けていられません！　今回は〝作戦A〟で行きましょう!!」

〝作戦A〟とは、小毬とララが二日間みっちり相談して決めた我《わ》が隊の決戦用タクティクスである。……なおその中身は……

「攻めは私が！　恭弥さんは守りを！　開幕どーんといって、あとは流れで!!」

と叫ぶ小毬。相手チームに内容丸聞こえである。もっとも、俺の定義だとこれは〝作戦〟とは呼べないので何の問題もない。

ともかく、こうして幕を開ける第五試合。これまでの戦績は両者ともに全敗、互いに負けられない最終戦であり、実力はほぼ拮抗《きっこう》している。これ以上ないという激熱（？）の状況から展開されたその戦いは……見るも無残な泥仕合《どろじあい》であった。

なにせ、どっちも全敗という不名誉《ふめいよ》だけは回避《かいひ》したいプライドバトル。でありながら、誰一人《だれひとり》まともな攻撃《こうげき》系スキルを持っていないのだ。必然戦いは超低《ちょうてい》レベルな追いかけっこに。

旗を持って逃げ回る俺。

鬼《おに》の形相で追ってくる敵チームの男二人。

その間に小毬が向こうの旗を狙《ねら》うも、向こうだって旗を持ったまま逃げ回る。ばかでかいフィールド上で行われる無様な鬼ごっこに、客席からは怒涛《どとう》のブーイングが。だがそんなもの耳に入らないぐらいお互い必死である。

そうして前代未聞《ぜんだいみもん》の塩試合に観客たちが居眠《いねむ》りを始めた頃《ころ》……異変が訪《おとず》れた。

「――はあ……はあ……ちょこまか逃げ回りやがって……」

「――ぜえ……ぜえ……こ、このままじゃ、時間切れで引き分けだ……」

俺を追いかけていた二人が、ようやく足を止める。ぜえはあと息を切らすその様は誰《だれ》が見ても限界。むしろ今まで執念《しゅうねん》だけで追いかけてきていたのだ、敵ながら天晴《あっぱれ》と言わざるを得ない。

「ま、まあ、引き分けでいいんじゃないすか？　それならそれで全敗は回避できるわけですし……」

勝てはしなくとも、負けでなければララも泣かずに済むだろう。引き分けがお互いにとってウィンウィンなはず。……が、向こうは首を縦には振らなかった。

「……ダメなんだよ、それじゃ……」

「お前、新入生だろ？　ならまだわかってないだけだ……この先、SPがなけりゃ何もできない。ずっと底辺のままだ。這《は》い上がるには、ここで勝つしかないんだよ……！」

と、思いつめたようにぶつぶつ言う二人は、それから小さく呟《つぶや》いた。

「……だから、悪く思うなよ？」

その言葉と共に、二人は懐《ふところ》から取り出した〝何か〟を飲《の》み込む。

強化系の魔法薬だろうか？　と警戒《けいかい》した次の瞬間、二人の体内でとんでもない量の魔力が沸き上がる。本気を出した……なんてレベルじゃない。どちらもまるで別人のような力だ。

「よし……！」

「今回はアタリだな……！」

頷《うなず》き合った二人が同時に動く。腕力《わんりょく》、魔力、速度、すべてが今までとは段違《だんちが》い。あれだけ疲弊《ひへい》していたはずなのに、今や疲れの欠片《かけら》すら見られない。そして何より驚《おどろ》くべきは――

「《唸り轟く風神の牙《シュトルム・フルーゼ》》……！」

「《縫い留める氷像の手《ルイン・ジェレザード》》……！」

繰り出される攻撃は明らかに『固有異能』由来のもの。因果を超越《ちょうえつ》した不自然な力だ、見間違《みまちが》えではないはず。

一体なぜ急に？　鑑定スキルというのは嘘《うそ》？　だがわざわざ今まで隠《かく》していた理由は？

二人の攻撃を紙一重で回避しながら、頭の中では幾《いく》つもの疑問が沸き上がる。……だが、それよりも目下の問題が。

この二人が切り札を隠し持っていたということは、もう一人の方も……？

刹那《せつな》、遠くから爆発音《ばくはつおん》が響く。ちょうど小毬たちのいる方角だ。慌ててスクリーンに目をやれば、今まさに小毬が追いつめられているところだった。

「ふふふ……あ、あたしたちの勝ちみたいね……！」

女の頭上に浮いているのは、本来Aランカー級の魔力がなければ扱えないはずの高度な攻撃魔術《こうげきまじゅつ》。こっちにいる二人と同じく、先ほどまでとはまるで別人だ。

だが、今の問題はそこじゃない。

「おい、あんたらの仲間、正気かよ……?!」

一目見ればわかる。あの女の固有異能は魔力そのもの――己《おのれ》の魔力に爆炎《ばくえん》の属性を付与《ふよ》するものだろう。だが、彼女《かのじょ》が今起動しようとしている術式は爆炎とは正反対の氷結系魔術。あれでは冷水に煮《に》えたぎる油をぶち込むようなものだ。すぐに術式が崩壊《ほうかい》して辺り一帯消し飛ぶことになる。自爆《じばく》するつもりだとでも？　いや、そんなわけない。あれは多分……自分の固有異能を理解しきれていないのだ。

己の力を知らないなんて、そんなことがあるのか？　いや、今それを考えても仕方ないし、確かめる猶予《ゆうよ》も忠告する時間もない。だとしたら……暴走を防ぐためにできることは一つだけだった。

「――審判《しんぱん》、降伏する！　俺たちの負けだ!!」

叫んだ瞬間、試合終了《しゅうりょう》の笛が鳴る。

それに気づいたのだろう、女は魔力の生成をやめ、臨界寸前だった術式も無事に収まった。どうにか爆発は防げたようだ。

「や、やったわ……！」

「勝った、勝ったぞ～！」

「これで当面のSPが確保できた……！」

と初勝利を喜び合う『星詠みの館』の傍《かたわ》らで、俺は戻ってきた小毬に頭を下げた。

「ごめんな、小毬……ダメだったわ」

あれだけ追いつめられてなお、小毬は剣《けん》を捨てていなかった。まだ諦《あきら》めていなかったのだ。爆発を防ぐためとはいえ、その覚悟《かくご》を無下にしたのは褒《ほ》められたことではない。

だけど……

「いえ、今のは惜《お》しかったです！　次は勝てそうな気がしますよ～！」

と小毬は鼻息荒《あら》くこぶしを握る。勝手に棄権したことなど微塵《みじん》も気にしていないらしい。

彼女の瞳《ひとみ》はとうに次なる戦いを見据《みす》えているのだ。

まったく、この前向きさにだけは敵《かな》わないな。……まあ、今のが最終戦なんだが。

「なんにしても、ララに謝《あやま》らなきゃだな」

「えへへ、ですね！」

そうして戦いを終えた俺《おれ》たちはララとフェリスの待つ控室へ戻る。

すると、その途中……

「――小毬！」

と廊下の向こうから駆《か》け寄ってきたのは香音《かのん》だった。

「あれ、香音ちゃん!?　ここにいるってことは……もしかして、次の試合なんですか？」

「ええ、そうですわ。でも、今の試合はモニターで見てましたわよ。頑張《がんば》ったわね、小毬！」

「えへへ、あとちょっとだったんですけどね～」

「そうね、きっと次は勝てましてよ！」

なんて小毬の頭を撫《な》でる香音の眼が、じろりとこちらへ向く。……俺はつい反射的に謝ってしまった。

「いや、その、すんません……」

香音からは小毬を守れと言われていた。だというのに、その俺が敗因になったのだ。さぞやご立腹のことだろう。……と思ったのだが……

「最後の判断、あれは良かったわ。……あなたもご苦労様でしてよ」

「え、あ、はい……」

さらりと口にされたのは、紛れもなく労《ねぎら》いの言葉。どうやらちゃんと状況を理解してくれていたらしい。……なんだかそれだけで救われる思いだ。

「さてと、そろそろわたくしも入場しなくては。お二人とも、客席からよ～く見ていなさい。このわたくしの優雅《ゆうが》で華麗《かれい》な戦いを！　小毬のぶんまで勝ちまくりますからね！　そしてわたくしに賞賛の声援《せいえん》を送るのです!!」

「わあぁ、頑張ってくださいね、香音ちゃんっ！」

「ははは、応援《おうえん》してるよ」

そうして香音はチームメイトを引き連れて高笑いと共に去っていく。本当に中身と態度があべこべな奴《やつ》だ。

「さてと、ならさっさと戻らなきゃな」

あれだけ言われては観戦しないわけにもいかないだろう。ララとフェリスと合流した俺たちは、急いで客席へと向かう。

だが、そこで二度目の邪魔《じゃま》が入った。

「――いや～、残念やったねえ、恭弥くん。もうちょいで初勝利やったのにな～」

廊下の角から心にもない慰《なぐさ》めをかけてきたのは、試合前同様待ち構えていた葛葉。

けれど、今回は嫌《いや》だとは思わない。……なにせ、俺もこいつと話がしたかったのだから。

「教えてくれるんですよね、アレ、なんなんですか？」

小毬たちに気づかれぬよう陰《かげ》へ場所を移しながら、俺は単刀直入に問う。

「ん～？　アレって言われてもな～、なんのことやろうなあ？」

「とぼけないでくださいよ。……知ってるんですよね、あいつらが何をしたのか」

先ほどの試合で『星詠みの館』が見せた異常な強化と固有異能……あれは明らかに普通のドーピングではなかった。まさに試合前に葛葉が言っていた〝秘策〟そのものではないか。

するると、葛葉は明後日の方向の話を始めた。

「なあ恭弥くん、こんな噂聞いたことないか？　最近、下層ランクの生徒中心におかしな薬が流行《はや》ってる、って」

「薬……？　確か、香音がそんなこと言っていたような……」

「なら話は早い。その薬の名前はな、『リンカーネーター』っちゅうらしいで。意味は――」

「――『転生させるもの』……？」

答えた瞬間、葛葉はにんまり笑った。

「うちらの力は異世界転移で与《あた》えられたものや。もしもう一度生まれ変わったなら……もう一個新しいのが増えたりしてなあ」

まさか、新たな固有異能を与える薬物が存在するとでもいうのか。

「いや、ちょっと待ってください、さすがに有り得ないでしょ。勇者の力は元から俺たちの中にあるものであって、女神《めがみ》様はあくまでそれを解放する力をくれるだけ。だったら、薬で増やせるとかそういう代物《しろもの》じゃ……」

「ん？　なんや、それ知っとるんか？　執行部《しっこうぶ》内でも知らん子は少なくないんやけどなあ。誰に聞いたんやろうねえ？　お姉さん気になるわ～」

「うっ……ちょ、ちょっとした噂で聞いただけですよ」

どうやら今のは失言だったらしい。こいつ相手の時は言葉の一つにさえ気を付けなければ。

「そ、それより『リンカーネーター』についてちゃんと教えてください。そのために来たんでしょ？」

と話を戻すが……

「さあ、それがようわからんのよね～」

「は？　こんな話しといて今更《いまさら》隠すつもりですか？」

「ちょいちょい、おちつきーや。別に焦《じ》らしてるんと違《ちが》うで、ほんまにまだ尻尾《しっぽ》掴《つか》めてないんよ」

「いや、あれだけあからさまなんですから、使用者を捕《つか》まえるぐらい簡単でしょ？」

「ああ、捕まえるまではな。せやけどその先に進めんのや。尋問《じんもん》やら記憶操作やらで黒幕を割り出そうにも、重要な記憶にプロテクトがかけられとってなあ。どうにも突破《とっぱ》するのに時間がかかりそうやねん。かなり手練《てだ》れの契約《けいやく》・封印《ふういん》系の術者がバックについとるんやろうね」

　と肩《かた》をすくめた葛葉は、不意にこちらを名指しした。

「そこで君の登場や、恭弥くん」

「……ああ、なるほど……俺は囮《おとり》ってわけですか……」

「くくく……理解が早くてほんま助かるわ～」

　使用者から情報が引き出せないのなら、直接黒幕を捕まえるしかない。ならば潜入捜査《せんにゅうそうさ》が手っ取り早いが、生憎『リンカーネーター』が流行っているのは低ランク生徒の間だけ。上位ランカーばかりの執行部に声をかけてはこないだろう。ゆえに執行部は今、標的になるぐらい低ランクの協力者を必要としているのだ。

　と、まあ理屈《りくつ》としてそこまではわかる。だが一つ疑問が。

「そもそもこの大会、何でもアリじゃなかったんですか？」

「はは、痛いとこ突《つ》くやん、その通りや。けどな、だからこそ気になるんやないの。ドーピングＯＫの大会で、何で大層なプロテクトまでかけて隠してる？　それって要は、ただの強化薬じゃ済まんラインを超えとるってことやないか？　隠されれば隠されるほどうちとしては気になってしまうねん。……ほら、ちょうどどこかの誰かさんみたいになあ」

なんて意味深な視線をこっちに向けてくる。

「まっ、ゆうてもそれはうち個人の話。実際なんでもアリやからって無視しとる執行役員《しっこうやくいん》が大半やし、捜査が進まんのもその影響《えいきょう》が大きい。何よりお上の人らはみんな、基本的に興味がないんよ。『どうせ何が起きても自分なら捻《ひね》り潰《つぶ》せる。なら動くのは事が大きくなってからでいい』ってな──強い人らの悪い癖《くせ》やね」

「……あなたは違うと？」

「あはは、そりゃそうや。なんせほら、知っての通りうちは弱者に優《やさ》しいお姉さんやから」

よくもまあ心にもないことを。だがそんなのはどうでもいい。どっちにしても俺に選択《せんたく》肢《し》はないのだから。

「……わかりました、協力しますよ」

「おっ、なんや、いつになく素直《すなお》やないの」

「どうせ断ったって無理矢理《むりやり》やらせるんでしょう？」

「ひどいわ～、うちがそんな鬼に見えるか？　……ただまあ、確かにうちが恭弥くんの立場なら協力するかもなあ。なんせ、君らの班はまさに『リンカーネーター』の使用候補ど真ん中。うちがちょっと告げ口すれば捜査班《そうさはん》は喜んで飛んで来る。そんな相手のご機嫌《きげん》を損《そこ》ねたくはないわなあ。あ、もちろんそんなことはせえへんけどね？」

　なんて白々しくうそぶいた葛葉は、申し訳程度に付け加える。

「それにほら、タダでとは言わんし。結果が出せたらうちからご褒美《ほうび》あげるで～。どや、欲《ほ》しいやろ？」

「いいですってそういうの」

　これほどあからさまな脅《おど》しをかけておいてよく言うものだ。

「ただ、申し訳ないですけど調査みたいな器用なこと俺にはできませんよ？　あくまで向こうから接触《せっしょく》があった場合に報告するぐらいが限度です」

「ああ、それでええよ。下手にこっちから動いても怪《あや》しまれるだけやしな。ほれ、これがうちのメアドな。って、最近の子はメールとか使わんのやっけ？」

　などと言いながら、渡《わた》されたのは独特の紋様《もんよう》が描《えが》かれた紙切れ。一見すると落書きにしか見えないが、実態はかなり高度な秘匿《ひとく》通信用魔術刻印……それも、足がつきにくい一回限りの使い捨てタイプだ。連絡《れんらく》はこれで、ということだろう。

　それをポケットにしまいつつ、俺はもう一つ付け加えた。

「それと、もう一つだけ条件があります。……この話、俺だけに留《とど》めておいてください。

小毬やララには……」

「わかっとるって。さすがにうちもあの子《小毬》を使う勇気はないから」

どうやらその判断に関しては意見が一致《いっち》したようだ。

と、その時。噂をすればなんとやら、小毬たちの呼ぶ声がした。

「あれれ、恭弥さーん？　どこ行っちゃったんですかー？　香音ちゃんの試合始まっちゃいますよ～！」

「きょうや、はやくはやくー！」

「れでぃを待たせるとは何事じゃ！」

「ああ、わかってるって、今行くよ！」

内容はともかくとして葛葉との話は済んだ。俺は急いで踵《きびす》を返す。……が、その背中を呼び止められた。

「あ、ちょい待ちや。もしかして次の試合の子、知り合いなんか？」

「あー、俺のっていうか、小毬の友達です」

「ふうん、そうか……次の試合な、どうもカードが変わったらしいで。相手さんが棄権《きけん》したとかなんとかで。それでな、これ以上君に嫌《きら》われたないから言うとくけど……この変更《へんこう》に関してうちは無関係やからな」

「?」

これまでの試合でも組み合わせ変更はちょこちょこあった。なぜわざわざ断りを入れるのだろうか?　だが聞き返す前に再び小毬の急《せ》かす声が。

「引き止めて悪かったな、さっさと行きや」

「あ、はい……」

そうして今度こそ立ち去る葛葉。気になることは多々あるが……とにかく今は行かなければ。三人から総すかんを喰《く》らってしまう。

「もー、遅《おそ》いですよ！　試合始まっちゃってますよ！」

「悪い悪い。でも大丈夫《だいじょうぶ》だよ、さっき笛が聞こえたばっかだし」

と平謝《ひらあやま》りしながら客席への階段を登る。開始の笛が鳴ってからまだ二十秒ほど。俺たちじゃあるまいし、試合は動いていないだろう。

そうして客席にたどり着くと……そこにはおかしな光景が広がっていた。

「……え……?」

熱狂《ねっきょう》する観客。

絶叫《ぜっきょう》する実況《じっきょう》。

明らかに尋常《じんじょう》でない盛り上がり。

異様な熱気を帯びた空気の中、群衆が見つめる先にいたのは……血だまりに倒《たお》れ伏《ふ》した香音のチームメイトたち。あたりにはズタズタに切り刻まれた精霊《せいれい》の肉片《にくへん》が散らばってい
る。まるで悪夢のような光景に理解が追い付かない。

そう、試合開始からたった三十秒――既《すで》に決着はついていたのだ。

『なんということでしょう！　ルーキー期待の星、花菱《はなびし》香音率いるチーム『アナスタシア』を秒殺!!　強い、強すぎる！　無敵！　最強!!　天下無双《むそう》!!!　これが女神ローゼ直属の学園最強Sランク小隊――「ローゼン・シニル《ローゼのこら》」の実力なのか～～!?』

興奮した実況と同時に、モニターに映し出されたのは二人の生徒。

一人は筋肉隆々《りゆうりゆう》の大柄《おおがら》な青年――『獅子尾岳《ししおがく》　Sランク6位』――モニターにはでかでかとそう表示されている。自陣《じじん》フラッグ前に仁王《におう》立ちしたまま微動《びどう》だにしていないあたり、恐《おそ》らく戦闘には参加すらしていないのだろう。

そしてもう一人は愛らしい童顔の美少年――『裏戸《うらと》海璃《かいり》　Sランク11位』――学園内でも最年少であろうその少年は、倒れ伏した香音たちの前でつまらなそうに欠伸《あくび》をしている。その体には傷どころか返り血一滴《てき》ついてはいない。

この二人が……いや、正確には海璃という少年がたった一人で、一つの反撃《はんげき》も許さず、ものの三十秒で五人の手練れ勇者を倒してのけたというのか。

信じがたい光景に言葉を失った俺は……しかし、すぐに気づいた。この悪夢のような戦いがまだ始まったばかりだということに。

「──まだ……まだ、ですわ……」

零《こぼ》れ落ちる弱々しい呟き。と同時に血だまりの中から一人の生徒が立ち上がる──他でもない香音だ。既に全身傷だらけで、魔力もほとんど尽きている。仲間たち同様気絶していてもおかしくない満身創痍《まんしんそうい》。……にもかかわらず、その目はまだ死んでいない。彼女の心は未《いま》だ折れていないのだ。

そしてその闘志に応えるかのように、バラバラになっていた精霊たちが急速に再生していく。疑似《ぎじ》生命体である精霊にとって肉体など本質ではない。契約者《けいやくしゃ》である香音が精霊にふさわしき魂《たましい》を持つ限り、こうして何度でも彼女のために蘇《よみがえ》るのである。

そしてそれを見た海璃は、「わあ！」と目を輝《かがや》かせた。

「すごいすごーい。お姉ちゃんまだ立てるんだ～！」

と香音が起き上がったことを無邪気《むじゃき》に喜ぶ海璃。だが、それからくすりと笑った。

「でも……それってちょっと無駄《むだ》かも？」

海璃の指先がほんのわずかに動く。──刹那、蘇ったばかりの四騎《き》の精霊がまたしてもバラバラの肉片に変わった。

「くっ……！」

精霊が切断された瞬間、激痛に顔をゆがめる香音。契約している精霊へのダメージは術者にも伝播《でんぱ》する――精霊使いの弱点だ。しかも、海璃の攻撃はそれで終わったわけではなかった。同じように小指を振《ふ》るや、今度は香音の体が浮き上がり……恐ろしい勢いで地面へ叩《たた》きつけられたのだ。それも一度や二度ではない。右へ、左へ、上へ、下へ、まるで見えない巨人《きょじん》に振り回されているかの如く、樹々《きぎ》や地面に打ち付けられる香音。どれだけもがこうとその見えない手は彼女を逃《に》がしはしない。何度も、何度も、何度も、少女の体が叩きつけられるおぞましい音だけが会場に響《ひび》き渡る。

けれど……

「……ま、まだ……まだ……」

一体これで何度目だろうか？　ぼろ雑巾《ぞうきん》のように滅茶苦茶《めちゃくちゃ》に打ち据《す》えられた香音は、しかし、再び立ち上がる。起きればまた苦痛を受けると知っていながら、決して諦めようとしない。

そしてその理由はとても簡単なものだった。

「……あの子に……かっこ悪いところは……見せられませんの……！」

絶対的実力差を前にしてなお、欠片も揺《ゆ》るがぬ鉄の意志。それは他人から見ればくだらない意地かも知れない。だがそれでも、彼女は己の矜持《きょうじ》を貫き通《つらぬ》す。たとえ死ぬことになろうとも、最後の最後まで全力で。それを阻《はば》もうというのなら、本気で殺す以外に道はない。

それを海璃もまた理解したのだろう。ぴたりとその手を止める。……だが、それは次なる一手の前触《まえぶ》れに過ぎなかった。

「そっか、お姉ちゃんそーゆータイプか。うん、いいねいいね。僕、そういう女の人だあいすきなんだあ！　だから……もうちょっと遊ぼうか？」

となんとも楽しげに笑った海璃は、小さく呟いた。

「『ダメージリンク』」

Sランク能力者の次なる一手。何が起こるのか身構えた観客たちは……すぐに怪訝《けげん》な顔になる。なぜなら呟いたきり何の動きもないからだ。……けれど、それはあくまで〝彼《かれ》らの眼《め》に見えている範囲《はんい》では〟の話。

（あれは……⁉）

（ああ、ちとまずそうじゃのぅ）

俺とフェリスが視《み》ているのは、神話級以上の魔眼がなければ認識《にんしき》できない第七余事象領域。そして今、そこを埋《う》め尽くしているのは数億万本もの赤い糸――恐らくは海璃の固有異能によるものだろう。血の色をした不可視の糸が香音を搦《から》めとり、彼女の根源を幾重《いくえ》にも拘束《こうそく》しているのだ。

——あれはダメだ。とてもよくない予感がする。

そしてその予感は当たっていた。にんまり笑った海璃が、手元の糸を軽く指先で弾《はじ》く。

すると次の瞬間《しゅんかん》——

「あ、ぐ——っ?!!」

声にならない悲鳴をあげながら、痙攣《けいれん》するかのように悶《もだ》える香音。激痛に喘《あえ》ぐその様は、まるで今まさに無数の刃《やいば》に貫かれているかのよう。

いいや、それは比喩《ひゆ》などではない。あの糸には恐らくダメージを伝達する性質があるのだ。無論それだけなら大した話ではないが、問題はその数にある。糸から糸へと伝わるたび音叉《おんさ》の如く増幅《ぞうふく》される衝撃《しょうげき》。連鎖《れんさ》するダメージは指数関数的にその威力《いりょく》を増していく。そんな糸が数億万本も連なっているのだ。指先で弾いただけのほんの些細《ささい》な衝撃も、末端《まったん》へ届く頃には想像を絶する威力となる。そしてそれらの糸がつながる先は、彼女の魂そのもの——

「あ、あ、あ……」

あれだけ痛めつけられてなお挫《くじ》けなかった香音が、あっけなく膝《ひざ》をつく。肉体という防《ぼう》壁《へき》を無視して直接根源に叩き込《こ》まれる衝撃――常人であれば一撃《いちげき》で廃人《はいじん》になっているであろう激痛だ。未だに悶えるという反応ができるのは彼女が強靭《きょうじん》な勇者であるがゆえのこと。

……だが、その強さこそが何よりの不運であった。

「あはっ、すごーい！　まだ耐《た》えられるんだー？　じゃあこれは？　こんなのはどうかなあ？　もうちょっと強くても大丈夫?!」

まるでおもちゃで遊ぶみたいに、強弱を変えて糸を弾く海璃。そのたびに香音は激痛に悶え、のたうち、絶叫しながら七転八倒《しちてんばっとう》を繰《く》り返す。魂へ直《じか》に刻まれる苦痛からはどうやっても逃《のが》れられない。もしもこの地獄《じごく》から解放される方法があるとしたら、それはたった一つだけ。

だから……彼女がそれを選んだことは、誰にも責められはしないだろう。

「……し、審判……き、棄権、しま……」

と、息も絶え絶えに口にするのは降伏《こうふく》宣言。常軌《じょうき》を逸《いっ》したこの苦痛にとうとう心が折れてしまったのだ。

だが――

「……あ、あれ……？　棄権、し……あう、あ……こ、こうさ……う、な、なんで……？」

『棄権する』という言葉がなぜか最後まで出ない。どうあがいても途中《とちゅう》で止まってしまう。その無様な姿を見下ろしながら、海璃は楽しそうに笑った。

「もー、降伏なんてダメじゃないお姉ちゃん。かっこ悪いところ、見せられないんでしょ?」

そう、根源を縛《しば》られた今、彼女は海璃の操《あやつ》り人形《にんぎょう》。降伏すら自分の意志では許されない。

そしてこれはフラッグ戦。旗を取るか棄権するか以外で決着がつくことはない。つまり、そのどちらもしなければ制限時間まで試合は続くということ。それがたとえ、一方的な嬲《なぶ》り殺しであったとしても。

これから自分を待つ恐ろしい運命に気づき青ざめる香音。そんな彼女へ、海璃は輝く笑《え》顔《がお》で囁《ささや》いた。

「それじゃ、次は今の百倍、やってみよっか? 時間はたっぷりあるんだしね」

「ひっ……い、嫌……」

香音の瞳に滲《にじ》む恐怖《きょうふ》の涙《なみだ》。

それが零れ落ちる刹那――俺の隣《となり》で小毬が駆け出した。

これまでの間、小毬はただ試合を見ているだけだった。それは海璃が恐ろしかったからではない。たとえどれだけ劣勢《れっせい》でも、親友の戦いに手を出すことは彼女の矜持を傷つけると知っていたから。だから……噛《か》み締《し》めた唇《くちびる》から血を流しながら、それでもじっと『客席から見ていなさい』というその言葉を忠実に守っていたのだ。だが、ここから先はもう試合じゃない。ただの公開処刑《しょけい》だ。だったらもう、見ているだけの理由はない。

もちろん乱入なんてルール違反《いはん》だし、客席と戦場との間には障壁《しょうへき》が張られている。たとえたどり着けたところで、香音が手も足も出なかった海璃相手に何ができるというのか。

相変わらず小毬は無茶苦茶《むちゃくちゃ》だ。

……でもまあ、今回ばかりは責められないな。だって……俺ももう限界だったから。

「──なあ、もういいだろ？」

小毬より一足早くフィールドへ降り立った俺は、今まさに糸を弾こうとしていた海璃の手を掴《つか》みとめる。

すると海璃は、「はあ？」とこちらを振り返った。

「おにーさん、誰？　ってか何してんの？　試合中なんですけど？」

「試合は終わったよ。だからもう帰れ」

「いやいやいや、勝手に決めないでくれる？　ってか離《はな》せよ、キモイ。僕、男に触《さわ》られると蕁麻疹《じんましん》出ちゃうんだけど？」

こいつ、男と女で随分《ずいぶん》と態度が違うな。

「あ、そうなのか？　そりゃ悪かった」

蕁麻疹が出るなら仕方ない。掴んでいた手首を離してやると……

「まあいいよ、別に。僕って優しいから！」

と、海璃は一転してにっこり微笑《ほほえ》む。だが、その目の奥《おく》だけは笑っていなかった。

「でもさ、ちょーっとだけイラッとしちゃったから……とりあえず、一回死んで？」

刹那、海璃の全身から無数の糸がほとばしる。会場を易々《やすやす》と埋め尽くすほどのその量は、試合中に見せていた比ではない。そしてその一本一本が意思を持った蛇《へび》の如く俺に向かって唸《うな》りをあげて――

だがその時、会場に鳴り響くホイッスルの音。と同時に、審判団《しんぱんだん》が俺の周りを取り囲んだ。

『おーっと、ここで試合中断のホイッスル～！　御覧《ごらん》の通り突然《とつぜん》の乱入、当然これは規定違反です！　これより審議《しんぎ》に入る模様！　と言ってもチーム「アナスタシア」は全員戦闘不能ですからね、状況的《じょうきょうてき》に「ローゼン・シニル」の勝利となるでしょう！　しかしこれはいけませんねえ、どうやら術式のミスにより障壁の一部に穴が開いていたようです！　担当者、今頃《いまごろ》ガクブルか～!?』

なんてバカげた実況の中、俺と……ついでに遅《おく》れてやってきた小毬はあっけなく審判たちに拘束される。なにせこれは学園の大事な試合。乱入などすればこうなるのは当たり前だ。

　だから言ったんだ、試合はもう終わったって。

「チッ……覚えとけよな」

　審判やら係員やらが入り乱れる中、海璃は舌打ちをして下がっていく。俺の周りには大会関係者が山ほどいる、さすがに彼らごと攻撃を仕掛《しか》けるほど馬鹿ではないようだ。利用するようで悪いが、作戦通りだ。

　かくして試合は強制終了。香音たちは救護室に運《はこ》び込まれ、乱入した俺と小毬は運営室でこっぴどく叱《しか》られることに。本来ならこういう場合は全敗扱《あつか》いになるらしいが、幸いにも（？）俺たちはとっくに全敗している。失うものは何もない。勝敗に直接かかわったわけでもなし、今回は厳重注意で解放されることに。

　そうして二人してしょんぼり寮《りょう》へ戻《もど》ると、ララとフェリスが出迎《でむか》えてくれた。

「きょうや！　こまり！　しかられたですか？　こわかったです？」

「うえ～んすごく叱られたよ～！」

「元気だすです！　ララがよしよししたげるです！」

「えへへへ……」

　幼女になでなでされて喜ぶ小毬を横目で見ながら、俺はもう一人のお留守番に頭を下げた。

（悪いなフェリス、目立っちまった）

（ふふ、わしに謝ることではなかろう。第一……あそこで飛び出さぬような男なら、それこそわしは見限っておるわ）

なんて言いながら、フェリスはふわふわの尻尾《しっぽ》で撫でてくれる。それだけで随分と気持ちが落ち着く。

ただ……

（にしても、あれがSランカーってやつか……）

改めて思い返す。あの海璃とかいう少年の固有異能……恐らくあれはただの魔術《まじゅつ》糸ではない。『つなぐ』力が顕現《けんげん》したものだろう。まともにやり合うとなれば厄介《やっかい》な能力だ。

そして何より気がかりなのは、ずっと後ろで控《ひか》えていたもう一人の青年。彼だけは一連の騒動《そうどう》の中で微動だにしなかった。海璃が会場中を糸で埋め尽《つ》くしたあの時でさえ、だ。いくら仲間の能力といえど、あれだけ高密度の魔力に囲まれれば本能的に魔力で防御《ぼうぎょ》してしまうもの。それは生物としての防衛本能だ。だが、彼はそんな気配を微塵も見せなかった。一ミリも自分の魔力を外に漏《も》らすことがなかったのだ。精神と魔力、双方《そうほう》を高度に制《せい》御《ぎょ》できている証拠《しょうこ》である。手の内が見えなかったぶん、海璃よりも警戒すべきは彼だろう。

『ローゼン・シニル』——女神ローゼが担当する学園最強部隊。もしかしたら……いや、もしかしなくとも、とんでもなく面倒《めんどう》なのと絡んでしまったのかもしれない。

第三章　密林にて

「──どうしてこうなった……？」

トーセン第一フェイズ：フラッグ戦の全日程が終わってから丸一日。

結果はどうあれ、本来であればお疲《つか》れ様《さま》会でも開いているはずの俺たち『ララちゃん班（仮）』は今──広大な樹海の真ったただ中に立っていた。

辺りに並び立つのは五十メートル超《ちょう》の巨大樹《きょだいじゅ》。

そこを飛び交《か》うのは人間など一飲みにできそうな巨大昆虫《こんちゅう》の群れ。

途方《とほう》に暮れて見上げた空には、ぎらぎらと輝く太陽が三つも。

何度目をこすっても間違《まちが》いない。どこからどう見たって異界の様相である。

……ああ、本当に、どうしてこうなったんだっけ？

話はさかのぼること一時間前。

──────……

――……

「――っちゅーわけで、おつかれさーん！」

おなじみとなった学園の大講堂に、明るい葛葉《くずは》の声が響く。

「これにて第一フェイズの全行程終了や！　いやー、ここまで死者ゼロとはめでたいわ～。まっ、重傷は何人かおるみたいやけど、命あるだけ儲《もう》けもんって言うしな～」

と、まるっきり他人事《ひとごと》で笑う葛葉。だが今更彼女《いまさらかのじょ》に同情を求める愚《おろ》か者《もの》など、ここに集まった十三期生には誰《だれ》もいない。

「さてと、そんじゃあ本題いくで～。まあわかっとると思うけど、次から始まる《第二フェイズ：サバイバル戦》の説明や。ゆうてももう冊子で確認《かくにん》しとるよな？　せやからはしよりつついくで。まず開催《かいさい》期間は丸二週間。場所は『アヴァルド』っちゅう異世界や。その《惑《まど》わしの森》と呼ばれとる大樹海をフィールドとして改造してある。お察しの通り、競技用に罠《わな》やら魔物《まもの》やらが追加されとるから油断すれば普通《ふつう》に死ぬで。特に今回はステージが広いからなあ、フラッグ戦の時みたく棄権やら反則やらで審判に助けてもらおう、なんて甘《あま》い考えは捨てといた方がええよ～？」

葛葉がちらりとこちらを見たのは気のせいということにしておこう。

「んで肝心《かんじん》の勝敗やけど、フィールド内にはポイントが割《わ》り振られた魔物やアイテムが配置されとる。それを集めて回って、二週間後の終了時点での保有ポイントで順位が決定するっちゅう寸法や。簡単やろ？　ちなみに、最終ポイントはそのままチームＳＰに加算されるから、お小遣《こづか》い稼《かせ》ぎのためにも気張ってやりや」

宝探しや魔物討伐《とうばつ》をしながら、期間内を生き延びる。この学園にしては割と素直なルールだ。……と思いきや、やはりそう一筋縄ではいかないらしい。

「ちなみに、ポイントは他チームから奪《うば》っても有効やからな～」

ちょっと待て、その一言で随分と状況《じょうきょう》が変わるのでは……？

「まっ、長期戦やし戦略はよう考えとくことやね。高ポイントの魔物は魔王《まおう》級の強さに設定されとるし、当然他のチームとの奪い合いになるから危険性はでかい。弱くて高ポイントのボーナスモンスターも用意されとるけど、数は少ないし捕まえるのも一苦労や。このあたりは早めに確保しておきたいところやけど、序盤《じょばん》から保有量が多くなれば今度は自分らが標的になる。争いを避《さ》けてこつこつ稼ぐか、最初に稼いで逃げ切りを狙《ねら》うか、もしくは……のんびりバカンスしながら、最後に他チームからぶんどるか。まっ、お仲間さんとよう話し合って決めるんやで～」

この学園では最後を選ぶ奴が多そうな気がしてならない。まったく底意地の悪いルールである。

「さてと、これで一通り説明はしまいや。なんか質問ある？」

『まあないよな〜』と、おざなりに問いかける葛葉。すると数人の生徒が挙手をした。

「サバイバル戦のスタートはいつからですか？　既に当初の日程とずれていますが？　それから移動方法やスタート位置は？　いつものゲートを利用するのであれば先にスタートしたチームが有利になってしまいますよね？」

と繰り出されるのはごもっともな質問。このあたりは事前のルールブックにも書いていなかったことだ。

するとと葛葉は「あー、はいはい、それなー」と面倒くさそうに答えた。

「スタート位置に関しては心配ないで。転移魔法《まほう》を使うし、超公平《ちょうこうへい》なやり方があるから。ほら、サバイバルゆうたら君らもその手のゲーム好きやろ？　『ＢＵＢＧ』とか『アペックスレジェンド』とか。あれあれ、あーゆー感じでな」

『あーゆー感じ』と言われても何のことやら。他の生徒たちも首をかしげている。

「それともう一個、なんやったっけ？　ああ、そうか、開催日時か。それはな……おっ、なんやナイスタイミングやないの」

と時計を確認した葛葉は、にっこり笑った。

「ちょうど今からや」

「は？」

——次の瞬間、講堂に巨大《きょだい》な転移術式が起動して……俺たちは遥《はる》か空高くに放り出されていた。

『ほんじゃ、きばりーよ～』

という葛葉の声も置き去りにして、当然の落下が始まる。

アペックスみたいなって、まさかこの自由落下からスタートとは。だが驚《おどろ》いている暇《ひま》はない。周囲では既に皆《みな》対応を始めている。

ドラゴンを召喚《しょうかん》したり、飛行魔術を使ったり、高火力魔術で無理矢理重力を相殺《そうさい》したり。今更《いまさら》この程度で動揺《どうよう》する生徒などいないのだ。

俺たちも早いところ何とかしないと。と思って横を見れば、小毬《こまり》はとっくに白目を剥《む》いて気絶中。その小毬を引っ張り上げようとララが懸命《けんめい》にぱたぱたしているも、力不足で一緒《いっしょ》に落ちていくだけ。フェリスはといえばけらけら笑いながら自由落下を楽しんでいる。

我《わ》が隊、スタート前から全滅《ぜんめつ》の危機である。

って、さすがにリタイアにはまだ早いだろう。ひとまず全員を魔力で引き寄せると、そのまま魔力を下に放出して減速する。この程度なら魔術は必要ない。出力を調整しつつ、森のど真ん中へ着地成功。といっても、あくまでスタート位置についただけ。辺りは見知らぬ密林。持ち物はなく、周囲はすべて敵。これから二週間もこんなところで生き抜《ぬ》かなければいけないのだ。考えただけで気が重い。

まあ、とりあえず……

「おい小毬、そろそろ起きろよ」

――――……

――……

かくして始まった《第二フェイズ：サバイバル戦》。俺《おれ》たち『ララちゃん班（仮）』は

……さっそく途方に暮れていた。

「小毬、そっちはどうだった？」

「はい！　森がありました！」

「そうか、報告ありがとう。……ララ、そっちはどうだ？」

「はいっ！　もりがあったです！」

「そうか、その通りだな。……フェリス！」

「うむ！　森があったぞ！」

「そうか、うん……そうか……」

ひとまず偵察《ていさつ》もどきをしてみたものの、どこまで行っても森、森、森。まあ大樹海の真ん中に降りたのだから当たり前だ。

にしても、これは参った。ポイント付きの魔物や宝物を探す以前に、そもそも自分たちの現在地すらわからない。恐らくは状況把握《じょうきょうはあく》能力もこのフェイズに求められる力なのだろう。思ったよりもガチでサバイバルをやらせるつもりらしい。

となったら仕方ない、少々ズルをするしかなさそうだ。

（さて、そろそろ頃合《ころあ》いかな）

怪しまれないよう小毬たちから少し離れた俺は、地面に手をついてそっと魔力を広げる。樹々の呼吸と同化するほど薄《うす》く、密《ひそ》やかな探知魔術だ。

すると、やはりあった。地中深くに展開されていたのは、樹海全体に網目《あみめ》の如《ごと》く張られた巨大結界術式。十中八九学園側が用意していたものだろう。その機能はというと、監視《かんし》、鑑定《かんてい》、探知妨害《ぼうがい》に転移阻害《そがい》等々、ともかく諸々《もろもろ》の行動を邪魔《じゃま》する複合的な妨害術式だ。これもサバイバルの一環《いっかん》なのだろう。安易な探知や転移が通じると思うなよ、というわけか。

ただし、そんな大魔《ま》法陣《ほうじん》の網目を縫《ぬ》うかのように、既に幾《いく》つもの探知魔術が動いている。

領域設定型の監視結界、視覚共有タイプの飛行式神、索敵《さくてき》挙動中の使《つか》い魔《ま》……いずれも生徒が放った〝目〟だ。このサバイバルが情報戦であるといち早く気づいたチームから、既に各々《おのおの》の得意分野で情報収集を始めているのである。

だったら、こちらもそれに便乗させていただこう。

俺は魔力を糸状に変形させると、このあたり一帯に存在するすべての感知術式にこっそり接続する。そして術式の中に俺自身の〝目〟をこっそり書き加えた。あとは情報経由用の中継《ちゅうけい》仮想次元を三つほど設定し、侵入《しんにゅう》した形跡《けいせき》を消せばお仕事完了《かんりょう》。これにより、各術式が感知した情報はすべて俺にも流れてくる。要は他人の監視カメラを覗《のぞ》き見できるようにしたのだ。

こうしておけば俺はほとんど消耗《しょうもう》せず周囲を見張れるし、情報の伝達には中継点を噛ませているから逆探知される恐れもない。まあ、固有異能由来の術式だけは放っておいた。中身もわからないものに触《ふ》れるほど俺は勇敢《ゆうかん》じゃないからな。

なんにせよ、これで辺りの安全はひとまず確保できた。となれば残る問題は……

「きょうや〜、お腹《なか》すいたです」

と、とてとてやってきたのはララ。そのお腹からは「くー」と可愛《かわい》らしい音がしている。

それに対し、俺よりも早く反応したのは小毬だった。

「むむっ！　来ましたね、これですよこれ！　サバイバルといえば食糧《しょくりょう》調達！　ララちゃん隊長、私に任せてください！　小毬隊員、行きまーす！」

などとやたら張り切っている小毬。なんだかすごく嫌《いや》な予感がする。……そして案の定、その予感は当たっていた。

※※※※※

○五分経過
「——あっ、こまり、どんどん川に流されてくです。楽しそうです！　ララもやるです！」
○十分経過
「——恭弥《きょうや》よ、小毬が蛇に丸のみされておったが、あれはそうゆう狩猟《しゅりょう》法なのかのぅ？」
○三十分経過

「――こまり、ずっと笑ってるです。紫《むらさき》のキノコ食べたです。ララ、だめっていったですよ？」

〇一時間経過

「――ほぉ、小毬のやつ、あの巨大オオワシにあえて捕《つか》まるとは大した度胸じゃ。ああして巣まで行って卵を獲《と》るのじゃろうなぁ」

※※※※※

「ふぅ……いやあ、やっぱりサバイバルはハードですね!!」

「あの、小毬さん、ちょっとおとなしくしててもらっていいですかね？」

案の定露呈《ろてい》する小毬のサバイバル能力の低さ。……いや、あれだけの目に遭《あ》ってピンピンしているあたり生存能力はむしろ高いというべきなのか？

ともかく、このままでは飯の確保どころか小毬が飯になる方が早いだろう。探索《たんさく》は早々に中止することに。さりとて飯を食わねば死んでしまうのも事実。かくなるうえは……チートを頼《たよ》るしかないようだ。

「よし、ちょっと待ってろお前ら」

俺は木陰《こかげ》に隠《かく》れると、《万宝殿《パンテサリウム》》を開く。呼び出すのは『豊穣神《ほうじょう》の円卓《えんたく》』——廃棄《はいき》世界でも使っていた食べ物を生み出す宝具だ。もちろんここが監視《かんし》魔術《まじゅつ》の死角であることは確認済みだが、固有異能がある以上それも絶対ではない。なので基本的にこの手の力は使いたくないのだが……背に腹は代えられぬ、これは立派な非常時である。

というわけで、入手した食材を使って料理開始。ハンバーグや卵焼き、から揚《あ》げにコロッケ等々、小毬とララが好きそうなメニューを一通り仕上げる。ぶっちゃけ『豊穣神の円卓』から完成品を取り出した方が早いし旨《うま》いのだが、廃棄世界時代ではこうやって自分で作るとやたらフェリスが喜んでくれた。そのせいですっかり身についてしまったのである。

そうしてできたての料理を持っていくと……

「わああ、ハンバーグです！　グラタンです！　シチューです！」

「むっ、恭弥の手料理か！　むふふふ、久しぶりに舌が鳴るのぅ！」

と、大いに喜んでくれるララたち。まあ、これだけはしゃいでくれるなら悪い気はしない。……ただし、小毬だけは珍《めず》しく黙《だま》り込んだままだった。

「…………」

「ん？　どうした小毬？　腹でも痛いのか？」

「いえ、少し気になって……こんな食糧、一体どこにあったんですか？」

「うっ」

まさか、あの小毬がそこに気づくとは。毒キノコの影響《えいきょう》だろうか？　ともかく誤魔化《ごまか》さないと。

「それは、ほら……向こうの樹《き》になってたんだよ」

と目をそらすと……

「やっぱりすごいですね、異世界！」

うん、やっぱり小毬は小毬だった。

かくしてお腹いっぱいになった小毬たちが、次に要求してきたのはお風呂《ふろ》。女子（？）三人の熱烈《ねつれつ》な要求に異を唱えられるはずもなし。しょうがないので再び登場《万宝殿》。今回お越《こ》しいただく宝具は『水龍《すいりゅう》の釜《かま》』――無限に湯の湧《わ》き出る釜である。適当に掘《ほ》った穴へこれを埋めれば、お手軽露天《ろてん》風呂のできあがりだ。

「くぅ〜、しみる〜！」

設営者特権として一番風呂は俺のもの。やはり空を見上げながらの風呂は格別である。

まあ、緊張感《きんちょうかん》がないなと我ながら思わないでもないが、実は戦略的にあながち間違いでもない。なにせこのフェイズは二週間の長丁場、休息は戦いの一部なのだ。しかも、俺たちは自他ともに認める弱小落伍部隊《らくご》。つまり、まともにポイントを集められるわけもないとみんな知っている。どれだけ隙《すき》を晒《さら》そうと、素寒貧《すかんぴん》と分かっている落ちこぼれ部隊を襲《おそ》うほど他の奴《やつ》らも暇ではないだろう。

というわけで、のんびり入浴を楽しむことに。……が、その安息は長くは続かなかった。

「はーい、ララちゃんばんざいして～」

「ひとうです！　ろてんぶろです！」

「ふむ、月夜に露天風呂……熱燗《あつかん》はにゃいかのぅ？」

と、聞こえてきたのは小毬たちの声。

まさかこいつら……⁈

「おい、今は俺の番……！」

慌《あわ》てて抗議《こうぎ》するも、時《とき》すでに遅《おそ》し。小毬たちはずかずかと我が聖域に踏《ふ》み入ってくる。

「まあまあ、いいじゃないですか！　こんなに広いんですし！」

「きょうや～、頭あらって～」

「にゃふふふ、減るもんじゃなしケチケチするでないわ」

「きゃあああっ⁉　だからなんでこっち来んの⁉」

なんてひと悶着《もんちゃく》の末、どうにか岩の仕切りの陰《かげ》で安息を取り戻す。こいつらにはいつかプライバシーという言葉を教えてやらないといけない。

そう思っていた時……

「ふぅ～、いいお湯ですね、恭弥さん！」

「あ、ああ、まあな……」

と岩越しに声をかけてきた小毬が、不意に言った。

「……ありがとうございます」

「うん？　何に対してだそれ？　温泉？　飯？　巨大ワシから助けたことか？」

心当たりが多すぎてさっぱりわからない。

だが、どうやらそのどれでもなかったらしい。

「そうじゃなくて……香音《かのん》ちゃんを助けてくれたことです」

「ああ、あれか。先に飛び出したのはお前だろ。俺がやらなくても同じことになってたさ」

それに……

「『助けた』っていうには、遅すぎたよ」

確かに香音の体は無事だった。だが、『ローゼン・シニル』に与《あた》えられた絶対的な苦痛と恐怖は、既《すで》に深々と魂《たましい》へ刻まれてしまっただろう。それは十六の彼女《かのじょ》にとってどれほど大きな傷跡《きずあと》になったか。

けれど、誰よりも心配なはずの小毬は、明るく笑うのだった。

「それなら大丈夫《だいじょうぶ》ですよ！」

「……なんでそう言い切れる？」

あの試合以降、俺たちは一度も香音に会えていない。ずっと入院したまま面会謝絶だったのだ。肉体の傷が完治したことだけは医師から伝え聞いたものの、今回の第二フェイズに参加しているのかどうかも定かではない。『大丈夫』と言い切れる根拠《こんきょ》などどこにあるというのか？

すると、その答えは実にシンプルだった。

「だって、香音ちゃんはとっても強いんですから！　私はそう信じてます！」

その底抜《そこぬ》けの自信に釣《つ》られてか、俺もつい根拠もなしに思ってしまう。こいつがそう言うのなら、きっと大丈夫なのだろう、と。

「……はは、そうかもな」

かくして露天風呂を堪能《たんのう》し終える頃《ころ》には、あたりはすっかり夜の様相。ポイント集めは明日からということにして、今日のところはおとなしく就寝《しゅうしん》することに。

というわけでみたび登場《万宝殿》……の出番かと思いきや、小毬もララも楽しそうに草原に寝転《ねころ》がる。どうやらすっかりキャンプ気分。星空を見上げてお喋《しゃべ》りしていたかと思えば、すぐに二人揃《そろ》って寝息《ねいき》を立て始める。今がサバイバル戦の真っ最中ってこと、忘れてないか？

「なんというか……たくましいなこいつら」

俺はこれからのことを考えるだけで胃が痛いというのに。

「くくく、そなたも真似《まね》してみてはどうじゃ？」

「んなことしたら明日には俺たち全滅しちまうよ」

と笑い合っていると、なんだか懐《なつ》かしい気がした。

「そういえば、こうやって空を見上げて眠《ねむ》るのは久しぶりだな」

《廃棄世界》では、修行《しゅぎょう》で疲れ果ててその場で眠ってしまうことも多かった。そんな時、フェリスは決まって隣にいてくれたものだ。

「ふふふ、懐かしむ年でもなかろうて。じじくさいのぅ」

「い、いいだろ別に、ちょっと思い出すぐらい！」

……ただ、思い出しついでにふと気になる。

「……お前はどうなんだよ？　こっちに来てもう半年だ。懐かしいとか……その、帰りたいとかって、思ったりするか……？」

恐《おそ》る恐るそう尋《たず》ねると……フェリスはけらけらと笑った。

「何を言うか。帰るもなにも、わしの居場所はここにある。そなたの隣がわしのいるべき場所じゃ。たとえそこが地獄の果てであったとしても……そなたがいるのであれば、わしはそれだけで幸福じゃぞ」

穏《おだ》やかにそう告げるフェリスは、いつの間にか人の姿に戻っていた。油断していた俺は、うっかりその眼《め》を正面から見てしまう。

相変わらず呆《あき》れるほどに美しい紅の瞳《ひとみ》。それに見つめられるだけで、心臓がばたばたと跳《は》ね回り、言葉は詰《つ》まって出てこない。蛇に睨《にら》まれた蛙《かえる》というのは、きっとこういう気分なのだろう。

「うっ……ず、ずるいぞ、そういう言い方は……」

「くくく、魔王とはずるいものじゃ。知らなかったのか？」

なんて悪戯《いたずら》っぽく微笑むフェリス。修行時代から変わらない、俺はいつだってこいつの掌《てのひら》の上。こうやってか弱い人間をからかっては、その魔性《ましよう》の笑《え》みで心を奪っていくのだ。

「まったく、そなたは本当にかわいいのぅ。じゃが少し心配じゃ。そんなうぶでは悪女に騙《だま》される気質があるぞ」

「……そのアドバイス、三万年遅いよ」

そう、もうとっくに手遅《ておく》れ。出会ったあの瞬間《しゅんかん》から、俺は彼女の魔眼に魅入《みい》られてしまっているのだから。

「フェ、フェリス……俺も、その、お前といられれば、それ以外なにも……」

なんて、雰囲気《ふんいき》に呑《の》まれてつい恥《は》ずかしいことを口走りそうになった時だった。

「――むにゃ……おといれ……」

と、ふらふら現れたのはララ。どうやら完全に寝《ね》ぼけているらしい。慌てて「あっちの茂《しげ》みでしなさい！」と指さすと、やっぱりふらふらと寝ぼけ眼《まなこ》で歩いていく。

「び、びびった……」

「くくく、油断しすぎじゃ。それよりも……さっきのセリフの続きはまだかのぅ？」

「……さ、さて、なんのことかわからないなあ」

フェリスのニヤニヤ笑いからどうにか顔をそむける。危《あや》うく一生からかわれるネタを提供するところだった。ララには感謝しなければ。

なんて思っていると……

「……あれ……ねこちゃんこんなとこにいたですかあ……？　いっしょにおねんねするですよ……」

と、茂みの向こうからふにゃけた声が。

……ん？　ちょっと待てよ？　フェリスは今ここにいる。ってことは……ララのやつ、一体何を見つけたんだ？

「おいララ、なんか変なもん拾ってないか?!」

慌てて駆《か》け寄ると、ララはぼんやりと振《ふ》り返る。その腕《うで》に抱《かか》えられていたのは——うにょうにょと蠢《うごめ》くスライム。幼女に捕まえられてなおくねくねしているだけのところを見るに、無害そうではあるが……それにしたって猫《ねこ》と魔物を間違えるやつがあるか。

だが捨てさせようとしたその時、フェリスが「ほぉ」と呟《つぶや》いた。

「こやつは『ジュエルスライム』じゃな。戦闘《せんとう》能力は皆無《かいむ》じゃが、魔力を感知する特殊《とくしゅ》な器官を備えておっての、逃《に》げ足《あし》の速さと個体数の少なさから幻《まぼろし》の珍獣《ちんじゅう》と呼ばれることも多い魔物じゃぞ」

なるほど、一般《いっぱん》幼女並みのララだからあっさり捕まえられたというわけか。

「本来は砂漠《さばく》地帯に棲《す》んでいるはずじゃが、大方競技用に連れて来られたのじゃろうな」

「へえ……あ、ならこいつもポイント持ってんのかな？」

だったら我が班の初ポイントだ。とりあえずスライムの体を調べてみると、やはりあった。お尻《しり》（なのかはわからないが）の部分に刻まれている小さな魔術刻印。ここにポイントが付与《ふよ》されているのだろう。試《ため》しに付与された数字を覗いてみると……その瞬間、腰《こし》が抜けた。

『１００００００００ＳＰ』

「い、いち、じゅう、ひゃく……せ、せんまんＳＰ?!!」

あまりにぶっとんだ桁《けた》を前に思わず三度見する。が、やはり見間違《みまちが》いじゃない。このジュエルスライムたった一匹《ぴき》にかけられた賞金は一千万ポイント。恐らくはこれが葛葉の言っていた『ボーナスモンスター』というやつだろう。

「こ、こんだけあればこの先小毬がいくらやらかしても大丈夫……！　すごいぞララ、大手柄《てがら》だぞ！」

「ふにゃ？　ララ、すごいです？　えへへへ」

ああ、まったくなんという幸運か。まさか何もしないでこれだけのポイントが転がりこんでくるとは。些《いささ》か都合が良すぎる展開な気もするが……俺たちは（というか俺は）これまで苦労しすぎたのだ。これはそのぶんが返ってきただけ。こーゆーのでいいんだよ。ぶっちゃけ担当女神《めがみ》であるララが捕まえたことに関してルール違反ではという懸念《けねん》も頭をよぎるけれど、まあなんでもアリと謳《うた》ってるんだ。この際細かいことは考えないようにしよう。

「よし、こうなったらあとは簡単だ……全力でこそこそするぞ!!」

十分すぎるポイントを確保できた今、あとは期限まで逃げ回ればいいだけ。第一フェイズが散々だったぶん、どうやら今回は楽勝そうだ。

なんて胸躍《おど》らせていると、水を差すかのようにフェリスが小さく呟くのだった。

「ふむ……てれびで聞いたことがあるぞ。『宝くじに当たった人間は不幸になることが多い』とな」


かくして翌日。

満を持して始動するコソコソ大作戦。といってもやることは単純。ひたすら息をひそめて目立たないようにしているだけ。要はいつもの学園生活と同じだ。何も難しいことはない。……はず、なのだが……

「はあっ！　えいっ！　てやっ！　ほあーーー！」

「あの、小毬さん！　朝練はもうちょっと声を抑《おさ》えて……！」

「ちょうちょです！　まてまてー、です！」

「ララさん！　勝手に出歩かないで！」

「くんくん……ふむ、向こうからマカイマタタビの匂《にお》いが……くんくん、くんくんくん

「……」

「フェリス！　少しは本能に抗《あらが》え！」

わかってはいたことだが、我が隊にはじっとしていられない者ばかり。幼稚園《ようちえん》の先生ってこんな感じなのだろうか？　むしろ普通の魔物討伐より疲れるような気が……いやいや、これぐらいの苦労、学園のチート能力者たちとやり合うことと比べれば千倍マシ。あと十三日、それだけ我慢《がまん》していれば戦うことなく莫大《ばくだい》なＳＰが手に入る。そうなればもう退学の危機に怯《おび》えなくて済むのだ。

それに、フェリスに何かプレゼントでも買ってやれるかも……

なんてことを考えていた昼下がり、それは突然訪《とつぜんおとず》れた。

――ピンポンパンポーン。

「ん？　なんだ、今の音……？」

唐突《とうとつ》に響《ひび》き渡《わた》ったのは、なんともチープなアナウンス音。何事かと空を見上げると、蒼天《そうてん》にでかでかと魔法のスクリーンが浮《う》かび上がる。

そしてそこに映ったのは――

『やっほー、みんな元気～？　学園のアイドル・ローゼちゃんだよ～！』

テレビキャスターよろしく手を振るのは、あの女神ローゼであった。

『ゲーム開始から24時間経過したよ〜！　死んだ人はまだゼロだって！　うんうん、みんな頑張《がんば》ってるねえ、えらいえらい！』

と、画面の中のローゼはサバイバル戦にそぐわぬ明るい笑顔《えがお》を振りまく。そしてバラエティ番組みたいなノリであることを口にした。

『そんなみんなの頑張りを応援《おうえん》するために〜、今から初日の暫定《ざんてい》ランキングを発表したいと思いまーす！』

ランキング発表？　なんだそのシステム、聞いてないぞ。と思うが当然ツッコミを入れられるはずもない。『それじゃあまずは十位から！』とローゼは勝手気ままに話を進める。

……だが、すぐに気づいた。それが単なる女神のお遊びではないことに。

『──で、五位はチーム「黄金の黄昏《たそがれ》」！　ポイントは七百万点！　すごいねえ、北西のアラルカ湖のヌシをやっつけたみたい！　それから四位は七百二十万点のチーム「ルーデン・ナイツ」！　東のヴェスタ渓谷《けいこく》で宝部屋を見つけたんだって！　やる〜！　それで三位は──』

と、順々に発表していくローゼ。だがそこには大きな問題が二つ。

一つは、なんてことのない一口コメントに見せかけて、各上位チームの現在地を特定できるヒントが紛《まぎ》れ込《こ》んでいること。

そしてもう一つは、彼《かれ》らの保有ポイントが俺たちに比べて明らかに少ないこと。

つまり、このままいくと――

『はあい、それじゃあ最後！　お待ちかねの第一位は……じゃーん！　一千万ポイントのチーム「ララちゃん班（仮）」！　うわあ～、すごいねー！　しかもこの子たち、落伍勇者なんだって！　どうやってこんなにポイント稼いだんだろう？　知りたい？　知りたいよね～？　だったら……みんなも直接聞きに行っちゃおう～！』

ローゼが明るく笑った瞬間、パッとモニタが切り替《か》わる。そこに表示されていたのは、俺たちの班名と現在地点が記された地図――

「わあ！　見てください！　私たち一位ですって!!」

「やったです！　ゆうめいじんです！」

なんて無邪気《むじやき》に大喜びしているが、これはそんなおめでたいものじゃない。

「……おい、フェリス……これって……」

「ああ……実にヤバイのぅ」

お遊びのテレビ番組を装《よそお》ってはいるが、この放送の意図は明らか。暫定上位チームの名前と居場所を開示することで、生徒同士での奪い合いを誘発《ゆうはつ》しようとしているのだ。

得点を確保したらあとはこそこそ隠れていればいい――そんな甘えを許してくれるほど、

このトーセンは優《やさ》しくはないらしい。

「小毬、ララ、急いで支度《したく》しろ！　とにかくここから離《はな》れるぞ！」

のんきに喜んでいる二人へ指示しながら、俺は初日にジャックしておいた各班の感知術式にアクセスする。そして即座《そくざ》に術式を改良し、周囲全体を探知圏内《けんない》に入れた。どうせ場所を移動すればこのあたりの術式は無駄《むだ》になる。ならば逃走《とうそう》経路を確保するため最後に思い切り役に立ってもらおう。

……が、何かおかしい。

（……？　誰も、来ない……？）

半径十数キロの感知領域内に、こちらへ向かってくる部隊はゼロ。いやそれどころか……どの班も逃げるように俺たちから離れていく。さすがに落伍班から奪うのは良心が咎《とが》めたのか？

いや、そんなわけない。

少し考えればわかる。今は俺たち自身がボーナスモンスターみたいなもの。ということは、必然的に俺たちを狙う班同士で乱戦が起こることになる。いわばここは台風の目なのだ。だったら巻き込まれないよう逃げるのは理にかなっている。

……だが、ほっとしたその時だった。最南端《さいなんたん》を見張らせていた使い魔が、不意に蒸発した。続いて感知結界が引き裂《さ》かれ、さらには式神が七機同時に消失する。張り巡《めぐ》らせていた〝目〟が次々に潰《つぶ》されていくのだ。

そしてそれをした〝何か〟は恐ろしい速度で一直線にこちらへ迫《せま》ってくる。

そう、各班が台風の目から逃げるのは当然のこと。だがもしも例外がいるとしたら、それは……自分たちこそが誰よりも強いと知っている者たち──

「……小毬、ララとフェリスを連れて下がっててくれ」

そう告げたその刹那《せつな》、そいつらは現れた。

「──みーつけた」

俺たちの眼前に降り立つ二つの影《かげ》。その姿を見て思う。

ああ、不運というのは連鎖《れんさ》するものだ。まさか、よりにもよってこいつらだとはな。

「『ローゼン・シニル』……！」

眼前に立ちはだかったのは、忘れもしない二人組──裏戸《うらと》海璃《かいり》と獅子尾岳《ししおがく》。学園最強格のSランク小隊だ。

そしてそれに気づいたのは向こうも同じだった。

「……んー？　あっ、おにーさん、あの時の！　そっかあ、おにーさんたちが『ララちゃん班（仮）』かあ」

かないもの。

と、海璃は嬉《うれ》しそうに笑う。忘れていてくれないかと期待したのだが、そうはうまくいかないもの。

ふっ、こうなっては仕方ない。どうやらアレをやるしかないらしい。俺はやれやれと溜《た》め息《いき》をつくと……必殺の愛想《あいそ》笑《わら》いを浮かべた。

「あはは、その節はどーも。いやあ、あの時はわたくし少々混乱しておりまして大変失礼なことを……実はお詫《わ》びとしてボーナスモンスターを捕まえておきました！　さあ小毬、シニルのみなさんに差し上げなさい！」

情けないとは言ってくれるな。Sランクとの戦闘を避けられるならプライドなど安いもの。これが高度な戦略的ごますりである。……が。

「嫌です」

小毬から返ってきたのはまさかの一言。

「お、おい小毬、相手が誰《だれ》だかわかってんのか!?」

慌てて振り返ると、小毬の頬《ほお》はプンプンに膨《ふく》らんでいた。

「わかってますよ！　この人、香音ちゃんにひどいことした人です！」

すっかり憤慨《ふんがい》した様子の小毬は、完全に敵対モード。相手がSランカーであろうと知ったことではないらしい。……だが、対する海璃はへらへらと笑っていた。

「えー、ひどいよお姉ちゃん、僕《ぼく》そんなことしてないよ？　僕はさ、ただ教えてあげたんだよ。可愛い後輩《こうはい》たちに、〝身《み》の程《ほど》〟ってやつをさ。だってもし相手が僕じゃなくて魔王《まおう》だったら、あの子たち普通《ふつう》に死んでたよ？　無茶《むちゃ》しないように先輩《せんぱい》としてちゃんと教えてあげなくちゃ。だからあれは親切、そうでしょ？」

と、海璃は神経を逆なでするようなぶりっ子な声で言う。けれど、返ってきた答えはシンプルだった。

「違《ちが》います！」

ぐだぐだこねた理屈《りくつ》をばっさりと切って捨てる小毬。

それが気に食わなかったのだろう、海璃の眉《まゆ》が不愉快《ふゆかい》げにぴくりと動いた。

「そっかー、わかんないかー。残念だなー」

となおも笑顔を繕《つくろ》った海璃は、それから氷のように冷たい声で告げるのだった。

「だったら先輩として、わかるまで教えてあげなきゃね。大丈夫、安心して。今回は審判《しんぱん》なんていない、泣いても叫《さけ》んでも誰も来ない。だから……くすくす、お姉ちゃんたち、今から僕のおもちゃね？」

にんまり笑う海璃の全身から、ずるずると大蛇《だいじゃ》の如《ごと》く伸《の》び上がる無数の糸。その一本一本に凍《こご》えるような悪意が込められている。

どうやら本当にやるしかないらしい。

……だが、腹をくくったその時――

「――遅い」

海璃の背後から現れたのは一人の少女。

精巧《せいこう》な人形めいた相貌《そうぼう》に、雪華《せっか》の如き美しい純白の髪《かみ》をなびかせたその少女は、氷のような無表情のまま静かに歩いて来る。

漁夫の利を狙《ねら》う他チームの生徒？　……いや、そうじゃない。全く動じていない海璃たちの態度から見て、恐らく彼女は……

(三人目の『ローゼン・シニル』か……?!)

第一フェイズでは姿が見えなかったが、誰も彼らが二人チームだとは言っていない。このフェイズから合流した三人目の班員なのだろう。

ああ、最悪だ。この二人だけでも底が知れないのに、さらにもう一人増えるとは。小毬たちを守りながら学園最強格の三人を相手にするなど、果たして俺にできるのか――？

だが、身構えたところで気づいた。……あの三人、どうにも様子がおかしい。

「なんだ、雛《ひな》お姉ちゃんやっと来たの？　これからじっくり遊ぶところなんだから待っててよ」

「ダメ。時間、無駄。ポイント、早く奪《うば》って」

「えー？　僕には僕のやり方があるんだけど。っていうか、ならお姉ちゃんが自分でやればぁ？」

「やだ。興味ない」

「は？　なにそれ。自分でやらないくせに急《せ》かすとか、ちょっと勝手じゃない？」

「勝手じゃない」

〝雛〟と呼ばれた三人目の少女は、どうにも海璃とそりが合わない様子。さらにはそこへ獅子尾も割って入る。

「よし！　なら俺がやろう！　フラッグ戦では出番なしだったからな！」

「許可」

「いや『許可』じゃないから。ちょっと黙っててよ岳おにーちゃん。ってか雛お姉ちゃんさあ、フラッグ戦だってさぼったよねえ？」

「さぼってない。忘れてた」

「それをさぼったっていうんだけど？」

「うん！　やはり俺がやろう！　なあ、綺羅崎《きらさき》！」

「許可」

「だからあんたはうるさいっての」

と、何やら言い争いを始める三人。どうやら誰が俺たちを叩《たた》き潰すかで揉《も》めているらしい。何とも恐ろしい光景だが……ある意味でこれはチャンスだ。

「あ、それじゃあ、なんか俺たちお邪魔みたいなんで……」

内輪揉めをしている間にこっそり撤退《てったい》を試みる。が……

「いや待てよ。逃げてんじゃねーよ」

まあそうなるよな。

苛々《いらいら》と俺を呼び止めた海璃は、このままでは埒《らち》が明かないと強引《ごういん》に話を終わらせた。

「あーもー、だるいな〜。はいはい、わかったよ、わかりました。じゃあこうすればいいんでしょ？　――一秒で、百万回分遊び殺す。それでいいよね？」

意味深に宣言した瞬間、残る二人が不穏《ふおん》な反応を示す。

「……アレ、使う気？」

「おいおい！　さすがにおすすめしないぞ！」

「うっさい。僕に指図するな」

意固地になっているのか二人の忠告にも耳を貸さない海璃は、くるりとこちらへ向き直った。

「おにーちゃんたち、良かったね。これ、マジ特別なんだよ？　本当はお前らみたいなのが拝めるものじゃないんだからね？」

そう言ってゆっくりと右腕《みぎうで》の袖《そで》をまくり上げる海璃。その下から現れたのは、俺《おれ》や小毬を除く生徒たちみなが持っている勇者の証《あかし》――救世紋《きゆうせいもん》だ。

そしてそれを見せつけながら、海璃は静かに囁《ささや》いた。

「だからさ、僕に感謝しながら……死ね」

刹那、救世紋から迸《ほとばし》る光の奔流《ほんりゆう》。まるで超新星爆発《ちようしんせいばくはつ》かの如きその輝《かがや》きの正体は、空間が歪《ゆが》むほどに濃密《のうみつ》な魔力《まりよく》の波だ。

これは……思った以上にとんでもない奥《おく》の手《て》があるらしい。

「小毬、二人を連れて逃げろ!!」

咄嗟《とつさ》に指示を送るも、既に手遅れだった。

「《限定《イル》：源種解放《フロランティア》――》」

海璃が詠唱《えいしよう》に似た何かを口にした途端《とたん》、迸る魔力が明確に形を成し始める。常軌《じようき》を逸《いつ》した恐るべき異能が顕現《けんげん》しようとしているのだ。

……しかし、海璃が最後まで詠唱しきる間際《まぎわ》、予想外のことが起きた。

「……ん？　なに、これ？」

突如《とつじょ》あたり一面に立ち込める真っ白な霧《きり》。指先も見えないほど濃《こ》いその霧は、明らかに自然発生したものではない。十中八九固有異能による産物だろう。

そんな濃霧《のうむ》のヴェールの奥から、静かな男の声が響いてきた。

『――また格下狩《が》りですか？　貴方《あなた》たちはいつもそうですね、「ローゼン・シニル」。だがそれももうすぐ終わりです。我々が得たこの新たな力によってね』

声と同時に霧の中で蠢く人影《ひとかげ》。それも一つではなく、数十人もの大部隊だ。

こいつらは一体何者だ？　宣戦布告めいたセリフからして、狙いはシニルたちなのか？

……なんて考えてしまったことが致命的《ちめいてき》な隙になった。

『――もっとも、まだその時ではないようだ。いずれまたお会いましょう』

声の残響《ざんきょう》が消えるや否《いな》や、強力な次元転移の気配が起こる。恐らくはこの霧の有する権能の一つなのだろう。俺は即座に自身の座標を固定する。……が、それはあくまで〝俺は〟の話。

一秒後、現れた時と同じくすーっと消えていく霧。そしてその後には……背後にいたはずの小毬たちの姿は既になかった。

「フェリス……？　小毬……？　ララ……？」

三人の名を呼ぶが、返事がないのはわかりきっている。索敵範囲内《さくてきはんいない》に三人の気配はない。

あの霧と共に空間転移したのだろう。後に残されたのはララが抱《だ》いていたジュエルスライムだけ。

　なんと馬鹿だったのだろうか。あの霧の一団が狙っていたのは俺たちの方だったのだ。海璃の異能を警戒《けいかい》し離れさせたのが裏目に出てしまった。こんなところで三人を攫《さら》われるなんて。……いや、後悔《こうかい》なんて後でいい。奴らの目的も正体も不明だが、とにかく捜《さが》し出さなければ。

　だが駆け出そうとしたその時、背後から海璃の声がした。

「おい、待てよ。どこ行く気？　話、まだ終わってないんだけど」

　と、不機嫌《ふきげん》に敵意を向けてくる海璃。ちょうどいい、一つ確かめないといけないことがある。

「……さっきの霧の一団に心当たりはないか？　あの声の主、口ぶりからしてお前らと因《いん》縁《ねん》がありそうだったが」

「は？　知らないよ、あんな固有異能見たことないし。Sランクの座を狙ってくるバカってちょくちょくいるからね、どうせそういう口でしょ」

　やはりシニルの仲間ではないか。伏兵《ふくへい》を忍《しの》ばせるタイプとも思えないし、嘘《うそ》ではないだろう。だったらもうこいつらに用はない。

「そうか、ありがとう」

「いやいやいや、だからさ、何勝手に終わろうとしてんだよ。こっちの用事はまだだっつーの。ってか、とりあえずこっち来いよお前」

と、海璃は手招きするように人差し指を動かす。……が、それよりも先に俺は地べたにへばりついていたジュエルスライムを投《な》げ渡した。

「……は？　何これ？」

「もともとこれが目当てだろ？　なら、それやるからもう帰れ。お前らに構ってる時間はない。遊びたいなら……また今度だ」

そうして今度こそ俺は踵《きびす》を返す。

もう『ローゼン・シニル』だのサバイバル戦だのはどうでもいい。何としてでもあいつらを取り返さなければ。

（待ってろよ、フェリス……！）


——……

——……

「――くそ、逃げやがって……！」

恭弥が立ち去った後、残された海璃はちぇっと舌打ちをする。その横で獅子尾が豪快《ごうかい》に笑った。

「なんだ、逃がしてやるのか！　裏戸も大人になったな！」

「別に、もうジュエルスライム《これ》は手に入ったし、あんな雑魚《ざこ》わざわざ追いかけるのが面倒《めんどう》になっただけ。っていうか、中断された技もっかい使い直すとか、ダサすぎて無理」

と鼻を鳴らしながら、海璃は恭弥の去った方向へちらりと視線をやる。そこには蜘蛛《くも》の巣の如く張り巡らされた大量の糸が。

そう、本当は逃がす気などなかった。だから最初からこうして周囲に網《あみ》を張っておいたのだ。だというのに、あの一瞬《いっしゅん》……ジュエルスライムに気を取られたほんの僅《わず》かな隙《すき》に、恭弥は既に包囲網《ほういもう》を抜《ぬ》けていた。まさか、最上位クラスの魔眼《まがん》持ちでなければ視認《しにん》できぬこの糸を看破し、かつ、たった一瞬で隙間を見抜《みぬ》いて逃げたというのか？

……と、そこまで考えて海璃は笑った。

いいや、有り得ない。あんな落伍勇者如きにそんな芸当不可能だ。きっと偶然《ぐうぜん》糸の合間を通れただけだろう。そうに決まっている。突然邪魔《とつぜんじゃま》してきた霧の一団といい、悪運だけはSランク級な奴だ。

「あーあ、やっぱ小物なんか構っても時間の無駄だね。さっさと行こう。僕、お腹《なか》すいてきちゃったよ」

と、海璃は後ろを振り返る。

だがそこで気づいた——雛の姿がない。

「ちょっと、まさか……」

「ははは！　また綺羅崎の悪い癖《くせ》がでたな！」

などと大声で笑う獅子尾の傍《かたわ》らで、海璃はハァと溜息《ためいき》をつくのだった。

「ほんと自分勝手な人だなあ。一回ローゼお姉ちゃんに叱《しか》ってもらわなきゃ。……いや、無理か。似た者同士だしね」

第四章　抗う者たち

煌《きら》びやかなシャンデリアに、磨《みが》き上げられた大理石の床《ゆか》、そこに敷《し》かれた真紅《しんく》のカーペットは最高級のウールで編まれ、辺りに飾《かざ》られた数々の調度品と見事な調和をなしている。

そんな現実離《ばな》れした荘厳《そうごん》な大広間にて——小毬《こまり》はぽかんと口を開けていた。

「……ここ、どこ……？」

確か、ついさっきまでは森にいたはず。そして『ローゼン・シニル』に襲《おそ》われて、それから真っ白な霧に呑み込まれて……気づいたらここにいたのだ。

「そうだ、みんな無事……⁉」

と隣《となり》を見れば……

「おしろです！　ぴかぴかです！」

「ふむ、わしの趣味《しゅみ》ではにゃいのぅ」

どうやらララもフェリスも無事らしい。……が、恭弥《きょうや》の姿だけはどこにもなかった。

「大変、恭弥さん迷子になっちゃったみたい！　捜しに行かなきゃ！」

と駆けだそうとするも、すぐに思い出す。

「って、出口、どこ……？」

ここはどこともつかぬ未知の城。恭弥を捜すどころか自分たちの場所さえわからないのだ。

すると、足元の黒猫《フェリス》が欠伸《あくび》をしながら答えた。

「ふむ、それは本人たちに聞くのが早そうじゃな」

フェリスが億劫《おっくう》そうに視線をやった先、不意に立ち込める例の霧。そこから次々と現れたのは十数人もの大部隊。全員が黒装束《くろしょうぞく》に身を包み、顔全体をすっぽりと覆面《ふくめん》で隠《かく》している。

さすがの小毬も気づいた。――彼らが自分たちを攫った犯人だ。

「ふ、二人とも後ろへ！　大丈夫、私がついてるからね！」

ララたちを背中に庇《かば》いながら、素早《すばや》く剣《けん》を引き抜く小毬。恭弥がいない今、ララとフェリスを守れるのは自分しかいない。

そんな彼女の前へ犯人の一人がつかつかと進み出る。そして静かにその口を開いた。

「――やああなたたち、もう安心していいですよ」

「……はい？」

思いもよらぬ第一声と共に、一斉《いっせい》に覆面を脱《ぬ》ぎ去る誘拐犯《ゆうかいはん》たち。露《あらわ》になったその顔は、みな小毬と同年代の少年少女——どうやら全員学園の生徒らしい。しかも、生徒たちは次々に寄ってきては、怪我《けが》がないかどうか優しく看《み》てくれる。

なんか……思ってたのと違うぞ。

「あの……あなたたち、悪い誘拐犯なんじゃ……？」

思わず直球で尋ねると、リーダーと思《おぼ》しき先ほどの男がきょとんとする。それからすぐに笑って答えた。

「ははは、失敬失敬、確かにあなたからしたらそう見えたかもしれませんね。謹《つつし》んで謝罪いたしましょう」

と、些か慇懃《いんぎん》気味に頭を下げる男。

「ですが、実態は逆ですよ——我々はあなた方を保護したのです。お気づきでなかったかもしれませんが、かなり危ないところだったのですよ？　あなた方を襲っていたのは『ローゼン・シニル』……危険なSランカー部隊で、弱者を虫けらとしか思っていないような連中です。しかも奴《やつ》ら、アレまで使おうとしていた。あのままではどうなっていたか……」

言われてみればそうかもしれない。誘拐されたものとばかり思いこんでいたが、状況《じょうきょう》的《てき》に見ればむしろ助けてもらったのだ。

「いずれにせよ、改めて自己紹介《しょうかい》が必要なようですね。私の名は『國府寺斎《こくふじいつき》』――僭越《せんえつ》ながらこの〝レジスタンス〟をまとめるリーダーを務めさせていただいております」

と、國府寺というらしいその男は仰々《ぎょうぎょう》しく一礼する。

それに対し小毬の反応はというと……

「そうですか、國府寺さん。じゃあ私、これで帰りますね。元の場所へ戻《もど》してもらえますか？」

「……レジスタンス、という部分に対するリアクションはないのでしょうか？」

「えーっと、あっ！　あれ、おいしいですよね！　でもすみません、私、これから急いで恭弥さんを助けに行かないと！」

誘拐犯でないのならもう用事は済んだはず。助けてくれたことに感謝はしているが、もうここに留《とど》まる理由もない。小毬の頭は既《すで》に恭弥を捜すことでいっぱいなのだ。

だがそれを聞いた國府寺は「ああ、それなら大丈夫《だいじょうぶ》ですよ」と微笑《ほほえ》んだ。

「監視《かんし》班から連絡《れんらく》がありましてね、あの場は既に収まったようですよ。すみませんね、本来なら彼も一緒《いっしょ》にお越《こ》しいただくはずだったのですが、どうやら転移を防がれてしまったようで……いずれにせよお仲間はご無事ですよ」

「ほんとですか!?　そっか……良かった……」

　ほっと胸をなでおろす小毬へ、國府寺は優しく笑いかけた。

「ですから、もう少しお話をしようじゃありませんか。ねえ……伊万里《いまり》小毬さん？」

「あれ？　私の名前……知ってるんですか？」

「ええ、もちろんです。なにせ我々はあなたをずっと見てきましたから」

「それって……ストーカー？」

「違います」

　きっぱり否定した國府寺は、大きくその手を広げて言った。

「我々はね、あなたを仲間として迎《むか》え入れたいと考えていたのですよ」

「仲間……？　私を、ですか……？」

「ええ、そうですとも。言ったでしょう？　我々はレジスタンス――学園の圧政に反旗を翻《ひるがえ》す者です。ここに集ったのはみな、学園では低ランクと蔑《さげす》まれている生徒たち。誰もが尊厳を踏《ふ》みにじられる痛みと苦しみを味わっている。そう、あなたと同じでね。そしてみなさんの苦痛の根源はすべて、この学園の体制にあるのです」

　と囁いた國府寺は、それから一段声を張り上げた。

「ええそうです、この学園は間違《まちが》っている！　強者のみを優遇《ゆうぐう》し、平気で弱者を踏みつけにする！　それが勇者と呼ばれる者たちのやることですか⁉　否‼　ゆえに我々は立ち上がったのです！　学園の力社会に異を唱え、真にあるべき学《まな》び舎《や》へと改革するために‼　さあ小毬さん、あなたも我々と共に来てください！　そして手を取り合って学園の闇《やみ》を打ち払《はら》おうではありませんか‼」

と、國府寺は熱のこもった大演説をぶちあげる。……が……

「はーい、ララちゃん、おやつのクッキーですよ～」

「わあい！　猫ちゃんはんぶんこするです！」

「にゃ！（うむうむ、くるしゅうない）」

「……私の話、聞いていましたか……？」

あまりの長話にすっかり退屈《たいくつ》している様子の三人。無駄を悟《さと》った國府寺はこほんと咳払《せきばら》いする。……だがそれは勧誘《かんゆう》を諦《あきら》めたわけではなかった。

「なるほど、そうですか、興味はおありでないと。まあそれもそうでしょう。Sランカーや執行部《しっこうぶ》……学園上層部はいずれも強者《つわもの》ぞろい。我々がどれだけ集まったところでまとめて蹴《け》散《ち》らされるだけ。きっとそうおっしゃりたいのでしょう？　ええ、わかりますとも。ですが……もしも『彼らに匹敵《ひってき》するほどの力を与《あた》えられる』と言ったら、いかがでしょうか？」

「力を、ですか……？」

意味深な問いかけに、思わず反応する小毬。それを見て國府寺はにっこりと微笑んだ。

「ふふふ、どうやらようやく興味を持っていただけたようですねえ。ならば早速《さっそく》——」

と話を進めようとしたその時、遮《さえぎ》るように笑い声がした。

「くくく……におう、におうぞ。お昼のてれびしょっぴんぐよりも胡散臭《うさんくさ》いにおいがぷんぷんするのぅ……」

話に割《わ》り込んだのは、さっきまで普通の猫《ねこ》のフリをしていたはずのフェリスだった。

「たやすく得た力というものは、同じぐらいたやすく離れるものじゃ。それを知らぬなら若気の至りで済むが……もしも知っていて唆《そそのか》すのであれば、世間ではそれを詐欺師《さぎし》と呼ぶのであろう？　のぅ、小僧《こぞう》？」

「おやおや、これは可愛《かわい》らしい猫さんだ。あなたの使《つか》い魔ですか？　なかなかお口が達者なようで」

と僅かに顔をしかめながら、フェリスに触《ふ》れようと手を伸ばす國府寺。だが、小毬が前に出てそれを遮った。その顔には先ほど解けかけたはずの警戒の色が滲《にじ》んでいる。……國府寺は「ふん」と肩《かた》をすくめた。

「まあいいでしょう。すぐに頷《うなず》いてもらおうとは思っていませんので。こういうのは信用が大事ですからね」

などと白々しく理解を示した國府寺は、それから囁くように付け加えた。

「ですから……彼女《かのじょ》の口から説明してもらうとしましょう」

「彼女……？」

小毬が首をかしげたその時、背後から声がした。

「――小毬……？」

名前を呼ばれ思わず振《ふ》り返る小毬。なぜなら、その声には聞き覚えがあったのだから。

「香音《かのん》ちゃん……⁈」

――大広間の奥から現れたのは、紛《まぎ》れもなく香音だったのだ。

「どうしてここに……⁉　あ、もしかして香音ちゃんも攫われて……！」

駆《か》け寄りながら尋《たず》ねるが、香音はきっぱりと首を横に振った。

「違うわ小毬、そうじゃありませんの。……わたくしは、自分の意思で彼らの仲間になりましたのよ」

「え……？　ど、どうして……？」

親友の真意を問おうとするが、その前に國府寺が横から割って入った。

「まあまあ、積もる話もあるでしょうが……立ち話というのもなんでしょう。とりあえず

休んでいかれては？　香音さんは我々の大切な同志。であればあなたは客人ですからね。同志になるかはひとまず置いておいて、今はもてなしをさせてください。もちろん、お仲間である恭弥さんは我々が総力を挙げて捜しておきますので」

と、横から勝手に話をまとめる國府寺。香音もまた小毬の手を引く。

「ね、まだ帰ったりしませんわよね、小毬？」

不安そうに尋ねる親友の手を、小毬はどうしても振り払えなかった。

「うん……」

――――……

――……

「――むにゃむにゃ……ちょうちょです……」

客室のベッドにて、フェリスを抱っこしたまますやすやと眠《ねむ》るララ。

その寝顔《ねがお》を覗《のぞ》き込みながら、小毬と香音は揃《そろ》って微笑んだ。

「ふふふ、可愛らしい女神《めがみ》様ですこと」

「えへへ、でしょ？　きっと疲《つか》れちゃったんですね」

この客室に案内されてから僅か一時間。軽い食事とお風呂《ふろ》を済ませるや、ララはすぐに眠ってしまったのだ。恐《おそ》らく慣れない環境《かんきょう》で疲労《ひろう》が溜《た》まっていたのだろう。

「それにしても……本当にすごいですね、この秘密基地」

と、小毬は改めて今いる部屋を見まわす。広さも内装も家具も、すべて学園の寮《りょう》よりも数段グレードが上。もちろんこの客間だけでなく、道中通ってきた廊下《ろうか》や出された食事もかなり質が高かった。香音の話によるとここはレジスタンスの隠《かく》れ家《が》らしいが、王族用の大宮殿《だいきゅうでん》と言われても信じてしまいそうなほどである。

「ふふふふ、そうでしょう？　ここは仮想次元に作られたサバイバル戦用の仮拠点《きょてん》。ダンジョンクリエイト系固有異能を七つも複合して生成したものですの。もちろん綺麗《きれい》なだけではなくってよ？　侵入者《しんにゅうしゃ》に対する自動迎撃《げいげき》機能に、常時魔力回復フィールド、それから結界系固有異能による多重の防壁《ぼうへき》と隠蔽《いんぺい》が施《ほどこ》されていますの。たとえ学園執行部といえど、ここに侵入するのは容易ではありませんわ！　だから皆《みな》さんも安心しておくつろぎに――」

と、自慢《じまん》げに語る香音。だがその話は途中《とちゅう》で遮られることになる。――お喋《しゃべ》りに夢中な香音に向かって、唐突《とうとつ》に小毬が抱き着いたのだ。

「ひゃっ……⁈　ちょ、ちょちょちょ、小毬⁈」

「……無事で良かったよ、香音ちゃん……！」

ぐすぐすと鼻を鳴らしながら、痛いぐらいに抱きしめる小毬。あのフラッグ戦以来ようやく再会できたのだ。國府寺たちの目がなくなった今、小毬は全身でその無事を感じる。

そんな親友の頭を、香音は慈《いつく》しむように撫《な》でた。

「……ごめんなさいね、心配をかけて。あなたにはかっこ悪いところを見せてしまいましたわね……」

「そんなことないですよ‼」

と、小毬はぶんぶん首を振る。

「ありがとう。でももう大丈夫よ。今はここにたくさん仲間がいますから」

それを聞いた瞬間《しゅんかん》、小毬の表情が曇《くも》る。

そのわかりやすい変化を見て香音はくすりと微笑んだ。

「相変わらず顔に出やすいのね、あなたは。……やっぱりまだ信用できないかしら？」

「だって……怪《あや》しいし」

「ふふっ、まあそうね。國府寺さんは喋り方《かた》が胡散臭くていけませんわね」

なんて肩をすくめた香音は、「そうだ」と思いついたように提案した。

「なら一緒にここを見て回りましょう！　あなたは自分で確かめないと納得《なっとく》しないものね」

「え、だけど……」

小毬が寝《ね》ているララに不安げな視線を向けると、抱《だ》き枕《まくら》にされていたフェリスがぱちりと目を開けた。

「案ずるな、ララのことはわしが見ておく。そなたは行ってくるがよい」

「フェリスちゃん……！　じゃあお言葉に甘《あま》えさせてもらいます！」

と、二人は連れだって出ていこうとする。その背中を、フェリスが一度だけ呼び止めた。

「……小毬よ、自分の目と心で判断せよ。何が正しいかは己《おのれ》で見極《みきわ》めるのじゃ。……もっとも、そなたなら既にわかっているかもしれんがな」

「はい！　ララちゃんのことよろしくお願いします！」

かくして香音に連れられた小毬は、レジスタンスの拠点を見学する。

食堂、談話室、大浴場……生活のための施設《しせつ》群はもちろんのこと、対侵入者用結界や警備ゴーレムなど防衛装置もしっかり充実《じゅうじつ》している。まさに戦士たちの城だ。だが何より驚かされたのはここにいる生徒たちの数だ。見学を始めて三十分足らずだというのに、既に二十人以上とすれ違っている。想像よりもずっとたくさんの生徒がレジスタンスに所属しているのかもしれない。

　そして気づいたことがもう一つ。それは、学年も性別も所属チームもばらばらなはずの彼《かれ》らの共通点——レジスタンスの隊員たちは、皆とても親切なのだ。

「——おっ、その子、新入りかい？　仲間が増えて嬉しいよ、よろしくな！」

「——あなた新入生ね？　困ったことがあったら何でも言ってちょうだい」

「——へー、君も落伍《らくご》組？　実は俺もなんだ。この学園、俺らにあたりきついよな～」

　と、こちらが新顔だとわかるや優《やさ》しく声をかけてくれる隊員たち。そこには偽善《ぎぜん》や悪意など少しも感じられない。普段《ふだん》は馬鹿にされることが当たり前だったので、生徒の中にもこんな親切な人たちがいたのかと驚《おどろ》いてしまうぐらいだ。

　だが、すぐにその理由に気がついた。彼らも学園では低ランクと蔑まれている身。きっと目立たないようひたすら息を殺して日々をやり過ごしているのだろう。学校内で出会わないわけである。……だからこそ、彼らは同じ境遇《きょうぐう》の仲間に優しいのだ。

「どう、皆さん良い人たちでしょう？」

「それは……はい……」

「わたくしもね、勧誘を受けた時は怪しみましたわ。ですが、皆さんとお話をしてわかりましたの。ここに集まっているのはみな同じ痛みを知る仲間なのだと。だから、わたくしはここにいるととても安心できますのよ」

「………………」

そうして各所を回った後、最後に案内されたのは広い訓練場だった。

「ここって……」

「練習場ですわ。ここで戦闘《せんとう》訓練を行いますの。……だって、一番気になるのは〝力〟のことなのでしょう？」

「えへへ、やっぱりお見通しですね」

國府寺が提示した〝上位ランカーに対抗《たいこう》するための力〟――フェリスがわざわざ警告するそれこそが、何よりも心に引っかかっているのだ。

「なら見ていくといいわ。ほら、ちょうどあそこのお二方」

と指さす先では、二人の生徒が実戦形式の組手を始めたところだった。

片方が扱《あつか》うのは炎《ほのお》系の固有異能、もう片方は雷《かみなり》系固有異能。どちらも魔力・武力ともに拮抗《きっこう》しているらしく、戦闘は長期戦の様相を呈《てい》している。

だが、そこで変化が起きた。何度目かの交錯《こうさく》の末、二人が同時に懐《ふところ》から何かを取り出したのだ。距離《きょり》があるため定かではないが、一見すると小さな植物の種のように見える。

そして二人は揃ってその種を口に放《ほう》り込《こ》んで――次の瞬間、小毬でさえはっきり感じるほど膨《ふく》れ上がる魔力。その膨張《ぼうちょう》が最高潮に達した刹那《せつな》、片方が突如急加速する。その凄《すさ》まじいスピードは通常の強化魔法《まほう》のレベルではない。

だが対するもう一方もまた、神速の連撃を連続ワープで回避《かいひ》する。詠唱も術式も回数制限もない転移術……こちらも明らかに普通の魔術《まじゅつ》で可能な域を超《こ》えている。

そう、間違いない。これは……

「二つ目の固有異能……!?」

「ええ、そうよ。これがレジスタンスの切り札。新たな固有異能を与えてくれる恵《めぐ》みの力――『リンカーネーター』ですわ」

そう言って懐から小瓶《こびん》を取り出す香音。透明《とうめい》な瓶の中に詰《つ》まっていたのは、小さな種に似た錠剤《じょうざい》であった。

「効果は今見た通り。一粒《つぶ》服用するだけで新たな固有異能が目覚めますの。もちろん単純に異能を覚えるだけではなく、すべてのステータスが爆発的《ばくはつてき》に上昇《じょうしょう》しますわ。ちょうどわたくしたちが勇者に覚醒《かくせい》した時と同じような感じかしら。ただし、効果時間は十五分ですけれどね」

と説明しながら、香音は救世紋のある右腕の袖をめくりあげた。

「まあ、見せた方が早いですわよね」

そう言ってリンカーネーターを一粒取り出した香音は、何のためらいもなくぱくりと飲《の》み込む。すると、彼女の右腕……元から持っていた救世紋の隣に、うっすらともう一つの救世紋が浮《う》かび上がった。

そして——

「《ルカス・アルフレイム》」

一言呟《つぶや》いた瞬間、香音の掌《てのひら》に炎がともる。七色に輝くその業火《ごうか》は掌サイズでありながらとんでもない熱量が凝縮《ぎょうしゅく》されており、まるで小型の太陽さながら。それでいて、小毬の方へは全く熱が漏《も》れてこない。高度に制御《せいぎょ》されている証拠《しょうこ》である。——やはりこれも固有異能だ。

「ね？　こんな感じよ。簡単でしょう？」

「で、でも、大丈夫なんですか？　副作用とか……」

「心配ないわ。ここにはたくさんのメンバーがいますけど、誰《だれ》も副作用なんて起こしたことはありませんの。もちろん強力な異能であればそのぶん体に負担はかかりますわ。だから最初のうちは複数摂取《せっしゅ》は禁止されていますの。でも、それも慣れていけば大丈夫。わたくしもう三つまでなら同時に使えますのよ」

と言われるも、小毬はまだ不審《ふしん》そうに眉《まゆ》を顰《ひそ》める。

「でも、やっぱり怪しいですよ。だって、固有異能は女神様のご加護じゃないですか。それをこんなお薬でなんて……」

小毬が一番の不安を口にすると……香音はむしろ安心したように笑うのだった。

「あら、そこが引っかかっていたのね。ならなおさら大丈夫ですわ！　だってこれは──」

その女神様がお作りになったものなんですもの！」

「え……？」

ちょうどその時だった。

練習場がにわかにざわめき立つ。騒《さわ》ぐ生徒たちの視線の先、入り口の扉《とびら》から現れたのは……一人の女性だった。

叡智《えいち》を湛《たた》えた金色の瞳《ひとみ》、一抹《いちまつ》の穢《けが》れもない純白の翼《つばさ》、すべてを包《つつ》み込むような豊かな胸……後光差すその美しさは見間違《みまちが》えようもない──世界樹の管理者たる女神である。

そして現れたその女神は、小毬たちに気づくや静かに近づいてきた。

「あらあらまあ、見慣れない可愛い子がいるわねえ。ごきげんよう、香音ちゃん。お友達を連れてきたのかしら？」

と、思ったよりおっとりした声音《こわね》で問う女神。

香音は礼儀《れいぎ》正《ただ》しく一礼して答えた。

「はい、わたくしの親友の小毬さんですわ――スノエラ様」

〝スノエラ〟と呼ばれたその女神は、「あら～、そうなの～」と微笑んで小毬に向き直る。

「よろしくね、小毬ちゃん。私は女神のスノエラよ」

「あ、はい……よろしくお願いします……」

「ふふふ、緊張《きんちょう》しなくてもいいのよ。香音ちゃんのお友達なら私のお友達だもの。……あ、だったら……あなたもヘルザに召喚《しょうかん》された子かしら？」

その名前を聞いた瞬間、小毬は目をぱちくりさせた。

「ヘルザ様のこと、知ってるんですか⁉」

「ええ、もちろん。彼女とは古くからの顔なじみだもの。あらやだ、なんて言っちゃうと年がばれちゃうかしら？　うふふふふ」

その親しみやすい笑顔《えがお》を見て、小毬は単刀直入に尋ねた。

「えっと、スノエラ様！　このお薬って本当に大丈夫なんですかっ⁉」

「ちょっ、小毬⁉　もう少し聞き方というものが……！」

作った本人に対してあまりにストレートな問いかけ。香音はあわあわと慌《あわ》てふためくが……当のスノエラは気を悪くした様子もなく笑った。

「ふふっ、あなたはとても素直《すなお》な子なのね。大丈夫、リンカーネーターは私が一つ一つ魔法をこめて作った手作りよ。お腹を壊《こわ》したりしないわ。……でも、そうよね、やっぱり心配よね。だって二つ目の固有異能なんて、ちょこっとずるいものね。だけど小毬ちゃん、思い出してみて？　あなたがヘルザから力をもらった時、何か痛いことはあった？　何か代償《だいしょう》はあった？」

「それは……なかったです！」

「でしょう？　固有異能というのはね、正しい行いをなすための善い力なの。あなたたちを害することは決してないわ。一人につき一つの固有異能って制限は、万一悪い子が持ってしまった時の保険として女神が定めたルールにすぎないの。だから、他人の痛みを知っているあなたたち良い子なら、たくさん持っていたってダメじゃないのよ」

と優しく教えるスノエラは、「それにね……」と付け加えた。

「代償というのなら……あなたたちはもう十分すぎるほどに払った、そうでしょう？　この学園でたくさん怖《こわ》い思いをして、たくさん辛《つら》い目にあった。だったら、そのぶんご褒美《ほうび》がなくっちゃね」

そう言って小毬の頬《ほお》を撫でるスノエラは、しかし、暗い顔で俯《うつむ》いてしまう。

「……ごめんなさいね。本当はこんな学園になる予定じゃなかったのよ。より多くの勇者と協力して、より多くの世界を救う……みんなの幸せのために作ったはずの学園だったのに……本当にごめんなさい。私たち女神がふがいないばかりに……」

と、うなだれるスノエラ。すると、周りの生徒たちが集まって口々に彼女を元気づけ始めた。どうやら本当に慕《した》われているらしい。

「ふふ、ありがとう、みんな。私がへこたれていちゃダメよね。一緒により良い学園を目指して頑張《がんば》りましょうね！　……ねえ、小毬ちゃん、そのためにあなたも力を貸してくれると嬉《うれ》しいわ」

そう言い残して、スノエラは生徒たちと共に去っていった。

「どう、小毬？　これで納得できたのではなくて？　スノエラ様は本当にわたくしたちのことを考えてくださっていますわ。女神のルールを破ってまでリンカーネーターを作り、わたくしたちに協力してくださっていますの。すべてはこの歪《ゆが》んだ学園を正すために。ここにいる皆さんも……もちろんわたくしも、その考えに賛同しているわ」

静かに、だが力強くそう言った香音は、それから一つの事実を告げた。

「……あのね、小毬。わたくしのチームメイトはみな、まだ病院にいますの」

「そ、それって、まだ怪我が……」

「いいえ、体の傷は完治しています。後遺症《こういしょう》もありません。……だけど、心はそう簡単には治らないの。絶対的なあの力……逃《に》げることも抗《あらが》うこともできないまま苦痛を与えられ続けるあの恐怖《きょうふ》……思い出すだけで、震《ふる》えが止まらなくなるの……」

小毬にはわかる。それは仲間たちのことであると同時に、香音自身を今なお苛《さいな》む悪夢であると。

「だから、記憶《きおく》も能力もすべて捨てて一般《いっぱん》社会に戻るつもりの子もいるわ。……その選択《せんたく》を、わたくしは止められなかった。あのままだったら、きっとわたくしもその道を選んでいたでしょうから。だけどね、レジスタンスからお誘《さそ》いを受けて、リンカーネーターを得て、わたくしはもう一度戦おうと思いましたの。これ以上、あんな恐ろしいことが起きないようにするために……！」

その言葉に込められた真《ま》っ直《す》ぐな意思は、紛れもなく香音の本心であった。

「だからね、小毬……あなたも一緒に来てくれると、わたくしはとても心強いわ」

そう言って、香音はぎゅっと小毬の手を握《にぎ》る。そして手を離《はな》した後に残されたのは、一粒のリンカーネーター。その小さな種が小毬にはとても重く感じられた。

これを飲むだけで手に入るのだ。正しいことを成すための力が……小毬がずっと欲《ほ》しくて欲しくてたまらなかったものが――

「わ、私は……」

と、その時――不意に耳障《みみざわ》りなブザーが鳴り響《ひび》いた。

「わっ……な、なんですかこれ……?!」

「招集ですわ！　またどこかで低ランク班が襲われているんですの！　助けに行かなくては！」

　と、他の生徒たちと共に駆け出す香音。……その腕《うで》を小毬は掴《つか》み留める。だが、それは引き止めるためではない。

「待ってください！　……私も行きます。この目で見たいんです！」

「……わかりましたわ！　ついていらして！」

　そうして駆け出した先、皆が集合していたのは最初の大広間。既に全員が黒装束に身を包んでいる。小毬もまた香音に渡《わた》された着衣を羽織ったところで、先頭に立つ國府寺がその声を轟《とどろ》かせた。

「先ほど索敵《さくてき》班から情報が入りました。またしてもか弱き同志が苦しめられているようです。であれば、我々がやることは一つ。――行きましょう、皆さん！　正義を成すために！」

　短くも力強い鼓舞《こぶ》と同時に、辺りに例の霧《きり》が展開される。そして転移術が起動した後……到着《とうちゃく》した森の中で見たのは、胸糞《むなくそ》の悪くなるような光景だった。

「――おい、まだ持ってんだろ？　手持ちのポイント、さっさと全部よこせよ」

「――お、お願い、見逃《みのが》して……！　そのポイントで外出券を買うの……！　家族に会いたいの……！」

「――はあ？　なら退学すればいいんじゃね？　お前らみたいなDランクとか、いてもいなくても変わんないしさ」

「――そんな……うぅ……」

ボロボロになって震える数人の生徒と、それを囲んで笑っている別グループ――この状《じょう》況《きょう》を見れば嫌《いや》でもわかる。上位チームが下位チームからポイントを強奪《ごうだつ》しているのだ。

無論、それはこのサバイバル戦においてルール違反《いはん》でもなんでもない。むしろそうなるように仕組まれているのがこの第二フェイズだ。……だが、だからといって見逃す理由になどなりはしない。小毬はすぐさま助けようと飛び出す。

けれど、それよりも早く國府寺は動いていた。

「――Aランク小隊『プロトフォース』の皆さんですね？」

「ああん？　なんだぁ、お前ら？」

突如《とつじょ》現れた大部隊を前に、『プロトフォース』の四人は警戒《けいかい》態勢に移る。……が、それは最初だけだった。

「ん？　なんだよ、お前らのステータス……てんでゴミじゃねえか！　ははっ、お前も、お前も、お前もだ！　おいおい、全員低ランクのカスどもかよ～」

Aランク小隊だけあって、即座《そくざ》に鑑定《かんてい》スキルで戦力を確認《かくにん》したのだろう。こちらが弱者の集まりだと知るや一気に態度が大きくなる。

「雑魚《ざこ》が群れて何しに来たわけ？　遠足のつもりかあ？」

などと小馬鹿にされた國府寺は、それでも冷静に答えた。

「決まっているでしょう。あなた方が今している胸糞の悪い行為《こうい》を止めに来たのですよ」

「俺《おれ》たちを止めに……？」

束《つか》の間《ま》、きょとんと顔を見合わせる『プロトフォース』。そして……ゲラゲラと笑い始めた。

「ははは、こいつは傑作《けっさく》だ！　EランFランのゴミどもが、ご立派に自警団気取りか？」

「つーか胸糞悪いのはてめえら低ランだよ。俺たち高ランクが上位ステージの魔王《まおう》と命がけで戦ってる間、てめえらはしょぼいステージで遊んでんだろ？　それで勇者面できるんだから、いい御身分《ごみぶん》じゃねえか。うらやましいねえ」

「だからさ、こういう時ぐらい俺たち本物の勇者の役に立ってくれよ。っつーことで、お前らもポイント全部置いてけ。そしたら……半殺しで済ませてやるからさ」

下賤《げせん》に笑う『プロトフォース』の面々から、異様な魔力が立ち上る。学園Aランクに属するエリート勇者……どれだけ精神が荒《すさ》んでいようと、その力は正真正銘《しょうしんしょうめい》本物だ。

だが、魔王さえ恐れるその力を前にして、國府寺はただ溜息《ためいき》をつくだけだった。

「やれやれ、まったく嘆《なげ》かわしいことだ。あなた方のような輩《やから》にかける言葉は一つだけ――弱者の気持ちを知りなさい」

その一言が合図だった。

レジスタンスのメンバーたちが、一斉にリンカーネーターを飲む。そして彼らの右腕《みぎうで》に疑似《ぎじ》救世紋《もん》が輝《かがや》いた瞬間、『プロトフォース』のにやけ面が凍《こお》り付いた。

「総員――攻撃《こうげき》開始」

國府寺の号令に従って、一斉に襲いかかるレジスタンス。『プロトフォース』の四人も迎え撃《う》つが、結果は最初から見えていた。

圧倒的《あっとうてき》な身体能力、超常《ちょうじょう》的な魔力、そして本来有り得ないはずの多重固有異能――リンカーネーターを服用した生徒たちの戦闘力《せんとうりょく》は、Aランク小隊さえ遥《はる》かに凌駕《りょうが》しているのだ。

「な、なんでこんな……⁉　こいつら、低ランクの雑魚どもじゃなかったのかよ⁈」

「くそっ……ここは一旦《いったん》ひくぞ！」

早々に異変に気付いたのか、『プロトフォース』は尻尾《しっぽ》をまいて逃げていく。

……が、それで終わるはずもなかった。

「おや、どこへ行くおつもりで？」

國府寺の冷たい声が響くや否《いな》や、四人の退路を塞《ふさ》ぐようにせりあがる大地。あっという間に四方を囲む壁《かべ》ができあがる。その様子はさながら闘技場《とうぎじょう》そのものだ。

そして逃《に》げ場《ば》を失った『プロトフォース』へ、國府寺は静かに問いかけた。

「弱者が対話を望んだ時、君たちはそれに応じましたか？　弱者が許しを乞《こ》うた時、君たちはそれを受け入れましたか？　弱者が逃げようとした時、君たちはそれを見逃しましたか？」

「は、はあ？　何言ってやがる……!?　いいからこの壁どけやがれ!!」

「否——否——否。答えは、否!!　私は最初に言ったはずですよ、『弱者の気持ちを知りなさい』と！　そうですよね……皆さん？」

國府寺の問いかけに、無言で四人へ迫《せま》るレジスタンスたち。全員が溢《あふ》れ出る義憤《ぎふん》に目をぎらつかせている。

散々弱者をいたぶっておいて、いざ自分たちがやられそうになると逃げだす……そんな卑劣《ひれつ》が許される道理があろうか？　——答えは、否。

「な、なんだよお前ら……どうする気だよ……!?」

怒《いか》れるレジスタンスを前に、怯《おび》えながら後ずさる四人。だがその背後にはもう逃げ場などない。彼らはようやく思い知ったのだ。今この場において、弱者とは自分たちの方であるのだと。

「ひぃっ……！」

そこから先は一方的だった。

魔力で、武力で、固有異能で、あらゆる手段をもって『プロトフォース』を叩《たた》きのめすレジスタンスたち。四人は必死で抵抗《ていこう》するも絶対的な実力差を前に手も足も出ず、悲鳴を上げて許しを乞おうと誰一人《だれひとり》攻撃《こうげき》の手を緩《ゆる》めてはくれない。当たり前だ。『やったらやり返される』――それが力が支配する世界における唯一《ゆいいつ》のルール。レジスタンスはその摂理《せつり》に従って殺さないギリギリの力で痛めつける。自分や仲間が受けた苦痛と屈辱《くつじょく》を、骨の髄《ずい》まで教《おし》え込むために。

だが、その時だった。

「……もうやめて」

不意にレジスタンスの猛攻《もうこう》が止《や》む。

その理由は明らか――手足を丸めて震える四人を庇《かば》うかのように、黒装束《くろしょうぞく》を脱《ぬ》ぎ捨てた小毬が立ちはだかっていたのだ。

「おやおや、それはどういうつもりですか、小毬さん？」

「わかってるでしょ。この人たちはもう戦う気なんてない。これ以上はただのイジメです！」

どれだけ戦力差があろうと、それが当人たちの望む戦いであるなら邪魔《じゃま》する気はない。
だが、戦意を喪失《そうしつ》した者をなおも痛めつけるというのなら話は別。そんな残虐《ざんぎゃく》なリンチを黙《だま》って見ていられる小毬ではない。

だが……

「ちょ、ちょっと、小毬、まずいですわよ……！」

小毬の袖《そで》を横からひく香音。この状況で『プロトフォース』を庇うことが何を意味しているのか、彼女はよくわかっているのだ。

けれど、小毬はそんな親友に問う。

「何にもまずくないですよ！　……ねえ、香音ちゃんはこれでいいの？　これがレジスタンスに入ってやりたかったことなの？」

「そ、それは……でも、こうでもしないと、この方たちは理解しませんわ……！」

と、香音は口ごもりながら答える。

それを肯定《こうてい》するように、國府寺は大きく頷いた。

「ええ、ええ、香音さんのおっしゃる通り。これはいじめではない、教育なのですよ、小毬さん。我々が受けた痛みを教え、成長の機会を与えているのです。他者の苦痛を知るには身をもって体験させるのが一番ですからねえ。考えようによっては、これはある種必要な通過儀礼《ぎれい》とも呼べるもので……」

と理屈《りくつ》を並べる國府寺。……だが、小毬はもう聞く気はなかった。

「もういいです。教育とか、成長とか、そんなの全部嘘《うそ》じゃないですか。だって、その痛みを知ってるはずのあなたたちが、結局こうやって誰かを傷つけてる！　だったらそんな痛み、知ってたって何の意味ないでしょ！」

断固として叫《さけ》んだ小毬は、それから懐に手を伸《の》ばす。そして香音から渡されていたリンカーネーターを取り出すと……それを思い切り投げ捨てた。

「誰かを傷つけるための力なら──私はいらない」

いかなる状況であれ己の信念に従う小毬。その真っ直ぐな瞳に見据《みす》えられたレジスタンスの生徒たちは、思わず視線を逸《そ》らす。

……だが、國府寺だけは違《ちが》っていた。

「──くく、くくく……なるほど、そうか、そういうことですか……いやあ、これはまんまとやられましたね……」

と、唐突に笑い始めた國府寺は……それから想定外の言葉を口にした。

「小毬さん、あなた──執行部《しっこうぶ》のスパイですね？」

「え……？」

予想だにしていなかった問いかけに、束《つか》の間唖然《まあぜん》とする小毬。その間にも國府寺は勝手に話を進める。

「そろそろ執行部が動く頃《ころ》だと予想はしていましたが……なるほど、そう来ましたか。内側に入り込み、分断し、瓦解《がかい》させる。組織を崩壊《ほうかい》させるにはよくある手段だ。いかにも執行部が好みそうな姑息《こそく》な手でもある。──いいですか皆さん！　騙《だま》されてはいけませんよ！　彼女こそが執行部が送《おく》り込んだ工作員なのです!!」

と声を張り上げるや、ざわざわとざわめきだす生徒たち。その不信をさらに煽《あお》りたてるように國府寺は畳《たた》みかける。

「そもそも最初からおかしいとは思っていたんですよ。あなたのチームメイトである九条《くじょう》恭弥さん……本当に落伍勇者だというのなら、なぜ私の時空転移を防げたのでしょう？　あの咄嗟《とっさ》の状況で座標固定を行える者はAランクでもそうはいない。本当は彼、もっと上のレベルの人間なのではないですか？　たとえば……ほら、学園執行部所属とか？」

その言葉を聞いて、生徒たちは「確かにそうかもしれない」と頷き合う。

「ち、違いますよ、そんなこと……！」

「ほう、ならば証拠でもあると？」

『スパイではない証拠を出せ』など明らかに理屈としておかしい。だが、もはや論理も道理も関係ないのだ。今日来たばかりの新入りと、ずっと皆を導いてきた理知的なリーダー……どちらを信じるかなど最初から決まっているのだから。

しかし、小毬が言葉に窮《きゅう》したその時……

「お、お待ちください！　小毬はそんなことしませんわ！」

精霊《せいれい》たちと共に飛び出したのは香音だった。

「おや、あなたもそちら側につくと？　残念ですねえ。Aランクであるあなたを特別に仲間に入れて差し上げたというのに、その恩をお忘れとは」

「そ、そういうわけではありません！　ですが、小毬がスパイというのは納得できませんわ！」

小毬を庇いながら、きっぱりと異議を唱える香音。すると……

「ふむ……そうですかそうですか、いえ、まあそうでしょうね。あなた方は親友同士、お友達を守るのは当然のこと。恩知らず、と罵《ののし》るのは私の浅慮《せんりょ》でしたねえ」

と、國府寺は意外にも穏《おだ》やかに頷く。だがそこにはまだ続きがあった。

「おっと、しかしそうなのであれば返していただかなければなりませんねえ」

「……？　何を返せとおっしゃいますの？」

「決まっているじゃないですか。──あなたにお渡ししたリンカーネーターを、ですよ」

その瞬間、香音が言葉を失う。

「ほら、どうしました？　あなたは親友である小毬さんにつくのでしょう？　であれば、あなただってこんな力はもういらないはずだ。違いますか？」

「っ……！　わ、わかりましたわ……」

詰《なじ》るように迫られた香音は、リンカーネーターの瓶を取り出す。そしてそれを地面に叩きつけようとして……手が止まった。

「……くっ……な、なんで……?!」

友の隣《となり》に立つためには、これを捨て去らなければならない──頭ではわかっているのに、なぜか体が言うことを聞いてくれない。

だがそれはある意味で当然だった。彼女にとってリンカーネーターは身を守るための剣《つるぎ》。砕《くだ》かれた勇気をもう一度つなぎとめる拠《よ》り所《どころ》だ。その力を知ってしまった今、リンカーネーターを捨て無力な自分に戻《もど》るなどできるはずもない。

そのことを彼女《かのじょ》自身よりもよく知っている國府寺は、苦悶《くもん》する香音へ囁《ささや》きかけた。

「おや、捨てられませんか？　ふふふ、そうでしょう、そうでしょう。賢《かしこ》いあなたは覚えていますものね？　あの痛みを、あの苦しみを、あの恐怖を……！」

「ひっ……」

否応《いやおう》なくフラッシュバックする記憶。がたがたと震える体を懸命《けんめい》に抱《だ》きしめるも、溢れ出した怯えはどうにもならない。そこへさらに國府寺が畳みかける。

「そうです、あなただってわかっているはず。弱者に戻ればまたあの時と同じ目に遭《あ》う。そんなのは嫌でしょう？　ですが大丈夫《だいじょうぶ》、我々と共にいればどんな敵も恐れずに済む。皆であなたを守り、支えましょう。それが本当の仲間というものですからね」

『だから――』と、國府寺は最後の問いかけをした。

「どいてくれますね、香音さん？」

その瞬間、香音の瞳から涙《なみだ》が零《こぼ》れ落ちる。それが地面に落ちた時、彼女を取り巻く精霊たちは霞《かすみ》となって消え失《う》せた。精霊とは気高き魂《たましい》にのみ仕える世界樹の意思……今の彼女にはもう、彼らの主《あるじ》たる資格はない。

――傷ついた少女一人壊すのに、剣も魔法も必要なかった。

「……ご、ごめんなさい、小毬……わたくしは……あなたが期待してくれるほど、強くないの……」

震える声で呟いたきり、香音はその場にうずくまる。ごめんなさい、ごめんなさい、とうわごとのように繰《く》り返すだけの彼女は、もはや壊れた人形のようだった。

「さて小毬さん。お待たせしました、次はあなたの――」

と、邪魔者《じゃまもの》を排除《はいじょ》した國府寺は、くるりと小毬へ向き直る。……が、わざわざ歩み寄る必要はなかった。

小毬は既《すで》に目の前にいたのだから。

「あなた、最低ですっ!!」

親友を傷つけられた怒《いか》りを込めて、思い切り平手打ちをかます小毬。――が、その手は顔面に届く間際《まぎわ》であっさりと掴み留められていた。

「――ほうら、ね？　やはり力は必要でしょう？」

小毬にだけ聞こえる声で囁いた國府寺は、それから同胞《どうほう》たちへと振《ふ》り返る。

「さあ、このスパイを連れて行きなさい。あとでゆっくり尋問《じんもん》するとしましょう」

かくしてレジスタンスに捕《と》らわれる小毬。だが連行される間際、小毬は震える香音に微笑《ほほえ》みかけるのだった。

「大丈夫だよ、香音ちゃん！　今度は私が助けるから！　絶対、絶対助けるから！　だから……ちょっとだけ待っててね!!」

そうしてすべてが霧に呑《の》み込まれた。

第五章　奇妙な同盟

フェリスたちが攫《さら》われてから丸一日が経《た》った。

「――くそっ……！」

あれからずっとフィールドを駆《か》け回っていた俺は、しかし、まだ僅《わず》かな手掛《てが》かりさえ掴めてはいない。

恐《おそ》らくあいつらは時空間魔術により創り出した仮想次元に拠点《きょてん》を構えているのだろう。だとしたら、この現実世界に残す痕跡《こんせき》は座標認識《にんしき》用の小さな楔《くさび》だけ。それをさらに何重にも隠蔽《いんぺい》し、複数のダミー空間を噛《か》ませているはず。要するに、俺はこの広大な樹海から針の先ほどの点を見つけ出さなければならないということ。それはまるで砂漠《さばく》に落とした一粒の種を探すようなものだ。

いや、本来であればそれぐらい探知術式で何とでもなる。だが生憎《あいにく》今はサバイバル戦の真っ最中。フィールド中に散らばった勇者たちが、各々《おのおの》異空間拠点を構築したり隠蔽術式を張り巡《めぐ》らせたりしている。その一つ一つがとにかく邪魔なのだ。どれが誘拐犯《ゆうかいはん》たちのものか識別できない上、確かめようとつつけば攻撃とみなされ反撃《はんげき》してくるのは間違《まちが》いない。

そして何よりも厄介《やっかい》なのが、地下深くに展開された執行部の大魔法陣《まほうじん》だ。大規模ゆえに粗《あら》い術式であるため、こそこそと死角をつくぶんには難しくない。だが領域全体を探知しようとすれば否応なくあれの妨害《ぼうがい》を受けてしまうし、最悪の場合は執行部が出張ってくるだろう。フェリスたちを捜し出す状況として、ここはあまりに最悪なのだ。

だからだろうか、つい考えてしまう。

もしもあいつらを殺すだけでいいのなら、どれほど簡単だったことか。それならばほんの十秒もあれば充分《じゅうぶん》。この森丸ごとすべて焼き尽《つ》くす――それで終わりだ。いや、いっそ本当に今から……

「――馬鹿か、何を考えてんだ俺は……！」

苛立《いらだ》ちに任せ暴れ回ったところで何の解決にもならない。ここには無数の勇者がいるのだ。下手に騒げばフェリスたちを捜す障害が増える。その程度馬鹿でもわかること。

ああ、つくづく自分の無能さに嫌気《いやけ》が差す。俺が学んだのは『目の前の敵を倒《たお》す術』だけ。大切な人を守るやり方なんて一つも知りやしない。三万年も修行《しゅぎょう》してこのざまとは、自分への辟易《へきえき》と無力感に焦燥《しょうそう》ばかりが募《つの》っていく。

――そして、それに拍車《はくしゃ》をかけるものがもう一つ。

それは……

「……ところで、いつまでついてくるつもりですかね？」

立ち止まった俺は、背後の虚空《こくう》に尋《たず》ねる。

すると、木陰《こかげ》から現れたのは一つの人影《ひとかげ》。

雪の如《ごと》き純白の髪《かみ》をなびかせ、氷のような無表情を湛えるその少女の名は綺羅崎雛《きらさきひな》――『ローゼン・シニル』の一人だ。

先ほどの戦闘以来、彼女はずっと俺をつけてきているのである。

ただし、不気味なのはその目的がわからないこと。有耶無耶《うやむや》になった決着をつけたがっている、とかならわかるのに、攻撃を仕掛《しか》けてくることもなければ気配を隠《かく》す素振《そぶ》りも見せない。敵意もなく本当にただついてくるだけなのだ。

正直、俺にとってこいつらなんてどうでもいいし、構っている時間も惜《お》しいからずっと無視してきたのだが……我慢《がまん》にも限界というものがある。

「いい加減鬱陶《うっとう》しいんですけど。ボーナスモンスターはもう渡したはずですよ。それとも、あなたも雑魚《ざこ》狩《が》りしなきゃ気が済まないんですか？」

と、つい苛立ちをぶつける。これを言われて怒るなら、その時はその時、相手になるまでだ。どちらにせよフェリスたちのところへ連れていくわけにもいかないし、このまま意味不明な尾行《びこう》を続けられるよりはよほどいいだろう。

だが、返ってきたのは思わぬ反応だった。

「違う。あなたに用、ない」

「は？　ならなんでついてくるんですか？」

「あの人たち、言ってた。私を倒す力あるって」

『あの人たち』とはフェリスを攫った奴《やつ》らのことだろうか？　確かにそんな宣戦布告めいたことを言っていたが……

「それがなんで俺をつけてくるのとつながるんですか？」

すると、雛はやはり無表情に答える。

「私、力欲しい。あなた、あの人たち捜してる。私も捜してる。だからついてく」

ん？　おい、それってつまり……

「お、俺に捜させようと……？」

「ん」

「いや、『ん』じゃなくて……」

まさか悪びれもせずタダ乗り宣言とは。その潔《いさぎよ》さに一周回って唖然《あぜん》としてしまう。

「あなたもSランカーなんですよね？　なら自分で捜した方が早いんじゃないですか？」

と、嫌味《いやみ》抜《ぬ》きで素直に尋ねる。だが……

「無理。人捜し、できない」

「いや、探知系魔《ま》法《ほう》の一つぐらいあるでしょ？」

「ない」

「なら召喚系とか」

「ない」

「じゃあ遠視とか聴覚《ちようかく》強化とかは……」

「ない」

清々《すがすが》しいまでにきっぱり断言する雛。ということは……

「あの、それなら何ができるんですか……？」

「……敵を殺せる？」

「……な、なるほど……」

どうやらかなりの脳筋タイプなようだ。

この状況では何の役にも立たないな、なんて考えてから俺は自嘲的《じちようてき》に笑った。だって、それは俺も同じなのだから。

「なんで笑う？　早く捜して」

と、自分のことを棚《たな》に上げて急《せ》かしてくる雛。本当に身勝手な人だ。……だが、お陰《かげ》でなんだか頭が冷えた。

「もちろん捜しますよ。……だけど、このやり方じゃダメだ。このままがむしゃらに走り回っても意味がない。仮に見つけられたとしたって、その前に必ず向こうの探知に引っかかる。そしたらあの霧の転移で逃げられるだけ。こんなしらみつぶしな方法じゃなく、完《かん》璧《ぺき》に見つけ出さないといけないいんですよ」

俺は現状を説明するが、半分は雛ではなく自分自身に言い聞かせるためでもある。

そう、このままじゃダメなんだ。頭に血を上らせて駆け回ったところでフェリスは救えない。今必要なのは体ではなく頭を動かすことだ。

俺はその場に腰《こし》を下ろすと、深く吸って吐《は》いてを繰り返す。集中するための呼吸法だ。頭を切り替《か》え、すべての可能性を思考しろ。フェリスたちを見つけ出す最適な方法を考え出すのだ。落ち着いて、冷静に、集中して……

「…………」

「……………………」

「…………………………」

「………………………………」

「……あの」

「どうしたの？」

「圧かけるのやめていただけません？」

いくら呼吸を整えようと、目の前に仁王《におう》立ちでガン見してくる女がいたら集中などできるはずもない。

「問題ない。気にしないで」

「いや俺が気になるんですって。せめてあっち向いててもらえます？」

「……ん」

とお願いすると、雛は素直に後ろを向く。致命的《ちめいてき》に距離《きより》感が下手なだけで悪気があるわけではないらしい。

これでようやく集中できる。俺は再び思考を始めるが……

「………」

ぐう～。

「………」

ぐぎゅるるる。

「………」

ぐぎゅるぅうううううう!!!

「あの！」

「どうしたの？」

「どうしたもこうしたも、お腹《なか》鳴りすぎ！　どんだけ腹ペコなんですか！」

「大丈夫。ちゃんと食べた」

「食べたって……いつですか？」

「一週間ぐらい前」

「いやダメでしょ」

「なんで？　体動く。問題ない」

そう、確かに雛の言う通り。俺たちには魔力という膨大《ぼうだい》な動力源がある。その気になれば食事も休息もとらずに体を動かすことは可能だ。

だけど……

「ちょっとそこで待っててください」

俺は木陰に移動して『豊穣神《ほうじょう》の円卓《えんたく》』から食材を取り出す。

そして魔法で起こした火を使って簡単な料理を作ると、それをじーっと見ていた雛へと差し出した。

「どうぞ」

「？　私言った。必要ない」

「わかってますよ。でも食べてください。じゃないと俺はここを動きませんよ」

「……ん。わかった」

軽く脅《おど》しをかけると、雛は素直《すなお》に料理を受け取る。そして一口手を付けた瞬間《しゅんかん》……

「……ん！　おいしい」

「はは、そりゃ良かったです」

夢中になってもそもそと食べ始める雛。その横で俺も食事を始める。

……うん、やっぱりだ——味なんてしない。何も感じない。肉も、魚も、野菜も、全部がゴムを噛んでいるようにしか思えない。フェリスがいないこんな状況で、おいしく食べられるわけがないのだから。

だがそれでも飯を食うのは、昔同じようなことがあったからだ。

あれは廃棄《はいき》世界での修行《しゅぎょう》時代、フェリスとの決戦が迫っていた頃。俺は少しでも強くなろうと焦《あせ》っていた。昼も夜もひたすら鍛錬《たんれん》に明け暮れ食事など摂《と》る暇《ひま》もなかったし、その必要性も感じなかった。だがそんな時、あいつはよく無理矢理《むりやり》飯を食わせてきたものだ。曰《いわ》く『焦るなら飯を食った後で倍焦ればよいのじゃ！』とのこと。まったくなんという投

げやりな、と呆《あき》れてしまうが、ちゃんと食事をした後は不思議と訓練もうまくいった。

もちろん、そんなのはただの偶然《ぐうぜん》だろう。当時の俺もそう思っていた。だから納得《なっとく》できなくて尋ねた。どうして不要な飯など食わせたがるのかと。そしたらあいつの答えは――

「……ん」

なんて、くだらないことを思い出していたら雛に袖を引かれた。見れば手にした皿が綺《き》麗《れい》に空っぽに。どうやらおかわりを寄越《よこ》せ、ということらしい。

「はいどうぞ」

とおかわりをよそってやると、またしても無言のまま食べ始める。というかこの人……

「やっぱりお腹すいてたんじゃないですか」

一心不乱に食べるその速さは俺の三倍超《ちょう》。どれだけ飢《う》えていればこうなるのやら。

だが、当の本人は認めようとはしなかった。

「別に。食べなくても平気。時間、無駄《むだ》」

ハムスターばりに頬張《ほおば》っておいてよく言うものだ。割かし強情《ごうじょう》なたちらしい。

「はいはい、確かにそうですね。ですけど、こっちとしてはあんなにお腹鳴らされちゃ困るんですよ。それに……平気だからって、やっていいわけじゃないでしょう」

「……わからない。なんでダメ?」

「あー、それは……」

純粋《じゅんすい》に聞き返されて、しまったと気づく。少し喋《しゃべ》りすぎた。だけど無視するわけにもいかない。俺は仕方なく答えた。

「飯も食わず、眠《ねむ》りもせず、休みもしないなんて、それは人間のやることじゃないからですよ」

そう、それこそがフェリスの答えでもあった。

食べなくても生きられるから食べない。眠らなくても動けるから眠らない。できるからそうする。できるのだからそれでいい。そんな考え方も別に間違ってはいないだろう。実際問題、事実として俺たち勇者にはその力があるのだから。

だけど、己《おのれ》の能力に任せその使い方を思考しないのでは、いずれ「力」と「権利」の区別がつかなくなる。「やれること」と「やっていいこと」の境界が曖昧《あいまい》になっていく。

欲《ほ》しいものを手に入れられるから手に入れる。

気にいらない奴をぶちのめせるからぶちのめす。

そうやって生きてきた奴は、そのうち『人を殺せるから殺していい』と考えるようになるだろう。どれだけ肉体が強くなり、どれだけ生物としての一線を越《こ》える力を手に入れようと、心の中にだけは越えてはならない線を引き続けること。思えば三万年間戦いに明け暮れてなお俺が正気でいられるのは、フェリスがそれを教えてくれたからだ。もしもそれを忘れ、力のままに生きたとしたら……行きつく先は、きっとあの荒野《こうや》だ。

「たとえ化け物じみた力を持ってても、中身まで化け物にならなきゃいけないわけじゃないってことです。……って、まあこれは受け売りですけどね」

と俺は適当に話を切る。

人間らしく、なんて使い古された説教今更誰《いまさらだれ》も聞きたがらないだろうし、何より超越者《ちようえつしや》の最上位に立つこの人に言ったところで絶対伝わりっこないからだ。

……だが、もしかするとそれは早とちりだったのかもしれない。

「……！」

急に目を丸くした雛は、それからぽつりと呟《つぶや》いた。

「……不思議。果南《かなん》、同じこと言ってた」

「果南……？　誰のことですか？」

「友達。私の、たった一人の、友達」

そう言った雛は、しかし、すぐに首を傾《かし》げた。

「……でも、よくわからなかった。なんで気にする？　私のことは私のこと。私が何になっても、果南、関係ない」

友達のお節介《せっかい》が気に入らなかった……わけではないらしい。その顔は純粋に理由がわかっていない様子だ。

何というかこの人は、対人関係スキルが致命的に低いのだろう。答えなんて決まっているのに。

「簡単ですよ。その果南って子は、あなたのことが心配だったんでしょ」

「？　それ、おかしい。私、あの子より強い。心配する、変」

「強さなんてそれこそ関係ないんですよ。理由とか理屈とか抜《ぬ》きで、ただただ心配で仕方ない。傷ついて欲しくないし、幸せになって欲しい。……大切って、そういうことだと思いますよ」

「……そっか……」

そうして数秒黙り込《こ》んだ雛は、不意に問うた。

「あなたも？」

「え？」

「あなた、果南と同じ顔してた。捜してるの、心配な人？」

なんだ、ちゃんとそういうのはわかるのか。

俺は素直に頷《うなず》いた。

「ええ、まあそうです。昔も、今も、あいつは俺《おれ》よりずっと強いんですけどね。それでも心配なものは心配なんですよ」

こうして引き離《はな》されて、それがはっきり自覚できた。俺は自分で思っていた以上に、あいつがいないとダメらしい。

そう答えると……

「じゃあ急ぐ！　捜し行く！　早く早く！」

と、雛は急に立ち上がる。

がむしゃらに動いても無意味だと説明したばかりなのに、どうせもう忘れているのだろう。なんだかさっきまでの自分を見ているような気分だ。

「ちょ、ちょっと落ち着いてくださいよ」

「無理。急ぐ。手遅《ておく》れなる。……もう手遅れかも」

「わかってますって。でも少なくとも今は大丈夫ですから」

となだめると、雛は不思議そうに首をかしげる。

「なんでわかる？　魔法？」

雛の言う通り、追尾《ついび》刻印や主従契約《けいやく》を仕込《しこ》んでおけば安否の確認《かくにん》は可能だ。というか、実際そうしようと提案したこともあったのだが、フェリスには『すとーかーじゃ！』と一蹴されてしまった。だから俺には今の彼女の様子を知る確実な術《すべ》はない。

だけど、それでも冷静になった今なら断言できる。フェリスはまだ無事だ。なぜなら……

「あいつを愛しているからです。本当に取り返しがつかない何かがあいつの身に起きていたら、俺には絶対わかる。わからないはずがない」

根拠《こんきょ》はたったそれだけ。でも、これは確信だ。だってそうじゃなきゃ、この世界は間違っているだろう。

「だから、今は無暗《むやみ》に動かないことです。必要な時に力を出すためにも、まずはしっかり食べないと」

「……ん。わかった。あなた、やっぱり果南に似てる」

どうやら納得してくれたらしく再び座《すわ》った雛は、それから唐突《とうとつ》に言った。

「名前」

「はい？」

「私、綺羅崎雛」

「あ、はい。まあ知ってますけど……」

今更《いまさら》なぜ自己紹介《しょうかい》？　と思っていたら、雛は「ん」と何かを催促《さいそく》するように俺を見る。

一体何をさせたいのか……なんて数秒考えた後、ようやく理解できた。

「あー、俺は九条恭弥《くじょうきょうや》です。よろしくお願いします」

「恭弥……ん、覚えた」

どうやら今初めて俺という個体を認識してくれたらしい。海璃《かいり》や獅子尾《ししお》もそうだが、上位層というのはどうにも他者をどうでもいいと考えている節があるようだ。

もっとも、ここまで言葉を交《か》わしてきて少しわかった。周りを玩具《おもちゃ》としか見ていない海璃とは違い、彼女の無関心に悪意はない……というか、何もない。彼女はただ純粋に興味がないのだ。身の回りのありとあらゆることに。

……いや、すべてに無関心なわけではない、か。

「……あの、雛先輩《せんぱい》、最初に言ってましたよね？　力が欲しいからあいつらを探してるって」

「ん」

「でも、『ローゼン・シニル』に所属してるってことは、先輩って学園のSランカーなんですよね？　もう十分強いのに……なんでそこまで力が欲しいんですか？」

別に深入りしたいわけではないが、これからもついてくるというのなら根っこにある動機ぐらいは知っておきたい。

すると、雛は迷いなく答えた。

「まだ足りないから。……やらなきゃいけないこと、ある」

今まで通りの少ない言葉。だが、その瞳《ひとみ》には今までになかった強い光が宿っている。

それを見た瞬間、わかった気がした。力を持て余している他生徒たちとは違い、彼女にはその力で果たすべき確固たる目的がある。だからこそ彼女は強いのだろう。

「そのやらなきゃいけないことって、一体……？」

Sランク勇者がまだ足りないと断言するほどの目的だ。まさか世界征服《せいふく》とか言うんじゃないだろうな。なんて恐る恐る問うたその時だった。

――ピンポンパンポーン。

辺りに響《ひび》き渡《わた》る聞き覚えのあるアナウンス音。と同時に、これまた聞き覚えのある声がした。

『――はいはーい、ローゼちゃんだよ～！　サバイバル戦も今日で二日目！　みんなまだまだ元気かな？　今日もお待ちかね、ランキング発表の時間だよ～!!』

と、今日も今日とて悪意ある催《もよお》しを楽しげに披露《ひろう》するローゼ。その顔を見ると怒りが湧《わ》いてくるが、さすがに逆恨《さかうら》みというものか。

「あの女神《めがみ》様に従うのは大変そうですね。普段《ふだん》からああいう感じなんですか？」

と何の気なしに尋ねたところ、思わぬ答えが返ってきた。

「さあ」

「『さあ』って……担当女神なんですよね？　『ローゼン・シニル』って言うぐらいだし……」

「さあ。知らない。ローゼと会うの、任務の時だけ。何考えてるかわからない」

そうだったのか、それは意外だ。女神は基本上位チームに付きっきりという話だったから、てっきりずっと一緒《いっしょ》にいるのだとばかり思っていたが……

「あ」

「？　どうしました？」

「やっぱり、一つ、わかる」

と、雛は思い出したように呟く。

「……ローゼ、私と同じ。目的以外どうでもいい。だからローゼ、興味ない」

「興味がないって……何にですか？」

その答えは至ってシンプルだった。

「この世界全部」

世界の守護者であるはずの女神が、世界に興味がない？　信じがたいことではあるが、雛が嘘《うそ》をついているとも思えない。同類だからわかる、そう彼女の目が言っている。どうもかなりの異端児《いたんじ》であることは間違いないらしい。

なんにせよ、極力関わり合いになりたくない相手だ。

なんて感想を抱いている間にもアナウンスは続く。前回と同じくマップに表示されるのは暫定《ざんてい》上位チームの名前と居場所。少し期待して見ていたが、フェリスたちを攫ったらしきチームは確認できない。そりゃそうだ。ポイント集めが目当てだとしたら、攫った際にジュエルスライムだけ残して行ったりしないからな。恐らくは場所を特定されないようにあえて捨てて行ったのだろう。

「……ん？　待てよ……」

そこまで考えた時、ふと気づいた。

そもそもローゼはどうやってポイントを把握《はあく》している？　答えは簡単だ、ポイントが付与《ふよ》されたあの魔術刻印《タグ》、あれが位置情報を発信しているのだ。そしてそれを受信しているのは、この樹海全体に張り巡らされたあの大魔法陣――

そう、あの魔法陣にはそれだけのスペックがある。この樹海全域を網羅《もうら》した超大規模《ちょうだいきぼ》な監視《かんし》術式……運営側が仕込んだシステムなのだから当然だ。だからこそ俺にとっては一番の障害でもある。

が、もしも、逆にそれを利用できたとしたら？

無論、あのシステムを乗っ取ることは容易ではない。末端《まったん》から中枢《ちゅうすう》へは不可逆な命令機構になっているはずだからだ。ただし、最初から中枢にアクセスできるのなら話は別。

「……いける、か……？」

わからない。だが、やるしかない。

俺は残っていた食事を手に取ると、がつがつと腹へ流《なが》し込む。

こんな味もしない食事の時間に意味なんてない。だけど……冷静になれたお陰で、ようやく道が見えた。

そうして最後の皿を空にした俺は、目を丸くしている雛へ問いかける。

「雛先輩《せんぱい》……力が必要なんですよね？」

「ん」

「そのためにさっきの奴らを捜してるんですよね？」

「ん」

「それなら……俺の言うこと、何でも聞けますか？」

これからやる作戦には協力者が不可欠。そしてそれは強ければ強いほどいい。たとえば……学園最強のSランカー、とか。

そして雛の答えは、やっぱりシンプルだった。

「ん！」

その返答を聞いていよいよ腹をくくる。

今から渡るのは間違いなく危険な橋だ。だが、それがフェリスのところへつながっているのならば……ためらう理由などどこにもない。

覚悟《かくご》を決めた俺は、ポケットからあるものを取り出す。それは、一見すると落書きにしか見えない、独特の紋様《もんよう》が描《えが》かれた一枚の紙きれだった。

「それじゃ、始めましょうか」


――――……

――――……


不意に宙空に咲《さ》き誇《ほこ》る魔法陣。

最高位の転移術式から現れたその女は……いつもの調子で笑った。

「いやあ、嬉《うれ》しいわあ～。正直ダメ元やったんやけど、まさかほんまにデートのお誘《さそ》いをもらえるとは――なあ、恭弥くん？」

なんて軽口を叩《たた》くのは、学園執行役員《しっこう》の一人——水穂《みなほ》葛葉《くずは》。現れるたびロクでもないことが起きるので、正直顔を合わせたくない人ではあるが……今回ばかりはそんな文句は言っていられない。なにせ、呼び出したのは俺の方なのだから。

「で、何の用や？　これを使ったっちゅうことは、『リンカーネーター』の胴元《どうもと》と接触《せっしょく》できたと思ってええんよな？」

と、使い捨て通信術式を破きながら問う葛葉。

だから俺も単刀直入に答えた。

「はい。実は昨日、正体不明の集団から襲撃《しゅうげき》を受けました。ポイント狙《ねら》いじゃないことから見て、そいつらがリンカーネーターを広めている奴らと思われます」

と、俺は断言する。……もちろん、本当は確証などない。それっぽい理屈《りくつ》をつけているだけ。だが、俺の計画には執行部の力が不可欠、どんな手を使ってでも協力してもらわなければならないのだ。

……が、そんな浅知恵《あさぢえ》が簡単に通るはずもなかった。

「ちょい待ち、断言しとるけど、それ、自分で確かめたんか？　根拠は？　物証は？」

「そ、それは、まだ……ですが、恐らく間違いないことで、執行部の協力さえ得られれば居場所も特定できるかと……」

「ふぅん、『恐らく』ねぇ。君、そんなんで執行部を動かそう思うとったんか？　だいたい、立場が逆やん。君はうちらの手足。だから動くのは君の役目。せやろ？」

「わ、わかってます！　だけど……あいつらに小毬《こまり》とララが攫われたんです！　だから居場所探しに協力してもらえれば、必ず正体を突《つ》き止《と》めますから……！」

そう口にした途端《とたん》、葛葉はにんまり笑った。

「はは～ん、そーゆうことか。うんうん、よーわかったよーわかった。それは心配やなぁ」

恐らくこちらの狙いに気づいたのだろう。わざとらしく頷いた葛葉は……すぐに否定の言葉を口にした。

「けど、答えはノーや。最初に言ったはずやろ？　今回は審判《しんぱん》に頼《たよ》っちゃアカンって。それとも、うちに泣きつけば助けてもらえるとでも？　ははっ、うちってば、そんなに優《やさ》しいお姉さんに見えたか～？　――うちを利用したいんやったら、相応の餌《えさ》を持ってくることやな」

と、葛葉は冷たく言い放つ。実際彼女《かのじょ》の言葉はすべて正論。こんな交渉《こうしょう》とも呼べぬ哀願《あいがん》で助けてもらえるはずもないのだ。

だから……俺は次の手に出ることにした。

「そうですか……まあ、そうですよね。すみません、今のはダメ元を試《ため》しただけです」

そう、こいつはそういうやつ。慈悲《じひ》なんて最初から期待してはいない。だから……

「安心してください。本命の『餌』は用意してありますから」

そう言って背後の木陰へ合図を送る。

すると……

「――協力、して」

棒読みで圧をかけながら現れたのは雛。――学園最強部隊のSランカー、それが俺の用意していた本命だ。

そしてその姿を見た瞬間、葛葉は「ああ、なるほど」と呟いた。

「言うこと聞かんのなら力ずくで、と。……ええやん、それ。正しい交渉ってのはこうでなきゃいかんよなあ。いやあ、良かった良かった、やっぱ恭弥くん、ちゃ～んとわかっとるみたいやん」

こちらの意図を理解してなお、表情一つ変えない葛葉。それどころか、むしろ楽しげに笑っている。まさか、Sランカーの脅しなど怖《こわ》くもなんともないというのか？

そして余裕《よゆう》たっぷりの葛葉は、静かにその手を動かして――

「はい、こーさんや、こーさん」

「……え？」

どんな反撃に出るかと思いきや、あっさり両手をあげて降伏《こうふく》のポーズをとる葛葉。騙《だま》し討《う》ちかとも思ったが、魔力《まりょく》を練るそぶりすら見せない。……いや、さすがに潔すぎないか？

「なんや失礼やなあ。『え』とはなんや『え』とは。君が連れてきたんやろうが。相手は天下の雛ちゃん様やで？　対してうちはAのいっちばん下や。降参以外にどうせいっちゅうねんあほらしい。それとも、そんなにうちと戦いたかったんか？」

「いや……そうではないですけど……」

少々面食《めんく》らっただけで、もちろん嫌《いや》なわけではない。葛葉の協力を得るのは計画の必須《ひっす》条件。ゆえに仕方なくこんな強引《ごういん》な手を使いはした。だが本来、能力もわからぬ雛を頼りに、同じく能力不明の葛葉と戦うだなんて絶対にごめんである。

「にしても、恭弥くん、よう雛ちゃん抱《だ》き込んだもんやねえ。慎重派《しんちょうは》の君なら絶対近づかん相手やと思ってたけど。もしかして、雛ちゃんのこと知らんとか？」

「さ、さすがに知ってますよ。『ローゼン・シニル』所属のSランカーでしょ？　……まあ、それ以上は知らないですけど……」

見栄《みえ》を張っても仕方ないので、素直にそう答える。

すると、葛葉はとんでもない事実を口にした。

「あちゃー、やっぱ知らんのな。よく聞きや。雛ちゃんはな、ただのSランカーやない。

Sランクの第二位……つまり、学園最強や」

「え……最強？　ちょ、ちょっと待ってください、でも二位ってことはまだ一位が……」

「ああ、それならノーカンや。なんせ学園第一位は永久欠番……誰もその姿を見たことがないんやからな。噂《うわさ》によると、学園創設時点から一位の座はもう埋《う》まっとったらしいで。まっ、要は学園七不思議みたいなもんやな。せやから、第二位の雛ちゃんが事実上の最強っちゅうわけや」

それを聞いて振《ふ》り返ると、雛は無表情でブイサインなんかしている。どうやら事実らしい。

Sランカーなのはわかっていたが、まさかその中でも最強だったとは。とんでもないのと組んでしまったのかもしれない。……いやまあ、敵対するよりは百倍マシだが。

「ほんで、そんな学園最強の勇者様を手懐《てなず》けるなんて、一体どんなチートな手を使ったん？……まさか、色目使ってたらしこんだとかじゃ……」

「ち、違《ちが》いますよ！　そういうのじゃなくて……」

「ごはん、おいしかった」

「ははは、なるほど～、餌付《えづ》けかいな」

なんて笑った葛葉は、それから小さく耳打ちした。

「でも、ほんま良かったなあ。執行部だの学園だのから縁遠《えんどお》く、かつ純粋な実力者で他人に興味がない――君にとっちゃ利用するにはうってつけの相手や。ええ拾いもんやね～？」

と、囁《ささや》く葛葉。本当に嫌な言い方をする人だ。……もっとも、事実なので反論のしようもないが。

「まっ、うちには関係ないしどうでもええわ。それより、さっさと用件言いや。うちに何をやらせたいんや？　……って、まあんなもん決まっとるか」

そう自分で答えた葛葉は、試すようにこちらを見た。

「執行部が使っとる監視用大魔法陣《ま　ほうじん》――あれが欲しいんやろ？」

「……！」

その瞬間、どきりと心臓が跳《は》ねた。

「……よ、よくわかりますね……それ、固有異能か何かですか？」

「はは、何言うとるん、簡単な推測やんか。君の目的は攫《さら》われた小毬ちゃんたちの救出。なら何よりも知りたいのは敵の居場所や。せやけどフィールド全体の感知をいきなりなんてのは厳しいいし、地下に張られた執行部の大魔法陣がごっつう邪魔《じゃま》。となれば解決法は一つ――その大魔法陣を逆に利用すること。まっ、当然の思考やなあ」

樹海全域を網羅する邪魔な感知大結界――それを掌握《しょうあく》できさえすれば、邪魔もされないし逆に全域感知用術式として利用可能。一石二鳥……というより、これしか手段がないのだ。確かに考えればわかる結論かもしれない。だがこうも早く見抜《みぬ》かれるとは思わなかった。もしかして、最初からすべてわかったうえで呼び出しに応じた……？

いや、それは買いかぶりすぎだろう。第一、ばれていようがいまいがやることは変わらない。むしろわかっているなら話が早いというもの。

「お察しの通りです。だから、早速《さっそく》大魔法陣の制御《せいぎょ》ポイントまで案内を――」

「ああ、ちょい待ちちょい待ち。まあ聞きや」

と葛葉は俺の言葉を遮《さえぎ》る。

「作戦前に幾《いく》つか注意事項《じこう》があってやな……」

「大丈夫《だいじょうぶ》です、危険は承知ですから。それよりも早く――」

「だから、おちつきーや恭弥くん。まず勘違《かんちが》いしなや、別に君を心配して言っとるんやないで？　この先、うちは共犯者になる。君がミスって捕《つか》まればうちまでその巻き添《ぞ》えや。執行部内にもケンリョクトーソーっちゅうやつがあってな。うちみたいな下《した》っ端《ぱ》がポカやらかせばすぐコレや」

と、自分のクビを掻《か》き切る動作をする葛葉。

「せやから、うちのために聞け。目下問題は三つ。――一つ。君のご期待通り、うちの権限なら魔法陣を統括《とうかつ》しとるコントロールルームへはアクセスできる。途中《とちゅう》の警備やら検問やら全部すっとばしてな。ただし、制御室内の生徒までは排除《はいじょ》できん。術式維持《いじ》班やら常駐《じょうちゅう》警護班やら、もろもろ含《ふく》めておおよそ二十人。非戦闘員《せんとういん》が多いとは言え全員が執行部に属する手練《てだ》れや。君たちに何とかできるんか？」

いぶかしげに問うた葛葉は、次に二本目の指を立てる。

「二つ──仮に内部の生徒を救援《きゅうえん》も呼ばせず瞬殺《しゅんさつ》できたとして、それでも定期的な見回りはある。巡回間隔《じゅんかいかんかく》はたったの三分。その間にすべてをなさなきゃならん。最近じゃカップ麺《めん》もできへん時間やねえ」

そうして最後、葛葉は殊更《ことさら》に語気を強めた。

「そして三つ──これが最大の問題や。君にあの大魔法陣が扱《あつか》えるんか？　言っとくが、あれは生易しいもんやないで。魔力を補充《ほじゅう》するだけで専用の放出要員が五人がかり。運用にはさらにもう十人。しかも、うちらは本当に小毬ちゃんたちの居場所を知らん。つまり、攫った奴《やつ》らは死角に隠《かく》れとると考えて間違《まちが》いはない。それを見つけようとするなら、この大魔術《まじゅつ》式を改良する必要があるってことや。結界班総出で丸ひと月かけて構築した術式を、な」

制限時間はたった三分。その間に三十人の勇者を蹴《け》散《ち》らし、術式を掌握・改良したうえで、この広大な樹海全域を感知し小毬たちを見つけ出す。なるほど、確かにこれは楽じゃないミッションだ。

だけど――

「問題ない。必ずやり遂《と》げる」

でなければ、何のために三万年も修行《しゅぎょう》したのかわからないではないか。

「……ふん、ええ面構《つらがま》えや。ちょっとどきっとしたで。だったらもう何も言わんよ」

珍《めずら》しく素直に頷いてくれる葛葉だが、言ったそばからにんまり笑う。

「しっかし恭弥くん、今回はまた随分《ずいぶん》と張り切っとるやないの？　あの二人、君にとってそんなに大事やったんか？　……いや、それとも……二人とは別に、もっと大事なものも奪《うば》われた、とかか？　ん～、気になるなあ、君がこんなに焦る理由」

「あの……もう何も言わないんじゃなかったんですか？」

「ははっ、そうやったな、すまんすまん。今のうちは哀《あわ》れな人質《ひとじち》や、藪《やぶ》をつつく趣味《しゅみ》もない。野暮《やぼ》なことは言わんよ。っちゅうわけで……準備はええな？　これからうちの権限を使って君らを転移させる。出発予定時刻は……」

「どうせ『今から』ですよね？」

さすがにこの人のやり方にはもう慣れた。むしろ、時間のない今の俺にはありがたい。

「認識《にんしき》阻害魔術《そがいまじゅつ》も準備できてます。すぐにやってください」

　すると、葛葉はにんまり笑った。

「ふふっ、ええ子や。そんじゃ……行っといで」

　葛葉がパチンと指を鳴らす。と同時に、俺と雛《ひな》の全身が淡《あわ》い光で包まれて――――次の瞬間、俺たちはそこにいた。

　展開された立方体の異空間、壁《かべ》や天井《てんじょう》にまで張り巡《めぐ》らされた無数の術式、その中央に浮《う》かぶ巨大《きょだい》な疑似《ぎじ》魔力炉《まりょくろ》……間違いない、樹海地下の大魔法陣全体を支える制御空間だ。そして、そこにいたのは総勢三十二名の執行部員たち。恐《おそ》らくは全員がBランク以上の実力者だろう。

　だけど……これならいけるな。

「――左十六人、頼《たの》みます」

「――らじゃ」

　到着《とうちゃく》から一秒、俺たちに気づいた執行部員たちが一斉《いっせい》に襲《おそ》いかかってくる。

　そして。

　到着から二秒、執行部員たちは全員揃《そろ》って床《ゆか》に倒《たお》れ伏《ふ》していた。

「さてと、とりあえず第二段階もクリアか」

秒殺した三十二名は綺麗に昏倒《こんとう》している。警報を鳴らされた痕跡《こんせき》もなく、認識阻害魔術も正常に機能しているため身元もバレてはいないだろう。ひとまずこれで制圧完了《かんりょう》だ。

それでも万一のため全員をまとめて術式で拘束《こうそく》していると、隣《となり》で雛が目を丸くしていた。

「恭弥、戦える。びっくり」

と素直に呟く雛。だが、俺から言わせれば驚《おどろ》いたのはこっちの方だ。

この人、十六人相手に固有異能を使わなかった。というより、通常の魔力すら一ミリも出していない。純粋な素の身体能力だけで戦闘員《せんとういん》含《ふく》む執行部員たちを秒殺してみせたのだ。

学園二位のSランカー……つくづく底の知れない相手だ。

だがビビっている場合じゃない。今は一秒でも惜《お》しいのだから。

「たまたまですよ。それより、雛先輩は見張りをお願いします」

「らじゃ」

それだけお願いして、俺は術式中央に浮かぶ魔術核《まじゅつかく》へと歩み寄る。七重にかけられていたロックを秒で解除し、権限へのアクセスを実行。構造解析《かいせき》を開始する。

ああ、なるほど。

解析を始めて数秒、すぐにわかる。

やはりこれはとてもよくできた術式だ。これだけ膨大《ぼうだい》な魔法陣を維持していることからもわかるように、相応の知識と技術に基づいた見事な出来である。

ただし、それは根幹部分に限った話。規模の関係上複数人で作成したものらしく、当然その完成度にはムラがある。全体として機能することを最優先にしているため、常に最低値に合わせるシステムになっているし、魔力燃費の観点から出力制限がかかっている箇所《かしょ》も散見される。エラーやハッキングに対する防衛機能にも相当余力を割かれているようだ。

つまりこの術式は、本来持っている性能の三割程度しか発揮できていないということ。これの骨格を組んだ生徒が誰なのかは知らないが、さぞや歯がゆい思いをしたことだろう。

だから、俺がやることは簡単だ。不要なシステムを除去し、開いている穴を塞《ふさ》ぎ、足りていない部分を補強する。そうしてチグハグになっている術式全体を調律し、本来持っている最高峰《さいこうほう》のスペックをそのまま発揮できるようにしてやるだけ。無論、長期運用を考えれば不具合も出てくるだろう。だが別に構わない。たった一度、今この瞬間だけ使えればそれでいいのだから。

「さて、残りは二分と八秒か……」

頭の中で設計図は組みあがった。後は手を動かすだけ。もちろん、すべての工程が一ミリの乱れも許されない精密作業になるだろう。そして仮に成功したとしても、その後は本来勇者十五人がかりで扱う術式を一人でフル稼《か》働《どう》させ、この広大な樹海から点でしかない誘拐犯のアジトへの入り口を見つけ出さなければならない。正直、我ながら博打《ばくち》みたいな作戦だ。

だけど、失敗はしない。

だってこの力はきっと、この時のために培《つちか》ったものなのだから。

「倍焦《あせ》るなら、今だよな？　——必ず見つけ出す。待ってろよ、フェリス……!!」

第六章　いびつなるもの

「――こら、暴れるな！」

「――おとなしくしろ！」

「――そう言われておとなしくするやつがいるかってんですよ！」

レジスタンスの拠点《きょてん》、地下深く。

錆《さ》びついた鉄格子《てつごうし》が並ぶ監獄《かんごく》フロアに、少女の怒声《どせい》がこだまする。今まさに投獄《とうごく》されそうになっている小毬《こまり》のものである。こんなテンプレな牢屋《ろうや》に捕まってなるものか、と全力で抵抗《ていこう》する小毬だが……努力とはえてして実らないもの。二人の生徒にひっ捕まえられたまま、小毬はひょいっと牢屋に投《な》げ込まれてしまった。

「むー！　捕虜《ほりょ》に対する人道的扱いを要求します！」

とすぐさま鉄格子にかじりつくも、魔術加工の施《ほどこ》された格子はびくともしない。小毬にできるのは鍵《かぎ》をかけて去っていく生徒たちにべーっと舌を出すことだけ。

そうして取り残された後、小毬はふんと座り込む。

さて、ここからどうしたものか。

するとその時、牢屋の奥《おく》から声がした。

「ふにゃあ……やっと来たか小毬よ」

「その声は……！」

思わず振り返れば、そこにはのんびりあくびをしているフェリスの姿が。奥のベッドで寝《ね》ているララを守るように、ゆったりと尻尾《しっぽ》を揺《ゆ》らしている。

「二人ともどうしてここに!?　……って、そっか……私のせい、ですよね……」

小毬は今やスパイ扱い。であれば、その連れであるララたちが拘束されるのも当然だろう。

「ごめんなさい、私、二人のこと何も考えずに……」

と俯《うつむ》きかけるが、フェリスはその謝罪を遮った。

「よい。そなたのことじゃ、正しいと信ずる行いをした結果であろう？　ならば恥《は》じることも謝《あやま》ることもにゃい。どーんと胸を張っておれ」

「ううっ、フェリスちゃ～ん!!」

猫《ねこ》にあるまじき泰然《たいぜん》としたその態度に、小毬は思わずもふもふのお腹《なか》にダイブする。そうしてしばらくモフったところで、大事なことを思い出した。

「あっ、でもどうしましょう！　もしかしたら恭弥《きょうや》さんも危ないかも……！」

小毬の仲間という理由だけで幼女と猫まで監禁《かんきん》されたのだ。チームメイトである恭弥に追手が迫《せま》っていてもおかしくはない。

だが、そんな不安をフェリスが一蹴《いっしゅう》した。

「あやつなら心配いらぬよ。そんなやわな育て方はしておらんでな」

きっぱりとそう言い切ったフェリスは、「それにのぅ」と付け加える。

「万一のことがあれば、わしにはわかるしな」

「？　それって何か魔法《まほう》でもかけてるんですか？」

気になって尋《たず》ねると、フェリスは「いいや」と尻尾を振った。

「簡単じゃよ――愛しておるから。それだけじゃ。あやつに何かあって、わしにわからぬはずがない」

「あ、愛っ……!?　わわわ、大人です……！」

ぽっと顔を赤らめる小毬と、なぜかにゃっふっふとしたり顔を決めるフェリス。二人揃ってここが監獄であることなど忘れているらしい。

それはさておき。

「それよりも小毬よ、中の様子を見て回ってきたのじゃろう？　ならば説明せよ。そなたが何を見て、何を感じたのか。ほれ、どうせここは暇《ひま》じゃしな」

「はい！」

かくして小毬は今までのことを説明する。リンカーネーターについて。レジスタンスの目的について。そしてついて行った先で彼《かれ》らがとった行動について。

それらすべてを聞き終えたフェリスは……ふむ、と一転してむつかしい顔になった。

「『リンカーネーター』……固有異能を付与する薬、か……」

「信じられませんよね？　でも、本当なんですよ！　一粒《つぶ》食べただけでどかーんて！」

小毬が身振《みぶ》り手振《てぶ》りで説明すると、フェリスはあっさりと頷《うなず》く。

「うむ、そうじゃな、有り得ぬとは思わぬよ。……なにせ、背後にあのスノエラがついているというのであればな」

根拠として出したその名前に、小毬は目をぱちくりさせた。

「あの女神様のこと、知ってるんですか？」

「ああ、よく覚えておる。あやつは古株の中でも特に女神らしくない女神じゃったからのう」

「えー、そうですか？　すごく優しそうな方で、まさに女神様ーって感じでしたけど」

「見た目の話ではにゃい、考え方の話じゃ。奴は《革新と思考の女神》……停滞《ていたい》を好まず常に何かを思索《しさく》する女神じゃ。悠久《ゆうきゅう》に漂《ただよ》うだけの女神族においてそれは紛《まぎ》れもない異端《いたん》。要するに……奴はまともすぎるんじゃよ」

と、小毬にはよくわからない結論を述べるフェリス。

「そして、だからこそ厄介《やっかい》でもあるのじゃ。あやつは他の女神と違って常に進歩を続けてきた。元々上位の女神というわけではないが、封印《ふういん》術や固有異能に関しての知識と技術は既《すで》に全女神の中でも五本の指に入るレベルじゃろう。ゆえに、奴であればリンカーネーターなる薬を生み出すことも可能であろうな。なにせ……作るだけならそう難しくはないからのぅ」

その言い方を聞いて小毬は首をかしげる。

「もしかして……あのお薬がどういうものか知ってるんですか？」

「知っている、というか……ただの消去法じゃな」

「それって、どういう……？」

微妙《びみょう》に答えを濁《にご》され、小毬はもう一度問う。

だがその前に別の声がした。

「――おや、思ったよりも元気そうですねえ」

牢獄《ろうごく》に木霊《こだま》するねっとりした声音《こわね》。

反射的に振り返れば、鉄格子の前に立っていたのは國府寺《こくふじ》であった。

「あっ、出ましたね！　さっさと私たちを解放してください！　私はスパイなんかじゃありません！」

國府寺の姿を見るや、憤然《ふんぜん》と抗議《こうぎ》を始める小毬。冤罪《えんざい》で閉《と》じ込《こ》められて黙《だま》っていられるたちではない。

だが、返ってきたのは予想外の答えだった。

「ふむ、これは心外だ。私の眼《め》を節穴だとでも思っているのですか？　――知ってますよ、あなたがスパイでないことぐらい」

「へ……？」

「腐《くさ》りきってはいますが、それでも執行部はバカではない。諜報員《ちょうほういん》として送《おく》り込むならもう少し賢《かしこ》い者を選ぶでしょうからね」

なんだかバカにされているような気もするが、今はそんなことどうでもいい。

「じゃ、じゃあなんであんなことを⁉」

「なぜって？　決まっているじゃないですか――あなたが正しすぎたからですよ」

その回答に耳を疑う小毬。

正しいから嘘までついて捕まえた？　矛盾《むじゅん》しているとしか思えないその行動を、しかし、國府寺は堂々と肯定《こうてい》する。

「我々が学園と同じことをしているだの、そのための力じゃないだの、あなたの言葉はどれもうんざりするぐらいに綺麗事《きれいごと》だ。……ですが、紛れもなく正しくもある。もちろん、それは言葉だけの話ではありません。誰《だれ》よりも弱いはずのあなたは、あの状況《じょうきょう》で我々全員の前に立ちはだかった。旧来の友に対しても同じようにね。同胞《どうほう》に異を唱えることは時に敵対者と戦うよりもずっと困難なもの。それをあんなにもあっさりと、あんなにも真《ま》っ直《す》ぐに。ああ、あなたは実に正しい。あれこそ真の勇気だ。誰が何と言おうと、この私が保証しますよ」

　相変わらずねちねちした回りくどい喋《しゃべ》り方《かた》だが、小毬は気づく。……もしかしなくても、これって……めちゃくちゃ褒《ほ》められてる？

「……えへへ、それほどでも～」

　思いもよらぬ褒め殺しに、あっさり頬《ほお》を緩《ゆる》める小毬。だが、当然そこで終わる話ではなかった。

「……ですが、だからこそあなたは我々を滅《ほろ》ぼす危険因子なのです。それこそスパイなんかよりもずっとたちの悪い、ね」

「ど、どういう意味ですか⁉」

「そのままの意味ですよ。……確かにあなたは正しい。ですがね、我々のような普通《ふつう》の人間にとって、正しさを貫《つらぬ》くというのはとても困難なものなのですよ。はっきり言いましょう。我々はあなたの正しさについていけない。一見美しく聞こえるあなたの理想に耳を傾《かたむ》ければ、我々など瞬《また》く間《ま》に破滅《はめつ》するでしょう。あなたは天使の声を持つ悪魔《あくま》なのです。ゆえにこうして引き離《はな》さなければならない。おわかりいただけますね？」

と問われた小毬は……当然の如《ごと》く首を横に振った。

「全然わかりませんっ！　だって、正しいことをしないっていうなら、私たちの力は何のためにあるんですか⁉　リンカーネーターだってそのためのものでしょ⁉」

小毬は逆に問いかける。

すると國府寺は……くすくすと笑いだした。

「な、なにがおかしいんですか⁈」

「ふふふ……いえ、すみませんね。あなたと話しているとつい、昔の自分を見ているようでしてねえ」

などと懐《なつ》かしそうに微笑《ほほえ》んでから、國府寺は唐突《とうとつ》に明後日の方向の話を始めた。

「ねえ、小毬さん。あなたの眼に私はどう映っていますか？　大方、『弱者を悪の道へと引きずり込む嫌味《いやみ》でねちっこい小悪党』といったところでしょうかねえ？」

「ぎくっ……ま、まあ、お友達は少なそうかなって思いますけど」

「ははは、素直《すなお》な回答どうもありがとう。……ですが、これでも昔はいたんですよ。心の通じ合った本当の仲間たちがね」

と、國府寺はどこか遠くへ視線を向ける。

「あの頃《ころ》は良かった。素晴《すば》らしい仲間がいて、世界を救うという目標があって、理想の勇者を目指し日々鍛錬《たんれん》を重ねていた。Aランク上位に名を連ねるぐらいには、私も頑張《がんば》っていたのですよ。……ええ、そうです。女神《めがみ》様より与《あた》えられた勇者の力で、すべての悪を倒せるとそう信じていたのです」

懐かしげに語る國府寺の表情はいつになく穏《おだ》やかで、普段《ふだん》の剣呑《けんのん》とした雰囲気《ふんいき》はどこにもない。小毬には何となくわかった。むしろ、それが彼本来の表情なのだろう。

だが、それは長くは続かなかった。

「……ですが、私たちは変わった。いえ、知ってしまったというべきでしょうか。あれはちょうど今回と同じ擬戦《ぎせん》演習のトーナメント戦。対戦相手は当時のSランカーたち。まっ、彼らからしてみれば、我々は生意気な新人チームに見えたのでしょう。だから少しお仕置きをした。……我々は叩きのめされました。抵抗も降伏も許されず、完膚《かんぷ》なきまでに延々と嬲《なぶ》り殺しにされた。そして嫌というほど思い知らされたのです。世の中にあるのは『善』

か『悪』かの括《くく》りではない。『強者』か『弱者』かだけということをね」

淡々《たんたん》と語られるその過去は、まるで香音の身に降りかかった不幸と同じ。束《つか》の間言葉に窮《きゅう》した小毬は……それでも國府寺の眼を見返した。

たとえ不幸な過去があったからといって、すべてが許されるわけではない。

「でも、そんなのおかしいですよ！　辛《つら》い思いをしたのかもしれませんけど、だからってやられたことをやり返すなんて間違ってます！　私たちはみんな同じ勇者、仲間なんですから！　もっと違う方法が……」

言いかけたその言葉を、國府寺は冷たく遮った。

「『同じ』？　ははっ、違いますよ。彼らと我々は根本的に違う。言ったでしょう、この世にあるのは強者か弱者の二つだけ。そして強者とは、選ばれた一握《ひとにぎ》りの勇者……すなわち彼ら上位ランカーのことを指すのです。知っていますか、小毬さん？　勇者の持つ固有異能には、一つ上の次元があるのですよ」

國府寺は囁くようにそう告げる。

「それは限られた真の勇者のみがたどり着ける境地。そしてSランカーは全員がその扉《とびら》を開けている。ゆえに、彼らと我々は同じではない。アリとゾウが違うように。ハエとタカが違うように。サルとヒトが違うように——我々と彼らの間には、決して埋めることのできぬ隔《へだ》たりが存在している……!!」

小毬にはわかる。それは単なる比喩《ひゆ》や誇張《こちょう》ではない。実在する〝何か〟について言っているのだ。

「あの日、我々はそれを知りました。そして知恵《ちえ》の代償《だいしょう》はあまりに大きかった。体に刻まれた傷は治っても、心に刻まれた恐怖《きょうふ》は決して消えることはない。仲間たちはみな学園を去ることを選びました。そしてそれは私も同じです。……ただ、やはり記憶《きおく》を失うというのは怖いものでね、その前に一度だけ昔の仲間に会いに行ったのですよ。今にして思えば馬鹿なことをしたものです。彼らは当然のようにすべてを忘れていた。私の顔も、かつて語りあった夢も、共に救った世界も……あの厳しくも楽しかった冒険《ぼうけん》のすべてをね」

國府寺の相貌《そうぼう》に滲《にじ》むのは、言いようのない寂寥《せきりょう》。……だが、それすらも押《お》し殺した後に残ったのは、燃《も》え盛《さか》るような闘志《とうし》だった。

「だから、私は逃《に》げるのをやめた。私まで忘れてしまえば、あの日々が本当になかったことになってしまう。私にはそちらの方がずっと怖かった。そして同時に決意したのです。強者が全権を握《にぎ》るこの学園の在り方を変えてみせると!」

國府寺の声音に今までにない熱がこもる。

「そうです、すべての元凶《げんきょう》はこの学園にある! 偏《かたよ》ったランク制度、過剰《かじょう》な実力主義、露《ろ》骨《こっ》な待遇《たいぐう》格差……ここは弱者を贄《にえ》とし強者をさらに育てるための蟲毒《こどく》の壺《つぼ》そのもの！　そしてその方針を決定しているのは学園中枢《ちゅうすう》機関たる執行部です。だから私はここを潰《つぶ》すためにレジスタンスを組織した。リンカーネーターで弱者を釣《つ》り、強者への抵抗という大義名分を与え、報復の味を覚えさせることにより、無慈悲《むじひ》で強固な軍隊を作り上げたのですよ。私は彼らと共に必ずや腐った現執行部を一掃《いっそう》してみせる。そしてこの学園を変えるのです！　正しい力の使い方を学ぶ、本当の意味で学《まな》び舎《や》と呼べる場所に！　もう二度と、あんな悲劇など起こさぬために!!」

滔々《とうとう》と語るその言葉に漲《みなぎ》るのは、決して揺るがぬ決意。そのためならば上位層を何人苦しめようと構わない。どんな悪事だろうと厭《いと》わない。鬼気《きき》迫《せま》る不退転の覚悟《かくご》だ。

だが、小毬にとって何より恐ろしかったのは、彼自身それが間違いであると理解していること。明確に悪と自覚しながら、それでも己《おのれ》の意思で憎《にく》い敵と同じ過《あやま》ちを犯《おか》し続ける——その道のりに伴《ともな》うであろう想像を絶する痛みに、小毬はただ恐怖した。そして同時に理解もした。どれだけ説得を重ねようと、彼がその歩みを止めることは決してないのだと。

「さてと、少々喋りすぎましたね。どうもあなたの熱にあてられてしまったようだ。……いや、それとも……昔の自分への言い訳ですかね。ふふ、どちらにしてもくだらない。今のはオフレコでお願いしますよ。己の感情もコントロールできないようでは、皆《みな》から見放されてしまいますから」

いつもの冷静さを取り戻《もど》したらしく、國府寺は自嘲的《じちょうてき》に笑った。

「もっとも、そんな心配は不要ですがね」

「ど、どういう意味ですか……?!」

と問う小毬だが、國府寺は答えの代わりに小さく詠唱《えいしょう》するだけ。その瞬間《しゅんかん》、空中から現れた鎖《くさり》がまるで蛇《へび》の如く小毬を縛《しば》り上げる。無論、それは無防備なフェリスや眠《ねむ》っていたララも例外ではない。

「……!?　い、いたいです……なんですか、これ……?」

「ふむ、レディの扱いがなっていないのぅ」

突然《とつぜん》の痛みに目を覚ましてしまったララが、小さく悲鳴をあげる。

「ちょっと、二人に手を出さないで!!」

「それはあなた次第《しだい》ですよ」

冷たく言い放って三人を連行していく國府寺。

向かう先は牢獄フロアのさらに地下だ。

「ここ、どこです……?」

ほとんど灯《あか》りのない不気味な回廊《かいろう》に、ララはひどく不安げな声を上げる。

「大丈夫だよ。ほら、手をつないでいこうね」

小毬は縛られながらも手を握ってあげるが、やはりララは怯《おび》えた表情のまま。この状況では無理もないだろう。

そんな童女をなだめるように、フェリスはその頬を尻尾の先で撫《な》でた。

「案ずるでないぞ、ララよ。何が起ころうとどうせ結末は決まっておる。——恭弥が来て、すべて蹴散らす。それで話はしまいじゃ」

何の迷いもなく言い切るその言葉を聞いて、國府寺はふんと鼻を鳴らした。

「あなたの使《つか》い魔《ま》は随分と楽観主義者なようですね。……そんなヒーローがいるなら、誰も苦労はしませんよ」

そうして数分後。

幾つもの隠し扉を抜《ぬ》けてたどり着いた先の小部屋、そこで待っていたのは——

「あら、こんばんは皆さん」

——いつもと同じ優《やさ》しい笑《え》みを浮かべたスノエラだった。

「な、なんで女神様が……？」

と眉を顰《ひそ》めた小毬は、しかし、すぐに気づく。

「まさか、記憶を封印するつもりですか……?!」

女神に記憶を封印する力があることは知っている。レジスタンスの秘密を守るためにはこれが一番手っ取り早いのだろう。だが、そんなやり方まるで……

「学園と同じじゃないですか……！」

「ええ、そうですとも。彼らのやり口は醜悪《しゅうあく》だが、同時に効率的でもある。……で、そんな非難が今更《いまさら》私に通じるとでも？」

國府寺の表情はこゆるぎもしない。どんな手を使おうと、学園を正す。それが彼の覚悟なのだから。

「ではスノエラ様、早速お願いいたします」

「ええ、わかったわ。あなたがそう言うのなら」

と、頷いてこちらに歩み寄ってくるスノエラ。拘束されている小毬に抵抗する術《すべ》などない。

――だが、その時だった。扉を叩《たた》く音がしたかと思うと、焦燥《しょうそう》気味な生徒の声が響《ひび》く。

「國府寺さん！　いらっしゃいますか⁉」

「ここへは来るなと言っていたはずですが？」

「し、しかし、火急のご報告が！　先ほど大規模な感知魔術式が起動いたしまして……」

「？　執行部《しっこうぶ》ですか？　だがここは探知の死角だったはず。あの術式で見つけられるはずは……」

「自分も詳《くわ》しいことは……ともかく、結界班が國府寺さんを呼んできてくれと……」

「そうですか、わかりました。ですが今は……」

そのやりとりを聞いていたスノエラが、後ろから口を挟《はさ》んだ。

「いいわ、斎《いつき》。あなたが行ってあげなくちゃ、みんな不安になってしまうわ」

「しかし、スノエラ様お一人では……いえ、わかりました。では代わりにゴーレムを残しておきます。何かあればすぐに駆《か》け付けますので」

そう言って六体ものゴーレムを生成した國府寺は、伝令の生徒に従って足早に去っていく。

その背中が遠くへと消えた瞬間――

「あ、あの、女神様！」

と、スノエラに呼びかける小毬。國府寺に手を貸しているようだが、それでも彼女《かのじょ》は女神だ。國府寺の歪《ゆが》んだ理想の真実を話せば、もしかしたらこちらに協力してくれるかもしれない。

もちろんそれはひどく淡い一縷《いちる》の望み。……だが、事態は思わぬ方向に転がりだす。

「さてと、斎は行ったみたいね」

なぜかほっとしたようにそう呟《つぶや》いたスノエラは、それからまさかの一言を放ったのだ。

「安心して、小毬ちゃん、ララちゃん。あなたたちは……私がこっそり逃がしてあげるから」

「へ……？」

振《ふ》り返ってにっこり微笑むスノエラ。聞き間違いではない。どうやら小毬が説得するまでもなく、彼女は最初からこちらに協力するつもりでいたらしい。

「もしかして、スノエラ様も國府寺さんを止めたいと……？」

「ええ、そうなの。私もあの子の辛い過去は知っているわ。だから記憶封印《きおくふういん》やリンカーネーターの製造に協力してきたのだけれど……やっぱりこんなの良くないわよね。本当はもっと早く動くべきだったわ。だけど、私たち女神は弱いから……無理矢理《むりやり》協力をさせられて……でも彼がいない今なら大丈夫。記憶を封印したふりをして逃がしてあげるわ」

「そっか、そうだったんですね……！」

良かった、と小毬は心底安堵《あんど》する。思考の女神と呼ばれる彼女は、ちゃんと現状を理解してくれていたのだ。

だがそこで、スノエラはふと顔をしかめる。

「あら、でも困ったわねえ。逃がしてあげたいのだけれど……このゴーレムちゃんたちどうしましょう？　反抗《はんこう》や逃走《とうそう》を自動制圧する命令式が刻まれているだけだから、私の言うことを聞いてくれるわけじゃないのよねえ」

小毬たちは全員魔法の鎖で縛られているうえ、六体ものゴーレムに監視《かんし》されている。今は何もしてこないが、怪《あや》しい行動を取ればすぐさま襲いかかってくるだろう。

さてどうしたものか。と小毬が頭をひねっていた時、スノエラが何かを閃《ひらめ》いたらしい。

「あ、そうだわ！　あなたが倒してしまえばいいのよ！」

「え？　ま、まあ、確かにそうですけど……」

言っていることは至極《しごく》正しい。……が、それができないからこうして捕まっているわけで……

「ふふふ、そんな顔しなくても大丈夫よ。そのための力ならあるんだもの。……ほら！」

そう微笑んでスノエラが差し出したもの、それは――

「『リンカーネーター』……?!」

「ええ、そうよ。これで全部蹴散らしてしまいましょう！　さあ、あーんして」

「ま、待ってください、私……」

「もー、好き嫌《きら》いはダメよ？　急がなくっちゃいけないわ」

差し出された錠剤《じょうざい》を前に、小毬は束《つか》の間《ま》躊躇《ちゅうちょ》する。

　さっきは断固としてこれを拒絶《きょぜつ》した。いじめのために使うような力などない方がマシだからだ。……だけど、今は状況が違《ちが》う。これを使うことでララとフェリスを救えるのなら、一度ぐらいは――

　そう考えたその時だった。

「くくく……これはまた下手な芝居《しばい》を覚えたものじゃのぅ、スノエラよ。逃がすつもりなどハナからないくせに、そんなにその薬を飲ませたい理由でもあるのかのぅ？」

　と、足元からくすくす笑うフェリスの声。その瞬間、スノエラの相貌が微《かす》かに険しくなる。

「……あら？　猫ちゃんに知り合いはいないと思ったのだけれど……あなた、どちら様かしら？」

「さあてのぅ、その賢い頭で考えてみてはどうじゃ？　なんなら、ヒントでも出してやろうか？」

「ふふふ、それは楽しそう。……だけど、結構よ。なぞなぞ遊びに付き合っている時間はないの」

「そうか、それは残念じゃ。そんな穢れた種よりも良い賞品を用意してやろうと思ったのにのぅ」

とフェリスがうそぶいた瞬間、今度こそ明確にスノエラの顔色が変わった。

「あなた、本当に何者？　中立派？　反対派？　もしかして、ヘルザの手先かしら？」

「はて、おかしいのぅ？　なぞなぞ遊びはしないのではなかったのか？」

「あ、あの、二人とも一体何の話を……？」

からかうように嘲《あざけ》るフェリスと、表情を歪めるスノエラ。二人の間で交《か》わされるやりとりが小毬には全くわからない。

するとフェリスが突然思わぬ話を始めた。

「よく聞け小毬。そなたらが《固有異能《オリジン・スキル》》と呼ぶその力は女神が与えたものではない。最初から人間の魂《たましい》に一つだけ宿っておる〝種〟なのじゃ。だからこそ『オリジン』――本来ならば〝固有〟ではなく〝起源〟と呼ぶべき名を冠《かん》するのじゃ。いずれ樹《き》に至る始まりの種の呼び名じゃからのぅ」

と、フェリスは淡々と述べる。それは小毬が初めて知る事実。ただ……それが今、何の関係が……？

「ゆえに、じゃ。女神が力を与えるというのはあくまで便宜《べんぎ》上の話。厳密には女神族はただ種の封《ふう》を解く鍵を与えているだけにすぎぬ。……だというのに、こやつはリンカーネーターなる薬を用い本当に固有異能を与えてみせた。さて、そのカラクリやいかに？」

じろりとスノエラを睨《にら》んだフェリスは、それから回答を口にした。

「答えは簡単じゃ――そのリンカーネーターが、本物の生きた人間の魂から作られておるから、そうであろう？」

それを聞いた瞬間、小毬は絶句する。

「人の魂からできた薬……？　まさか、そんなものをみんなに……香音《かのん》ちゃんに飲ませていたんですか⁉」

語気を強めて問う小毬。それに対し、スノエラは静かに口を開く。きっと否定してくれるだろう、小毬は心のどこかでそう期待していた。

だが、女神の唇《くちびる》からこぼれたのは……うんざりしたような溜息《ためいき》だった。

「――あーあ、これだから嫌《いや》なのよ、人間って。くだらない、本当にくだらないわ。道徳、役目、倫理《りんり》……ああ、鬱陶《うっとう》しい。あなた、ヘルザにそっくりね。あの子の呼び出した勇者ってみんなそうなのかしら？　私には理解できないわ。魂だの命だの、どうせたかが百年で消えるんだからどうでもいいじゃない。どうしてこの革新に手を伸《の》ばさないの？」

ぶつぶつと人が変わったように呟くスノエラは、それから不意に問うた。

「ねえ、小毬ちゃん、この世界はどう？　楽しい？」

それは最初に会ったときと同じ、母親のような問いかけ。だが、今回は返答を聞く気はないらしい。

「私はね、とても、とてもとてもとーってもーー退屈《たいくつ》よ。この世界樹では、人間も、女神も、魔族《まぞく》も、みんな与えられた役割《ロール》に従って動いているだけ。そこには革新も進歩もない。いいえ、それでもあなたたちプレイヤーならまだ楽しいでしょう。だけど私たちなんて悲惨《ひさん》なものよ。世界に介入《かいにゅう》することを許されず、できるのは封を開け閉めすることぐらい。生まれた時から退屈なこの世界を永遠に傍観《ぼうかん》する役目を背負わされているの。きっとあなただって、幼稚《ようち》な児童向けアニメを百万回ループすれば、私の気持ちが少しは理解できるはずよ。これがどんなにおぞましい拷問《ごうもん》かってね」

スノエラの言葉の端々《はしばし》からは、積もり積もった恨《うら》みと不満が滲み出ている。

「ただ、それでもね、ちょっと前には良いこともあったのよ？　廃棄魔王《ロスト・ノワール》の出現と、ローゼの反乱……ええ、この学園ができた時は正直心が躍《おど》ったわ。やっと新しい何かを始められるって！　だけどね、やっぱりそうはならなかった。蓋《ふた》を開けてみれば、結局どこかで見たような展開の繰《く》り返し。学園派の女神といっても、所詮《しょせん》は人間の真似事《まねごと》がしたかっただけ。当然よね、女神はそういう風に作られているんだもの。ほら、今だってそう。身動きも取れない最弱勇者のあなたにさえ、力ずくでリンカーネーターを飲ませることすらできないんだもの。こんなに惨《みじ》めなことはないでしょう？」

と自嘲的に笑ったスノエラは、そっと懐《ふところ》に手を伸ばした。

「だからね……私はこうすることにしたのよ」

彼女が取り出したそれは、ファンタジックな女神には到底《とうてい》釣り合わぬ代物《しろもの》──無機質な拳銃《けんじゅう》。そしてその銃口《じゅうこう》が向けられる先にいたのは……小毬でもフェリスでもなかった。

「ふえ……？」

難しい話にうとうとしていたララは、突《つ》き付けられた銃《じゅう》に目をぱちくりさせる。

「ちょ、ちょっと！　何してるんですか！」

「見ればわかるでしょう？　これ、すごく便利なのよね。……私たちは傍観者、世界への干渉《かんしょう》は制限されている。だけどね、同じ女神同士ならなんでもできるのよ？」

「ほぅ、そこまで堕《お》ちたかスノエラ。そうまでしてリンカーネーターを飲ませたい理由があるようじゃのぅ」

「ええその通り。これは新しいことを始めるための実験、その最終段階なの。だから是《ぜ》が非《ひ》でも飲んでもらわなきゃ困っちゃうのよ」

そう言って、スノエラが小毬へと向き直った瞬間……

「さあ小毬ちゃん、この子が大事なら……」

「わかりました、飲みます！」

微塵《みじん》の躊躇《ちゅうちょ》もない即答《そくとう》に、スノエラは上機嫌《じょうきげん》で笑った。

「あらあらまああ、判断が早いのね」

「よせ、小毬。他に方法が……」

「ありがとうフェリスちゃん。でも、私は大丈夫《だいじょうぶ》です！」

リンカーネーター。それが倫理に反する外道《げどう》の産物であることを知ってしまった今、視界に入れるだけで吐《は》き気《け》がする。だけど……

大丈夫、と小毬は覚悟を決める。——他人の命をもらう十字架《じゅうじか》なら、初めてじゃないから。

そうして小毬は、差し出されたリンカーネーターを飲《の》み込んだ。

その瞬間——

「うっ……」

心臓の奥が燃え上がるように熱を帯びる。と同時に、右腕《みぎうで》に微かな疼《うず》きが。見れば、袖《そで》の下からうっすらと緑の光が漏《も》れている。確認《かくにん》するようにスノエラがその袖をめくると、そこにあったのは……美しい救世紋《もん》であった。

「ふふふ、ほうら、良かったわねえ。あなたが欲《ほ》しかった救世紋よ？」

と、スノエラは皮肉っぽく笑う。

「でもまだよ。本番はここからなの。ねえ、私に感謝して？　これから見せるのは私の実験の集大成……新たな世界への扉なの。本来ならあなたみたいな弱い子には一生かけてもたどり着けない場所なのよ？　あなたはとても幸運ね」

不穏《ふおん》に囁《ささや》くスノエラの表情は、見たこともないほど期待と歓喜《かんき》に満ちている。それがこれから起きることの恐《おそ》ろしさを何よりも如実《にょじつ》に示しているとわかっても、もはやどうにもできはしない。

そうして、スノエラは満面の笑《え》みで口を開く。

「《強制《オーダー》：源種解《フロランティ》――》」

――だが、それを言い終える間際《まぎわ》だった。

ピシ、と何かが砕《くだ》けるような音が響く。と同時に、浮《う》かび上がっていた救世紋に異変が起きた。

……緑に輝《かがや》いていたはずのそれが、じわじわと枯《か》れるように色を失っていくのだ。

「拒絶反応?!　……というより……吸収している……？」

スノエラが困惑《こんわく》の呟きを漏らす間にも、救世紋は急速に枯れていく。そうして瞬く間に消えてしまった。……が、それはまだ終わりではない。救世紋の消滅《しょうめつ》と同時に、小毬の胸《むな》元《もと》から零《こぼ》れだす眩《まばゆ》い光。その閃光《せんこう》を浴びた瞬間、小毬を拘束《こうそく》していた鎖が即座《そくざ》に消滅し、続いて襲《おそ》いかかってきたゴーレムが元の土くれへと戻る。さらには部屋中のあらゆるものが光にあたる端《はし》から変異していく。あるものは弾《はじ》け、あるものは消滅し、あるものは元の素材まで回帰する。その光景はまさしく異様としか言いようがない。

「拒絶？　浄化《じょうか》？　回帰？　一体なんなのこの固有異能は⁉　なぜあなたみたいな落伍勇者の中にこんな種が⁉　……いえ、だからこそヘルザは……⁉」

怪現象《かいげんしょう》を前に、ぶつぶつと高揚《こうよう》した様子で独り言を呟くスノエラ。

その隣《となり》で小毬は懸命《けんめい》に異様な光を抑《おさ》えようとする。だが、溢《あふ》れ出る光は小毬の意思に反してどんどん強さを増していくばかり。

このままでは、いずれすべてを呑《の》み込んでしまう。

（ダメ、抑えられない――――！）

だがその時だった。

「――小毬よ、何を焦《あせ》っておる？」

天変地異の中、静かに響くのはフェリスの声。

「多少派手じゃが、なあに、恐れることはない。その力はそなたのもの。そなたの所有物じゃ。であれば、いつも振っておる剣《つるぎ》と何が違う？　ほれ、慌《あわ》てず握り方を思い出してみよ。構えて、振り上げ、下ろす――毎日毎日飽《あ》きもせずにやっておろう？」

普段と何も変わらない、のんびりと落ち着いた猫《ねこ》の言葉。そのゆったりとした響きのお陰《かげ》か、パニックになっていた頭が平静を取り戻す。

フェリスの言う通り。これが剣だというのなら、その握り方は知っている。手が、足が、体全部が、剣の感触《かんしょく》を覚えている。だから……きっとできる。

小毬は静かに呼吸を整える。イメージするのはいつも使っている鋼の剣。暴れ回る力に両手を添《そ》えて、絞《しぼ》るようにその手で握る。その重みを、その感触を、その鋭《するど》さを、全身で感じて一つになる。そう、昔の自分ならば剣の重さに振り回されるだけだった。だけど今は違う。日々の鍛錬と、勇樹《ゆうき》との戦闘《せんとう》を経て、弱くても自分の力で剣を制御《せいぎょ》できるようになったのだ。だったらこれも、それと同じだ。

心身の沈着《ちんちゃく》と共に、暴走していた光が徐々《じょじょ》に収斂《しゅうれん》していく。それは次第に形を変え、いつもの小さな剣となり……最後には、まるで鞘《さや》に納まるかの如く小毬の胸の中へと戻っていく。

そうして完全に光が収まった後……小毬はがくりと膝《ひざ》をついた。

「はぁ……はぁ……はぁ……」

「うむ、良くやった。褒美《ほうび》にあとでもふもふさせてやろう」

まるで初めて《女神の天涙《エル・ヴィスカム》》を使った時のように、全身の力が抜けて入らない。だがそれでも、ちゃんと抑えられたんだ。

脱力《だつりょく》しつつもほっとする小毬。……しかし、まだすべてが終わったわけではない。

「ふ、ふふふ……いいわ、とてもいい。これは素晴らしい天恵《てんけい》よ……！」

凄《すさ》まじい破壊《はかい》の跡《あと》から、恍惚《こうこつ》の表情で立ち上がるスノエラ。あれだけ異様な力を見せつけられてなお怯えもしていないらしい。

「さあ、もっと、もっとリンカーネーターを食べて！　あなたの種をもっと育てないと……！」

と、スノエラは興奮しきった様子で迫《せま》ってくる。

「そうすればきっと、あなたこそが新たな世界樹に――」

口走ったその言葉が何を意味するのか、小毬にはわからない。だが、なんにせよもう付き合う気はなかった。

「お断りします！」

きっぱりと言い切った小毬は、ララたちを庇《かば》うように立ち上がる。今の光によって鎖もゴーレムも消え去った。もうスノエラの言うことを聞く義理などない。

だが、そんなことは当然向こうも理解していた。

「そうね、こうなってしまえば私じゃあなたを抑えられない。だから……勇者は勇者に任せましょう」

にんまりと笑うや否《いな》や、スノエラは宙空に作り出した次元の穴へ叫《さけ》んだ。

『みなさん、スパイが逃げるわ！　どうか手を貸して！』

女神特有の時空間魔術《まじゅつ》により、基地全体へ声だけを飛ばしたのだろう。小毬は裏切り者のスパイで、スノエラはレジスタンスを導く女神。もう一度捕《つか》まえさえしてしまえば、状況などいくらだって誤魔化《ごまか》せるのだ。

これはまずい、すぐに逃げないと――不利を悟《さと》った小毬は即座にララの手を取って駆け出す。その判断は珍《めずら》しく的確だった。……が、残念ながら少し遅《おそ》すぎたようだ。

「――まったく、困ったものですね」

踵《きびす》を返した瞬間、目に映ったのは純白の霧《きり》。そしてそこから現れたのはうんざりした表情の國府寺だった。……スノエラの号令から僅《わず》か一秒。だが、本物の勇者にとって一秒とは十分すぎる時間なのだった。

「スノエラ様のお手を煩《わずら》わせるとは。あなたはどこまでも我々を引っ掻《か》き回すのがお好きなようだ」

「ごめんなさいね、斎。私のミスよ。もう一度捕まえてもらえるかしら？」

「もちろんです」

当たり前のように頷《うなず》いて、國府寺の手が伸びてくる。当然小毬に打つ手などない。

そう、彼《かれ》にとって落伍勇者一人捕まえるなど朝飯前。それこそ一秒もあれば簡単なことだ。……が、その一秒は、本物の勇者にとって十分すぎる時間でもあった。

「――申し訳ないのですけれど、汚《きたな》い手でわたくしの友達に触《さわ》らないでいただけます？」

絶望を切り裂《さ》くように、凛《りん》と響き渡《わた》る一筋の声。

その主はまるで春風の如くふわりと窮地《きゅうち》に舞《ま》い降《お》りた。

「香音、ちゃん……⁉」

「無事で良かったわ、小毬」

現れたその少女――香音は、小毬を守るかのように敢然《かんぜん》と立ちはだかる。

……だが、阻《はば》まれてなお國府寺は笑っていた。

「おやおや、誰かと思えば香音さんではありませんか。何をしにいらっしゃったので？　まさかとは思いますが……『助けに来た』なんて言いませんよねえ？　あんなにひどい裏切りをしたのですから、今更友達面をしようなどとそんな虫のいい話はない。でしょう？」

と、國府寺は嫌味っぽく嘲笑《あざわら》う。

そしてそれは紛《まぎ》れもない事実だった。

「……そうですわね。あなたの言う通り、わたくしは小毬を裏切りましたわ。恐怖に勝てず、小毬を見捨てて自分だけ逃げた。……だけど、やっと気づきましたの。小毬とお友達でいられなくなる方が、もっと怖《こわ》いって……！」

『だから……』と、香音はおずおずと小毬へ振り返る。

「小毬……どうかわたくしを――」

だがそれを言い終わるより先に、小毬の元気な声が響いた。

「香音ちゃん、ここは作戦Aでいきましょう！　攻《せ》めは私が！　最初にどーんで、あとは流れで！」

と、役に立たない作戦を大声でばらしながら、自然に香音と肩《かた》を並べる小毬。まるでそうすることが当たり前みたいに。

そう、許すとか許さないとか、そんなこと問題ではない。小毬は最初から裏切られたなんて思ってすらいなかったのだから。

「……ふふ、やっぱり小毬は小毬ね」

香音の頬にようやく笑みが戻る。いつだって変わらない無二の親友、その隣に立つだけで、どうしてか胸がぽかぽかと温かくなる。勇気を与える者――きっとそれが、本人も気づかぬ小毬の資質なのだろう。

だから――

「ありがとう、小毬。……でもね、もう一つ謝《あやま》らないといけませんの」

「え……？」

「その作戦は、また今度ですわ」

　香音が囁いた途端《とたん》、唐突に渦巻《うずま》くつむじ風。それは瞬く間に風の精霊《せいれい》たるユニコーンの姿となり、小毬たち三人を微風《びふう》のたてがみで包《つつ》み込《こ》む。そしてユニコーンは……主《あるじ》である香音だけを残して出口へと駆け出した。

「か、香音ちゃん、何を――⁈」

「ごめんなさいね、小毬。だけど、あなたをここで失うわけにはいかないわ。あなたは……みんなの勇者様になるんだもの」

　二人が交わせた会話はそこまで。小毬たちを乗せたユニコーンは突風《とっぷう》の如《ごと》く廊下《ろうか》を駆け抜け逃げていく。

　無論、國府寺がそれをみすみす見逃《みのが》すはずもない。即座に追撃《ついげき》を試みようとして……しかし、すぐにやめた。

　なぜなら、眼前の女が簡単に通してくれるはずもないと理解したのだから。

「『ここは私に任せて先に行け』というやつですか。やれやれ、まったく愚《おろ》かなことだ。どうせすぐに追いついて元通り。実に無意味な行為《こうい》です。さあ、無駄《むだ》なことはやめて、膝を折り、道を開けなさい。そうすれば痛い思いはせずに済みますよ？」

「あら、無駄かどうかはわからないんじゃなくて？　もしかしたら……わたくしがここであなたを倒《たお》してしまうかもしれませんわよ？」

「ふっ、虚勢《きょせい》などそれこそ無駄ですよ。なにせほら、あなた……震《ふる》えているではありませんか。そんな状態で私に勝てるとでも？」

そう、國府寺の言葉は事実だった。彼女の全身は誤魔化しようもないぐらい震えていた。『ローゼン・シニル』に刻《きざ》み込まれた戦闘への恐怖は、未《いま》だ彼女をとらえて離《はな》さないのだ。

だけど……竦《すく》んだ心のままに、香音はふっと笑う。高慢《こうまん》に、高飛車に、精一杯《せいいっぱい》の見栄《みえ》を張って。

「震えてる？　ふふふ、お馬鹿さん。あなた……武者震《むしゃぶる》いをご存じでない？」

「……なるほど、それが答えですか。いいでしょう。お望み通りもう一度教えて差し上げますよ。苦痛と、恐怖と、絶望を……!!」

凍《こお》り付いたような目が、冷たく香音を見下ろした。

――――……

――……

「――お願い、戻って！　香音ちゃんを助けなきゃ……！」

廊下を駆けるユニコーンの馬上で、小毬は必死で叫ぶ。

『助けに行くから』――あの時、確かにそう言った。なのに助けられたのはまた私。こんなのおかしい。こんなの嫌だ。こうやって逃げ延《の》びるぐらいなら……たとえ敵《かな》わなくても、最後まで一緒《いっしょ》に戦いたい。

だが、ユニコーンは止まらない。小毬の声を無視し、立ちはだかる生徒たちをなぎ倒して猛然《もうぜん》と進むだけ。……それが主の最期《さいご》に残した命令なのだから。

そうして出口のある一階エントランスまでたどり着いたその時――

『総員、放て――！』

広間に入るや否や、一斉《いっせい》に飛来する各種攻撃呪文《こうげきじゅもん》。死角で待ち伏《ぶ》せていた生徒たちによるものだ。

数にしておよそ五十人。風となって駆ける精霊も、リンカーネーターによる強化を受けた五十もの攻勢《こうせい》をかわし切れるはずもない。ついには首を撃《う》ち抜かれ倒れ伏《ふ》してしまう。

「きゃっ……?!」

衝撃《しょうげき》で放り出される三人。咄嗟《とっさ》にララとフェリスを抱《だ》き寄せた小毬は、激しく床《ゆか》に叩きつけられた。

「っ……！　み、みんな、大丈夫……？」

「こ、こまり……血、出てるです……！」

「無茶《むちゃ》しすぎじゃ……！」

全身を襲う激痛。朦朧《もうろう》とする意識。頭からはどろりと熱い血が垂れてくるのを感じる。それでも二人を心配させないよう笑顔で立ち上がった先……待っていたのはこちらを取り囲む生徒たち。全員が敵意を剥《む》き出しにして得物を構えている。

逃《に》げ場《ば》はなく、武器もなく、打開するための策もない。状況《じょうきょう》は既《すで》に詰《つ》んでいる。だがそれでも……

「心配ないよ、私が守るからね……！」

小毬は両手を大きく広げて二人を庇う。どれだけ追い詰められようと、決して諦《あきら》めない。命を賭《と》して逃がしてくれた友のためにも。

そんな小毬に向けて、当然の如く伸びる無数の手。それが無謀《むぼう》と知りながら、小毬は応じるように拳《こぶし》を握りしめて——

「うむ、よい覚悟じゃ。じゃが……その必要ならなさそうじゃぞ」

捕《と》らわれる間際、唐突《とうとつ》に呟くフェリス。そして黒猫《くろねこ》はのんびりあくびをしながら、虚空《こくう》に向けて文句を垂れた。

「まったく、遅いぞ――恭弥」

刹那《せつな》、何重もの封印《ふういん》でロックされていたはずの大扉《とびら》が、まるで紙屑《かみくず》のように弾《はじ》け飛ぶ。

外から入り込む眩い光。その場にいた全員が目を覆《おお》う。そして爽《さわ》やかな外気と共に現れたのは……一人の少年だった。

「――悪い、遅刻《ちこく》した」

いつもと同じちょっと困った表情で、いつもと同じ微妙《びみょう》に冴《さ》えない格好で、いつも通りの九条《くじょう》恭弥がそこにいた。

「きょ、きょうや～！　おそいです～!!」

「ヒーロー気取りで遅刻など百万年早いわ！」

「だから悪かったって。これでも結構飛ばしてきたんだぞ？」

なんて穏《おだ》やかに微笑《ほほえ》む少年を見た途端、小毬の足から力が抜ける。思わずへたり込んでしまった彼女の頭を、恭弥はぽんと撫でた。

「ありがとな、二人を守ってくれて」

「恭弥さん……！」

その言葉だけで不安も痛みも全部が吹《ふ》き飛んでしまう。それはまさに閉塞《へいそく》したこの砦《とりで》に吹き込んだ風のようだった。

……だが、事態はまだ何も解決してはいない。

「総員、構えろ！」

号令と同時に魔力《まりょく》を高めるレジスタンス。恭弥を足したとしても、依然《いぜん》状況《じょうきょう》は多勢に無勢。それも、たかが落伍勇者一人合流したところで何が変わるというのか。まとめて捕らえてしまえばそれで済むだけのこと。

……が、続いて現れたもう一つの人影《ひとかげ》を見た瞬間、彼らの顔色が変わった。

「——追いついた。恭弥、速い」

と、遅《おく》れてやってきたもう一人の人物。

それを見た瞬間、生徒たちの顔が揃《そろ》って引きつった。

「……う、嘘《うそ》だろ……」

「『ローゼン・シニル』……⁈」

無表情で現れたのは綺羅崎雛《きらさきひな》——最もここにいてはならない学園Sランカーの登場に全員が凍り付く。無論、それは小毬たちも例外ではない。

「あっ、すごい強い人!!」

「くくく、どこで拾ってきたんじゃそんなもの？」

「落ち着け、とりあえずは味方だ……多分。説明したいけど、今はそれどころじゃなさそうだしな」

となだめつつ、恭弥はレジスタンスたちに目を向ける。

雛の登場にざわつきはしたものの、彼らとて訓練を受けた部隊。そういつまでも狼狽《うろた》えてくれるはずもない。

「大丈夫だ、俺《おれ》たちにはリンカーネーターがある！　我らの拠点《きょてん》を死守しろ！」

そう、リンカーネーターとはこのための武器。だとしたら何を恐れることがある？

一斉に追加の種を呑み込むや、レジスタンスたちの力が何千倍にも膨《ふく》れ上がる。五十名近くの多重能力者集団……その戦闘遂行《せんとうすいこう》能力はまさに『軍』と呼ぶに値する規模。彼らは今、世界中の国が総力を結集してなお届かぬ最強の軍隊となったのだ。もはや何人《なんぴと》たりとも彼らの行進を阻むことなどできないだろう。

……ただしそれは、『眼前の二人を除けば』の話。

「恭弥、また半分こ？」

「ええ、そうしましょう。……小毬、ララ、ちょっと待っててな――すぐ終わるから」

圧倒的《あっとうてき》武力を前にして、なお平然としている恭弥と雛。

無論、そんな無茶をたった二人だけでやらせるわけにはいかない。小毬もすぐに立ち上がる。

「ま、待ってください、私も――」

『加勢します』と言おうとしたのだが……

「――一緒、に、たたか………あれ？」

尻《しり》すぼみに消えていく小毬の言葉。

その理由は簡単――瞬《まばた》きをした僅か一瞬《いっしゅん》の後、既にレジスタンスの軍は壊滅《かいめつ》していたのだから。

「おしまい」

「お待たせ、小毬。……ところで、今なんか言ったか？　悪い、よく聞こえなかった」

「……い、いえ、何も……」

かくしてあっけなく戦いは終わった。生徒たちはみな気絶している。今なら追撃される心配もなく逃《に》げられるだろう。

「さてと、じゃあ早いところ引き上げよう。後のことは執行部に任せれば……」

と踵を返す恭弥。……だが、小毬だけは逆方向に駆け出していた。

「おい、小毬!?　どこ行くんだ!?」

「ララちゃんとフェリスちゃんを連れて先に逃げてください！　私、香音ちゃんを助けに戻《もど》らないと！」

「香音を……？」

その言葉を聞いて、恭弥は大方の事情を察した。

「そうか、わかった。けどそれは俺の役目だ。ララとフェリスはお前に任せる。だから先に逃げてろ」

「で、でも、そういうわけには……」

恭弥一人に危険を押《お》し付けるなどできるはずもない。小毬が頑《かたく》なに進もうとしていると……意外なところから賛同者が現れた。

「──ええ、小毬さんの言う通り。そういうわけにはいきませんよ」

ねちっこい声音《こわね》と共に現れたのは、残存戦力を引き連れた國府寺だった。

「やれやれ、これは予想外でした。まさか学園二位殿《どの》がお越《こ》しになるとは。ですが……好き放題暴れてそのまま帰る、とは言いませんよねえ？」

などと、いつもの調子で笑う國府寺。だが、彼の言葉など小毬の耳には聞こえていなかった。

國府寺が今ここにいるということ。それはつまり──

「か、香音ちゃんは……⁉」

「おやおや、答える必要がありますか？　そんなの、わかりきっているじゃありませんか」

「っ……！」

その瞬間《しゅんかん》、いきり立って駆《か》け出す小毬。……その腕《うで》を恭弥が掴《つか》み留《と》めた。

「挑発《ちょうはつ》に乗るな。……あいつ、他の奴《やつ》とはレベルが違う」

恭弥の眼《め》にははっきり見えていた。

國府寺の纏《まと》う魔力は他生徒たちとは比べ物にならぬレベルで洗練されている。弩弓《どきゅう》の如く張り詰めていながら、それでいて流水の如く滑《なめ》らかに。一分の乱れもなく循環《じゅんかん》するその魔力は理想的な臨戦態勢。相当な訓練を積んできた戦士である証に他ならない。

そして対する國府寺もまた、同じことを考えていたらしい。

「……ふむ、どうやら少々分が悪そうだ。皆《みな》さん、ここは私に任せてください。負傷者を連れて避難棟《ひなんとう》へ退却《たいきゃく》を」

「で、ですが、相手は『ローゼン・シニル』です！　國府寺様一人では……！」

「だから、ですよ。今の我々ではまだ彼女《かのじょ》には勝てない。ここは戦略的撤退《てったい》が賢明《けんめい》でしょう。ただ、ここへ乗り込んできた時点で周囲には転移妨害《ぼうがい》の術式が張られているはず。ですので、皆さんにはその解除と、それまでスノエラ様の護衛をお願いしたいのです。時間は私が稼《かせ》ぎますので」

と、國府寺は理路整然と命ずる。その言葉はいずれも正しく、部下たちも命令通り昏倒《こんとう》した仲間を抱《かか》えて下がっていく。

だが、恭弥にはわかっていた。今のはあくまで建前。いや、実際『自分たちでは勝てない』という言葉そのものは嘘ではないだろう。けれど、こうも思っているはずだ。

──『自分一人ならば話は別だ』と。

「フェリス、こいつがボスってことでいいんだな？」

「うむ、バックに面倒《めんどう》な女神《めがみ》もついておるが……ひとまずはそれでよい。リンカーネーターをばらまいておる張本人じゃ」

その会話を聞いて、國府寺はいつものように慇懃《いんぎん》な一礼をして見せる。

「國府寺斎と申します。以後お見知り置きを」

無論、そこに敬意など欠片《かけら》も含《ふく》まれていないのは言うまでもないことだろう。

「にしても、驚《おどろ》きましたよ。まさか小毬さんのお仲間が本当に学園と組んでいたとは。あれは方便のつもりだったのですがねえ」

「誤解すんな。成り行きってやつだ。俺もなんでこうなったかよくわからん」

「はは、いいのですよ。別に責めるつもりはありません。むしろ……感謝しているのですよ。あの学園二位を連れてきてくれたのですからねえ」

國府寺の視線がじろりと雛へ向く。

それを受けて、雛はぶしつけに用件だけを述べた。

「力、ちょうだい」

「おや、これはまたストレートな。まさか、あなたほどの方がリンカーネーターをご所望《しよもう》と？」

「ん。だから来た」

「ははは、そうですか。ただ、ご足労いただいたところ申し訳ないのですが……こちらは非売品でしてね。仲間以外には差し上げられないのですよ。もっとも、あなたが我らの軍門に降《くだ》るというのなら話は別ですがねえ？」

などと嫌味《いやみ》ったらしく嘲笑う國府寺。

すると……

「ん。わかった。くだる」

「ちょ、雛先輩《せんぱい》⁈　意味わかって言ってます⁈」

慣用句を理解しているのかは定かではないが、いずれにせよ恭弥は内心焦る。

そもそもの話、雛がここまで来た理由は一つ――リンカーネーターを手に入れるため。

だとしたら、単純な彼女のことだ。薬の対価として協力を要請《ようせい》されれば素直《すなお》に従ってもおかしくはない。もしもここで寝返《ねがえ》られたりしたら、状況は一気に悪化する。

……が、そんな不安を吹き飛ばしてくれたのは、なぜか國府寺の方だった。

「ふふふ、つくづく直情的な方だ。……ですが、やはりこちらからお断りさせていただきます。仮初《かりそめ》だろうとなんだろうと、あなたと肩を並べるなど死んでもごめんですからねえ。ですので、これが欲しいのであれば……力ずくで奪《うば》ってみせてください。いつもそうしているようにね」

と、リンカーネーターの詰まった小瓶《こびん》をわざとらしく見せつけた國府寺は、それを懐に仕舞《しま》い込む。

そして挑発するように付け加えた。

「もっとも、あなたにできるのならば、ですが」

そう告げるや否や、國府寺は自らの着衣に手をかける。そして右肩《みぎかた》から袖口《そでぐち》にかけてをおもむろに引き裂いた。

その瞬間——

「なに、あれ……？」

露《あらわ》になった國府寺の右半身を見て、小毬はぎょっと顔をしかめる。

理由は一目瞭然《いちもくりようぜん》——右腕から肩にかけて、彼の半身は不気味な黒色に染まっていたのだ。

（刺青《いれずみ》……じゃない？　ならあれは……）

と目を細めた小毬は、すぐに気づいた。遠目には真っ黒に塗《ぬ》り潰《つぶ》されているように見えるが、その実態はごく小さな紋様《もんよう》の集合体。そしてその紋様一つ一つが模しているのは、小さな木の葉――

（――救世紋……?!）

國府寺の右半身一帯は、夥《おびただ》しい数の救世紋によって埋《う》め尽《つ》くされていたのだ。

「それ全部、リンカーネーター、ですか……？　でも、そんな量使ったら……」

「ええその通り。これだけの過剰摂取《かじょうせっしゅ》、本来であれば根こそぎ力を消耗《しょうもう》し死に至る。……ですが、私だけは例外なんですよ」

と、自信たっぷりに笑う國府寺は、その理由を口にした。

「《系統樹の旅人《エイビス・ウェイファー》》――あらゆる状況に適応し、進化する最上位成長系スキル。それが私本来の固有異能です。これがことさらリンカーネーターと相性《あいしょう》が良くてね。御覧《ごらん》の通り過剰摂取に耐性《たいせい》がつくのみならず、十五分という時間制限もない。一度摂取した固有異能は永続するのですよ。もちろん、定着した固有異能も使えば使うほど進化するのは言うまでもありません」

同化、順応、適応、そして進化――成長系の最上位と謳《うた》うだけのことはある。リンカーネーターを糧《かて》とした國府寺は、進化した無数の固有異能を操《あやつ》る超多重《ちょうたじゅう》能力者。まさに次世代のスペックを誇《ほこ》る勇者となったのだ。

なるほど、これは厄介《やっかい》だな。恭弥は思わず顔をしかめる。今は一刻も早く香音の下へ行かなければいけないのに。こんなところで足止めを食《く》らっていたら転移で香音ごと逃げられてしまう。

だが、その時だった。

「恭弥、先、行って」

「え……?」

雛が口にした思わぬ提案に耳を疑う恭弥。けれど、それは『恭弥のために犠牲《ぎせい》に』などという献身的《けんしんてき》な理由ではなかった。

「私、あの人に用ある。あの人、私に用ある。だからここまで」

恭弥はフェリスたちの救出を。

雛はリンカーネーターの入手を。

ここまで共闘《きょうとう》してきたのは、あくまで互《たが》いの目的が合致《がっち》していたから。そして今、雛の眼前にはそのリンカーネーターを持つ國府寺が立っている。であればもう、雛にとっては恭弥と共にいる理由などないのだ。……もっとも、そこにはほんの少しだけお手伝いという意味も含まれているが。

「ありがと。ここまで連れてきてくれて」

「……こちらこそありがとうございます。どうかお気をつけて」

「心配不要。私、強い」

その会話を最後に終わりを迎《むか》える共闘関係。だが、それはあくまで二人が納得《なっとく》したというだけの話。

両者のやりとりを聞いていた國府寺は、ふん、と不機嫌《ふきげん》に鼻を鳴らした。

「おやおや、困りますねえ、お二人だけで勝手に決められては。私が素直にここを通すとでも？」

國府寺の反応は至極《しごく》当然。彼からしてみればどちらの目的も果たさせるわけにはいかないのだ。両方まとめて潰そうとするに決まっている。

……いや、そのはずだったのだが……

「――と、言いたいところですが……いいでしょう。どうぞお通りください」

一転して自分の言葉を翻《ひるがえ》した國府寺は、あっさりと階段への道を開ける。

明らかに不自然なその行為に、恭弥は眉を顰《ひそ》めた。

「……何のつもりだ？」

「ははっ、安心してください、別に罠《わな》ではありませんよ。逃げられるのは困りますが……中へ入られるぶんには問題ないというだけのことです。後で捕まえればいいのですからね」

余裕《よゆう》たっぷりに笑った國府寺は、「それに……」と付け加えた。

「あの女との戦いを邪魔《じゃま》されたくはありませんから」

学園第二位との戦闘に加勢されては困る……それも確かに理由の一つなのだろう。だが、それだけではない何かを恭弥は感じていた。

根拠《こんきょ》は簡単——國府寺の眼だ。先ほどからじっと雛を睨《にら》んでいるその双眸《そうぼう》には、隠《かく》しきれない敵意が滲《にじ》んでいる。思えばわざわざ自分の能力を見せつけたのもそうだ。あれもまたあからさまな威嚇行為《いかくこうい》。理知的なタイプであるはずの國府寺が、雛に対してだけはその溢れる敵愾心《てきがいしん》を抑えられないでいるのだ。

何か特別な理由でもあるのだろうか？　ひどく気がかりではあるが……今はそれを詮索《せんさく》している場合ではなかった。

「行きましょう、恭弥さん！」

「……ああ、そうだな。フェリス、ララ、ついてこい。こうなった以上、俺の目の届くところにいろ。それが一番安全だ」

そうして恭弥たちは、香音を救出するべく階段を駆け下りていく。

後に残されたのは雛と國府寺の二人だけ。

「さてと、ようやく二人きりに……」

恭弥たちを見送った後、いよいよとばかりに口を開く國府寺。

――だが次の瞬間、その横《よこ》っ面《つら》に強烈《きょうれつ》なハイキックが突《つ》き刺《さ》さる。もろにそれを食らった國府寺は、堅牢《けんろう》な壁《かべ》を突き破《やぶ》り隣の部屋まであっけなく蹴《け》り飛ばされた。

「おしまい」

生憎《あいにく》と雛にはくだらない前口上に付き合う趣味《しゅみ》などない。彼女の目的はリンカーネーター。そのための条件がぶちのめすこと。だからそうしただけの話。卑怯《ひきょう》だの不意打ちだのという単語は、彼女の辞書にはもとより存在していないのだ。

……だが。

「――やれやれ、せっかちな方ですねえ……」

瓦礫《がれき》の奥《おく》から響《ひび》く声。と同時に、奥の部屋からのんびり戻ってきたのは無傷の國府寺だった。

「どうせこれから嫌《いや》というほど殺し合うんです、その前に少しぐらいお話ししてもいいじゃありませんか」

ただの蹴りとは言え、今までの生徒なら間違《まち》《が》いなく昏倒していたはずの一撃《いちげき》。それを受けてなお國府寺は平気な顔で笑う。

そして不穏《ふおん》な微笑《びしょう》を湛《たた》えたまま、國府寺はとある問いかけをした。

「といっても、まあ私が聞きたいことは一つです。……あなた、私を覚えていますか？」

唐突なその問いに雛は首をかしげる。これから戦うというのに、そんなことを聞いて何の意味があるのか、彼女にはさっぱりわからない。

だが、なんにせよ答えは簡単だ。

「誰《だれ》？」

「ははっ、でしょうね。ええ、ええ、わかっていましたよ。もう十分です」

何がそんなにおかしいのか、くすくすと不気味に笑う國府寺は……それから静かに言った。

「というわけで、お待たせしました――始めましょうか？」

そう告げた瞬間、國府寺は既に背後にいた。

振《ふ》り返る雛の眼前にぴたりとかざされた掌《てのひら》。そこからゼロ距離《きょり》・無詠唱《むえいしょう》で放たれるは強烈な雷撃《らいげき》。一歩も動くことさえ許されぬまま、雷《かみなり》はもろに雛の顔面を直撃《ちょくげき》して――

「……ふむ」

激しい雷光が消えた後、まったく同じ場所にただ突っ立っている雛。その顔には傷一つついていない。異変を感じ取った國府寺は、即座《そくざ》に距離を取った。

回避《かいひ》？　否──奴はその場を動いていない。

相殺《そうさい》？　否──魔術らしき反応はなかった。

絶対防御《ぼうぎょ》？　否──それならば服に汚《よご》れぐらいついているはず。

詠唱妨害《ぼうがい》？　否──術自体は問題なく発動していた。

即時《そくじ》再生？　否──そもそも届いてさえいない。

どれでもないとしたら……考えられる可能性は一つ。

「なるほど……『能力無効化』ですか？」

数多《あまた》の異能者ひしめくこの学園において、一口に『強さ』を括《くく》るのは存外に難しい。単純な身体強化や攻撃《こうげき》系異能はまだいいとして、サポート特化の生産系や結界系、バフデバフに状態異常、はてはどれにも属さぬルール干渉《かんしよう》系等々、生徒たちの固有異能は千差《せんさ》万別《ばんべつ》。どれだけ上位のランカーだろうと、相性によっては遥《はる》か格下相手に完封《かんぷう》されることもある。事実、永久欠番扱《あつか》いである第一位を除き、Sランカーの中でも順位変動はよくあることだ。

だがその中で、唯一《ゆいいつ》どんな固有異能に対しても平等に効果を発揮できる能力……それがスキルキャンセル系統。固有異能を前提とする学園で、敵対者の力だけを一方的に封殺《ふうさつ》する異能殺しの異能──学園第二位に君臨するのに、これほどふさわしい能力もないだろう。

「ふふふ、そうですか……ではこうしましょう」

　即座に魔術戦を諦めた國府寺は、異空間から一振《ひとふ》りの剣《つるぎ》を取り出す。ステージ：Ⅶの魔《ま》王《おう》を討伐《とうばつ》して手に入れた世界最高硬度《こうど》の金属・オリハルコンから鍛《きた》え上げた剣だ。さらには全身にありったけのバフを多重掛《が》けすれば準備完了《かんりょう》。

　能力を無効化されるというのなら、シンプルな肉弾戦《にくだんせん》に持ち込んでしまえばいいだけ。躊躇《ちゅうちょ》なく近接戦闘《せんとう》に切り替《か》えた國府寺は、流れるような剣閃《けんせん》で雛を攻め立てる。無論、その技一つ一つが固有異能ではない彼自身の技術によるものだ。そう、上位ランカーの中には当然無効化系がいるだろうと予測していた。ゆえに常日頃《つねひごろ》から近接戦の鍛錬《たんれん》を行ってきたのである。

　……だが、雛とて学園二位に座する女。怒涛《どとう》の連撃を足さばきだけでひらひらとかわしてしまう。

「ふむ、さすがと言うべきですか。あなたもそれなりに鍛えているらしい」

　このままでは埒《らち》が明かないと悟った國府寺は、もう一押《ひとお》しを加えることにした。

「――では……」

「――これならどうです？」

　背後から突如響《とつじょひび》くもう一つの声。それは紛れもなく國府寺のもの。と同時に前後からの挟撃《きょうげき》を受けた雛は、すんでのところでそれをかわした。

「おっと、今ので仕留められませんか」

「いやあ、残念残念」

距離を取った雛の前に並ぶのは、揃って嫌味な笑《え》みを浮《う》かべた二人の國府寺。……いや、二人だけじゃない。三人、四人、五人……合計七人もの國府寺がぞろぞろと瓦礫の向こうから現れる。

「——驚きましたか？」

「——これがリンカーネーターから得た固有異能の一つ」

「——《枝分《オルタ》かれする自我《ー・エゴ》》」

「——一時的に完全なレプリカを作り出す異能です」

「——本来は無機物にしか使えない制約があったのですがね」

「——ははっ、御覧の通りここまで〝進化〟させたのですよ」

「——今はすべてが本物の私です」

魔力、思考力、身体能力、果ては固有異能すら完全にコピーした分身魔術《まじゅつ》。國府寺の隠し玉により状況は一気に七対一の劣勢《れっせい》に。

だがこの窮地においても、雛は顔色一つ変えずに呟《つぶや》くだけだった。

「……きもちわるい」

「「「「「「「ははっ、ほざいていなさい!!!」」」」」」」

七人の國府寺が一斉に躍動《やくどう》する。

長剣《ちょうけん》、斧《おの》、槍《やり》、棍《こん》、槌《つち》、拳鍔《ナックル》、鎌《かま》——同時に繰《く》り出されるのは七つの武器に七種の武術。いずれの武具もオリハルコン製であり、いずれの練度も超達人《ちょうたつじん》級だ。そして何より特筆すべきはその恐《おそ》るべき連携《れんけい》力。七人の同時攻撃でありながら、互いに邪魔し合うこともなく、百パーセント各々《おのおの》の力量を発揮している。だがそれも当然だろう。なにせ元々は一人なのだから、その連携に乱れなど生じるはずもない。

ゆえに、雛が捌《さば》ききれなくなるまでにそう時間はかからなかった。

(獲《と》った——!!)

首に、胸に、胴《どう》に、人体の急所すべてを狙《ねら》った同時攻撃。迫《せま》りくる七つの刃《やいば》を前に、もはや防ぐ手立てなどあるはずもない。それは確実に雛の命をとらえた——かに思えたが

……

「……どういうことだ?」

間違いなく首を刎《は》ねたはずの刃が、ぼろぼろと崩《くず》れ落ちる。それも長剣だけじゃない、斧も、槍も、棍も、七種の武具すべてが壊《こわ》れている。

無論、いずれの武器も最高品質のオリハルコン製。しかも、無効化能力対策のためあえて何の魔力も付与《ふよ》していない非魔導《まどう》兵装だ。スキルキャンセルで破壊《はかい》できる代物《しろもの》ではないはず。

（能力の無効化……ではないのか?!）

想定外の事態に距離を取る國府寺。

能力査定を見誤ったか？　だが反撃《はんげき》された形跡《けいせき》もない。一体なぜオリハルコンの武装が壊されたのか、原因がまったくわからないのだ。

と、その時……

「……ん？　おい、何をしている、早く戻れ！」

分身体の一人が、なぜかその場に立ち止まったまま距離を取ろうとしない。勇者同士の戦闘においては敵の能力分析《ぶんせき》が最優先。不確かな敵の間合いに留まるなど愚《ぐ》の骨頂だ。

だが呼び戻そうとした瞬間、分身の体が静かにかしいだ。そしてそのまま、まるでちょっと休憩《きゅうけい》するみたいに倒れ込む。一体何をしているのか、と眉を顰《ひそ》めたところで、國府寺はようやく気付いた。

力なく伸《の》びた手足、だらりと開いた口、光映さぬ虚《うつ》ろな目――これは、まさか……？

「……し、死んでいる……？」

そう、倒れた分身体は紛《まぎ》れもなく死んでいたのだ。……だが、國府寺を動揺《どうよう》させたのは分身が死んだことそれ自体ではない。今は殺し合いの真っ最中、当然分身が死ぬ程度のことは想定済み。だから問題なのは……その死に方があまりにも綺麗《きれい》すぎること。

一つの外傷もなく、毒の痕跡《こんせき》も見当たらず、呪殺の気配もない。肉体は万全《ばんぜん》なまま、ただ生命活動だけがぴたりと停止しているのだ。

（一体何をされた……?!）

そもそも、今の同時攻撃で雛は何もしていない。反撃どころか防御も間に合わず直撃を受けていた。カウンターなどする余地はなかったはず。その証拠《しょうこ》に、他の分身たちはかすり傷一つ負っていない。もしも死んだ個体と他とで差異があるとすれば、それはナックルを装備していたため直接雛に触《ふ》れたぐらい……

「……ま、まさか……？」

ふとある可能性に思い至った瞬間、國府寺の背筋を悪寒《おかん》が走る。彼《かれ》は理解してしまったのだ。彼女の本当の固有異能がなんであるかを。

「そうか、そういうことですか……くくく……いやあ、これはこれは、なんとおぞましい……！　学園第二位、なるほど……伊達《だて》ではありませんね……!!」

と、ひきつった笑みを浮かべる國府寺は、その真相を口にした。

「あなたの固有能力は――『即死《そくし》』ですか……!!」

魔法《まほう》も、無機物も、生命も、この世に存在するありとあらゆる森羅万象《しんらばんしょう》すべてを瞬時《しゅんじ》に殺す力――絶対即死の異能力。それが雛の持つ固有異能の正体。この異能を前にしては、どんな結界もどんな防壁《ぼうへき》も意味はない。すべての過程を省略し、触れたものを〝終焉《しゅうえん》〟の状態に変化させる。まさにチートの中のチートだ。

それはまるで、平等にして絶対な〝死〟という概念《がいねん》そのもの――

「――《夜見之道返《ヨミノチガエシ》》」

その異能の名を呟くや、雛の全身からじわじわと滲み出る漆黒《しっこく》の魔力。それは光すら殺す可視化した死の具現。その黒い霧《きり》が触れるだけで、硬《かた》い石壁《いしかべ》がぼろぼろと崩れ落ち、漂《ただよ》う魔力が無に帰る。

ここにおいて、國府寺はようやく理解した。これまで彼女が固有異能を使ってこなかった訳。それは手札を隠していたなんて小賢《こざか》しい理由じゃない。使えば必ず相手を殺してしまうから。ゆえに見せなかったのだ。……いや、見たものは既に死んでいる、というべきか。

「はは、化け物め……!」

次の瞬間、雛が動いた。

極黒《ごくこく》の魔力を全身に纏いながらの突進《とっしん》。魔術や武器などは使わない。というより、使えないのだろう。魔力自体が即死の性質を帯びているため、武器も術式も即座に自壊《じかい》してしまうのだ。

だが、彼女にとっては元よりそんなもの不要。なにせ武器や術式に頼《たよ》らずとも、魔力で触れるだけで殺せるのだから。

ゆえに彼女の戦闘スタイルは至ってシンプル。羽衣《はごろも》の如《ごと》くふわりと全身に魔力を纏うだけ。それが最強の矛《ほこ》となり、最強の盾《たて》となる。まさに攻防《こうぼう》一体。なにものも彼女には届かない。勇者の頂点に君臨する女帝《じょてい》にふさわしき、絶対不可触《ふかしょく》の異能力だ。

そして事実、國府寺になすすべはなかった。

真《ま》っ直《す》ぐ突進してくる雛に対し、懸命《けんめい》に反撃を試みる國府寺。多重の防壁を張り巡《めぐ》らせ、あらゆる属性の攻撃魔術《こうげきまじゅつ》をぶつけ、リンカーネーターで得た数百の固有異能をフルに使って迎撃《げいげき》する。だが、何一つとして意味をなさない。

炎《ほのお》も、光も、氷も、魔法という魔法はすべて消滅《しょうめつ》し、結界も防壁も立ちどころに蒸発する。空間術式、戒律《かいりつ》規定、言霊《ことだま》呪殺、特殊《とくしゅ》系に類する固有異能だろうと問答無用で消し飛ばされてしまう。当然だ、死とは絶対にして平等に万象《ばんしょう》へと降りかかる厄災《やくさい》。世界そのものにだって〝終わり〟は存在するのだ、その絶対性から逃《のが》れられるものなどあるはずもない。國府寺は無意味な反撃を繰り返しつつ、ひたすら逃げ惑《まど》うことしかできないでいる。

だが、この絶望的な状況に際し……彼は内心でほくそえんでいた。

（くくく……僥倖《ぎょうこう》……僥倖ッ‼　まさかこんな幸運があるとは……‼）

即死チートに物を言わせ突進する雛に対し、國府寺は手も足も出ない。それは紛れもない事実だ。だが、それはあくまで『今はまだ』の話。

そう、彼本来の固有異能は《系統樹の旅人》――所有者に〝進化〟をもたらす成長系スキルだ。そして進化の根源的目的とはすなわち――『死の克服《こくふく》』にある。

狼《おおかみ》の爪《つめ》が鋭《するど》く進化したのは、飢《う》えて死なないようにするため。

亀《かめ》の甲羅《こうら》が硬く進化したのは、襲《おそ》われて死なないようにするため。

鳥が羽をはやしたのも、鹿の足が速いのも、鯨《くじら》が巨体《きょたい》を手に入れたのも、およそ地球上で起きたあらゆる進化は、すべて死を克服し遺伝子を後世へ伝えるために行われてきた。

彼の《系統樹の旅人》とはその営みの極致《きょくち》とも呼ぶべき異能。言い換《か》えるならばそれは、死に打ち克《か》つために存在する力であるということ。

だからこそ、雛との戦闘において彼の力は格段の進化を遂《と》げる。

防がれるたびに強くなる魔力。砕《くだ》かれるたびに硬くなる防壁。追いつかれそうになるたび速くなる速度……なにせすべての固有異能は既《すで》に彼の一部。彼と共に進化する爪であり牙《きば》なのだ。死の魔力に阻《はば》まれるたび、すべてのステータスが爆発的《ばくはつてき》に上昇《じょうしょう》し、すべての固有異能が加速度的に進化する。圧倒的効率のデス・レベリング《死による進化》。その一秒に込《こ》められたのは、地上の種が歩む数万年の進化速度。

そう、即死チートに唯一対抗《ゆいいつたいこう》できる固有異能があるとしたら……それこそが彼の《系統樹の旅人》に他ならないのである。

（天敵――私こそが奴の天敵だ！　死とは所詮《しょせん》進化の糧！　私の力はあなたに勝利するために存在する！　ああ、女神よ、この必然の僥倖に感謝しますッ――!!）

死ぬたびにより強く、より硬く、より速く。天敵としか言いようのないこの相性差は、もはや女神の導きとしか思えない。驕《おご》れる強者に罰《ばつ》を下すため、天が与《あた》えたもうた運命なのだ。

必勝の確信を抱《いだ》きながら、刻一刻と膨れ上がる力に酔《よ》いしれる國府寺。そう、逃げ惑っているように見えるのは今だけ。この異様なペースで進化を続ければ、いずれ勝利の時は間違いなく訪《おとず》れる。

死が拒《こば》めぬ火力を。

死が壊せぬ防壁を。

死が追い付けぬ速度を。

あの即死チートを凌駕《りょうが》する力に至ったその時、彼は勝利するのだ。綺羅崎雛に？　否、この歪《ゆが》んだ学園すべてに。世界最強、絶対無敵の学園第一位の勇者として。それこそがこの世界樹が望む未来——

だけど、なぜだろう？

（……おかしい、おかしいぞ……）

心の中で思わず呟く國府寺。今この瞬間にも、自分は刻々と進化している。本来進化に必要な数万年の月日を省略し、眼前の女を倒《たお》すに至るレベルまで。着実に、確実に、強くなっている。それは間違いないはず。

なのに、なのに、なのに——

「なぜ——?!」

顔をゆがめながら、國府寺は何千回目かの攻撃を放つ。だが、撃《う》ちだした魔術は当然の如く極黒の魔力に阻まれるだけ。絶対的な死の壁は、依然《いぜん》彼の前に立ちはだかっている。

まるで、最初と全く同じように。

「なぜ、なぜ差が埋まらない——?!」

進化を続ける自分と、停滞《ていたい》するだけの雛。その優劣《ゆうれつ》は明らか。焦《あせ》る必要などない。そんなことわかっている。だが、それにしたって……全く追いつく気がしないのはどうしてだ？

……いや落ち着け、問題ない。今はまだ雌伏《しふく》の時。粛々《しゅくしゅく》と進化を続ければいい。

沸《わ》き上がる焦燥《しょうそう》を吹《ふ》き飛ばさんと、渾身《こんしん》の爆裂魔術《ばくれつまじゅつ》を放つ國府寺。すると、それを食らった瞬間、ついに雛の動きが止まった。

(やったか……!?)

だが、そうではなかった。爆煙《ばくえん》が消えた後、立っていたのは相変わらず無傷の雛。

そして雛は、立ち止まったまま不意に告げた。

「はい、おしまい」

「は……？」

「私の勝ち。薬、ちょうだい」

と、当たり前みたいな顔で手を差し出す雛。

束《つか》の間呆気《まあっけ》に取られてしまった國府寺は……ハッと我に返った。

「ふん、何を勝手なことを……！　そういうセリフは私をとらえてから言ってもらいましょうか！　……いや、待てよ……そうか、わかりましたよ？　さてはあなた、私の成長速度に恐れをなしたのですね？　だからまだ優位なうちにやめようというのでは？」

と、國府寺は勝ち誇った笑みを浮かべる。この状況《じょうきょう》で打ち切ろうとするということは、つまりはそういうこと。やはりちゃんと彼女に追いついていたのだ。

だが……

「……成長？　してたの？」

「んなっ……！」

きょとんと首をかしげる雛。無論、客観的事実として國府寺の力は爆発的に増大している。それこそ開戦時と比べて数千倍だ。……だというのに、それにすら気づいていないというのか。

「馬鹿な、強がりです！　現にあなたに打つ手はない！　魔術の使えぬあなたでは、私をとらえきることができないからです！　ゆえに、このまま続ければ進化できる私が追い付くのは必定！　あなたの勝機は一番最初に全力で殺す以外なかったのですよ！」

即死チート唯一の欠点に、國府寺はとうに気づいていた。彼女の魔力《まりょく》はそれ自体が即死の性質を帯びている。ゆえに、術式を構築したり体内に循環させ身体強化したりといった普通《ふつう》のことができないのだ。だからこそ、素のスペックでとらえきれぬ相手に対し工夫《くふう》や搦《から》め手《て》に頼れない。既に進化を遂げてしまった國府寺をとらえる手段などないのだ。

そう、だからこんなハッタリに惑わされる必要などない。向こうはその場に停滞し、こちらは急速に進化する。焦るべきはどちらか、そんなもの火を見るよりも明らかで……

「……あなた、勘違《かんちが》いしてる」

遮《さえぎ》るように雛の呟きが響いた。

「強くなった、だからなに？　硬くなった、だからなに？　速くなった、だからなに？あなたの進化、それ、意味ない。だって……石ころ、どんなに進化しても、人間になれない。違《ちが》う？」

「な、なんだと……?!」

まるで煽《あお》るようなそのセリフ。だが彼女の眼には嘲笑《ちようしよう》も侮蔑《ぶべつ》も含まれてはいない。

それは青い空を「青い」と言うように。

赤い林檎《りんご》を「赤い」と言うように。

ただそうある当然の事実を、ありのまま淡々《たんたん》と述べているだけ。

『國府寺は彼女に勝てない』——雛にとってそれは、空が青いのと同じぐらい当然の事実。

彼の進化速度を目《ま》の当たりにしてなお、その認識《にんしき》は微塵《みじん》も変わっていないのだ。

そして雛は、絶句する國府寺へさらにある事実を告げる。

「あなたが生きてる理由、簡単。私、手加減してる。それだけ。薬、壊れたら嫌。だから、ほんとはいつでも殺せる。——ほら、こうやって」

囁《ささや》いた瞬間、雛はもう眼前にいた。

「なっ——?!」

加速？　身体強化？　違う。これは……

「距離を、殺した……?!」

両者の間を分かつ間合い、それを〝殺す〟ことにより一瞬《いっしゅん》で距離を詰《つ》めたのだ。不意を突かれた國府寺は、伸びてくるその手から逃れることはできない。……が、致死《ちし》の魔力に触れられる間際《まぎわ》、雛の手がぴたりと止まる。そして一言告げた。

「ほら、今、死んだ」

「くっ……！」

この期に及《およ》んで寸止めだと？　屈辱《くつじょく》に震《ふる》えながらも距離を取る國府寺。……いや、取ろうとした。だが雛はそれを許さない。回避した次の瞬間にはまた追いついてその手をかざす。……しかもそれは、一度だけではなかった。

「ほら、また死んだ。ほら、今も。これで三回、これで四回、五回、六回、七回、八回――」

どれだけ逃《に》げようと、雛は影法師《かげぼうし》の如くぴたりとくっついてくる。そして寸止めを繰り返しながら、死んだ回数を淡々とカウントするのだ。まるで、死刑囚《しけいしゅう》を何度も何度も処刑《しょけい》台《だい》に立たせ弄《もてあそ》ぶかのように。

だが、それでも――

「そ、それでも私は進化する！　貴様が追い付けぬ速度までたどり着けば――」

そう、こちらは今こうしている間にも成長しているのだ。そうやって好きなだけ舐《な》めプしていればいい。いずれ彼女《かのじょ》よりも速くなれば――

「さっきから言ってる。速さ、関係ない」

國府寺の浅慮《せんりょ》を遮るように呟いた瞬間《しゅんかん》、雛の全身から一気に魔力が噴《ふ》き出す。それも、これまで纏《まと》っていたのとは比《ひ》較《かく》にならぬ量だ。その総量は大広間を埋め尽くしてなお余りあるほど。

それを見て國府寺は気づいてしまう。その気になれば、雛は即死の魔力でここら一帯を皆殺《みなごろ》しにすることができた。この戦いにおいて彼女は、一パーセントだって本気を出してはいなかったのだ。そのことにすら気づかぬまま、自分はただ彼女の掌で踊《おど》っていただけ――

「ねえ、教えて。次はどうするの?」

「ひっ……」

触れれば即死の黒い霧が、広間全体を埋め尽くしながらじわじわと迫ってくる。全方位を囲まれた今、もはや逃《に》げ場《ば》などどこにもない。部屋の隅《すみ》に追い詰められた國府寺にできるのは、幽霊《ゆうれい》に怯《おび》えた子供の如く、手足を縮めてがたがたと震えることだけ。

ここにおいて、彼はようやく理解した。

何百億年の進化を経ようと、眼前の女には届かない。

それは彼女の言う通り。石ころがどれだけ進化しても、その系統樹の先に人間はいないように。彼がどれだけ早くその道を進もうと、彼女に追いつくことはあり得ない。なぜなら生きている次元《レベル》が違うのだから。彼が必死で進んでいた道の先に、最初から彼女はいなかったのだ。

その瞬間、國府寺は思い出す。遠い昔に刻《きざ》み込まれた、あの苦痛と、恐怖《きょうふ》と、絶望を。

「――生きてれば死ぬ。当たり前。死にたくないなら……生きるのやめれば？」

真っ暗な〝死〟の深淵《しんえん》から響き渡《わた》る無感情な声。それはまさにあらゆる生物の生殺与奪《せいさつよだつ》権を握《にぎ》る死神。いかなる存在もその手から逃れることはできない。

ゆえに、國府寺にできることはもう、一つしかなかった。

「……ど、どうぞ、お収めください……あなたの、勝ちです……」

捧《ささ》げるようにリンカーネーターの小瓶を差し出す國府寺。その手は抑《おさ》えようもなくぶるぶると震えている。恐怖と絶望に満たされた彼の胸中にはもう、崇高《すうこう》な使命も確固たる決意も何もない。殺さないで、という縋《すが》るような懇願《こんがん》があるだけ。

そして当然のようにリンカーネーターを拾い上げた雛は……ためらいもなくすべて一気に頬張《ほおば》った。

「なっ……わ、私の話を聞いていなかったのですか?!　それを一度に摂取できるのは私だけなのですよ！」

「？　そうなの？」

その蛮行《ばんこう》に唖然《あぜん》とする國府寺だが、すぐに思いなおす。——過剰摂取により勝手に自滅《じめつ》してくれるのであれば、これ以上の儲《もう》けものはない。

……が、その先で起きたのは想定外のことだった。

リンカーネーターの摂取により、じわじわと浮かび上がる無数の救世紋《もん》。けれどそれはほんの束《つか》の間《ま》。現出した救世紋は次々に黒く変色し、枯《か》れ果てるように消滅していく。ほんの数十秒もすれば、後に残ったのは彼女が本来持っていた救世紋のみ。……それはまるで、即死の異能が縄張りを侵《おか》した異物を排除《はいじょ》したかのよう。

既に最強の固有異能を所持していた雛にとって、リンカーネーターは単なるお菓子《かし》にしかならなかったのである。

その結末を受け、雛はただつまらなそうに呟いた。

「ただのおもちゃ。くだらない」

それだけ言い捨てて、雛は踵《きびす》を返す。

リンカーネーターなど所詮は弱者の玩具《おもちゃ》にすぎなかった。新しい力が得られないのなら、もうこんなところに用はないのだから。

……だが、その時だった。

「…………しろ……」

「？　なんて？　聞こえない」

「……訂正《ていせい》、しろ……今の言葉……！」

去り行く雛を呼び止めたのは、降伏《こうふく》を選んだはずの國府寺。

その瞳《ひとみ》には死の恐怖により潰《つい》えたはずの憤怒《ふんぬ》が戻《もど》っていた。

「『おもちゃ』、だと？　『くだらない』、だと？　あなたにはそれが……リンカーネーターがどんなものかわかっているのですか？　それは我々にとっての希望だ。強者に折られた勇気を、もう一度取《と》り戻すための剣なのだ！　その気持ちもわからぬくせに、くだらないなどと……死んでも言わせはしませんよ……!!」

一度は折れた心を奮い立たせ、國府寺は再び立ち上がる。

無論、このまま再戦したところで勝ち目などないことは百も承知。だがそれでも……仲間たちの希望を、弱者が縋る唯一の拠《よ》り所《どころ》を、『くだらない』と言われて黙《だま》っていることなどできはしない。愚《おろ》かな行為《こうい》だと理性ではわかっていても、『理知的なリーダー』としての仮面の奥に隠してきた彼の魂《たましい》が、この侮辱《ぶじょく》を見過ごすことを許さないのだ。

「教えてくださいよ、綺羅崎雛！　なぜあなたたちはいつもそうなのですか⁈　なぜそうも残酷《ざんこく》になれるのですか⁈　『即死チート』？　ふざけるのもたいがいにしてくださいよ！　そんなもの使えば誰だって強いに決まっているじゃないですか！　あなたは、あなたたちはっ、たまたま能力ガチャでSSRを当てただけ！　ただそれだけなのに！　なぜ全部自分の実力みたいに大きな顔ができるのですかっ⁉」

強いものが評価され、弱いものが虐《しいた》げられる。学園の敷《し》く実力主義社会。それは、一見すると努力して強くなったものが報《むく》われる平等なシステムのように見えるだろう。……だが、忘れてはならないことが一つ。彼らのスタート地点は、決して平等なんかじゃないということ。

勇者の力の根源たる固有異能……それがどんなものになるかは全くの運なのだ。子が親を選べないのと同じように、固有異能を選ぶことはできない。もちろん、努力で強くなれる部分だってたくさんある。実際、上位ランカーは固有異能以外の部分でも下位生徒を凌駕していることがほとんどだ。そこに異論はない。

だが、一方で彼は知っている。最初から恵《めぐ》まれたものの一歩と、そうではないものの一歩では、歩幅《ほはば》も、労力も、スピードも、何もかもが違いすぎることを。だというのに、上位にいるものほどその事実を見えないふりをする。すべては弱く怠惰《たいだ》な自己責任であると。

「なぜもっと謙虚《けんきょ》に生きられないのです⁈　なぜもっと弱者へ思いやりを持てないのです⁈　優《すぐ》れているはずのあなたたちが、なぜ⁉」

國府寺の切実な叫《さけ》びは、弱者と定義される者たちすべての代弁そのものだった。

けれど……

「……わからない」

と、雛は本心から不思議そうに首を傾《かし》げた。

「強くてごめんね。って謝《あやま》ればいい？　弱くて可哀《かわい》そう。って憐《あわ》れめばいい？　あなた、どうしたら満足する？」

「ど、どうしたらって、そんなの……私はただ、他人の痛みにもっと敏感《びんかん》になれと言っているんです……！」

と訴《うった》えかけながら、國府寺はある過去を語り始めた。

「あなたは覚えてないようですけどね、これでも私にだって仲間はいたんですよ。心を許し合える、本物の親友たちがね。だが、その幸福は壊された。他でもない四年前、この擬《ぎ》戦《せん》演習のトーナメント戦で――あなたが所属していたSランクチームにね‼」

國府寺が口にしたその事実こそ、彼が雛へ固執《こしつ》する真の理由だった。

「あの時、あなたは見ているだけだった。だが、それでも同罪だ！　我々がたった一人の

Sランカーに嬲《なぶ》られている間、あなたはただつまらなそうに立っていた。その姿がどれだけ我々を傷つけたか、あなたには想像できますか？　結局、仲間たちはみな絶望して退学を選びました。もう私のことも覚えていません。無論、今更謝《いまさらあやま》れなどと言うつもりはありませんよ。何をしてももう手遅《ておく》れですからね。だけど、どうしても私は疑問に思わずにはいられないのです。……それだけの力がありながら、どうしてあなたたちはこの悲しみを放置するのですか？　その最強の力を使って、どうしてこの学園をより善く変えてくれないのですか⁈　勇者の力とは……そのための剣ではなかったのですか――⁉」

普段《ふだん》の冷静さをかなぐり捨て、感情的に問いかける國府寺。その一言一言に、これまで虐げられてきた弱者たちの想《おも》いを込めて。

そしてそれは……悲しいほどに彼女へは届かなかった。

「はあ……コミュニケーション、難しい。本当に、難しい。わざわざ言わなきゃダメ、なんで？　どうして勝手に伝わらない？」

ぶつぶつと心底煩《わずら》わしそうに呟いた雛は、投げかけられた問いへのシンプルな答えを口にした。

「理由、簡単。――私、嫌な思いしてないから。あなたたちがどんなに苦しくても、私に関係ない。だって、あなたたち他人。どうでもいい。死んでもいい。何も悲しくない。何も感じない。私、あなたたちに興味ない」

　彼女の回答とは……絶望的なまでの無関心。ゆえに、どれだけ痛みを訴えようと、どれだけ慈悲《じひ》を乞《こ》おうと、それらには一つの意味もない。なぜなら興味がないのだから。その一言ですべては終わり。

　だが、それを冷血と責める権利を持つ者はきっと多くないだろう。なにせ、ほとんどの人間も同じなのだから。地球の裏側で餓死《がし》している子供がいると知っていても、そのためにわざわざ何かするだろうか？　せいぜいテレビの特番を見た翌日に、百円玉を募金箱《ぼきんばこ》へ投げ入れる程度。それも二、三日もすればすぐに忘れる。それがなぜかと問われれば、答えなど一つしかない。――『興味がないから』。

　彼女の場合はそれが、目の前にいる相手でも起こるというだけのこと。あるのは規模の違いだけであって、異常者などと誹《そし》られる道理はない。それはどこまでもありきたりで、だからこそ絶対的な、決して交わることのない無関心という名の壁《かべ》。ちょうど彼女の固有異能と同じように……世界のすべては彼女の心に届かないのだ。痛みも、苦しみも、切なる想いも、何もかも。

　ただそこでふと、雛は言い忘れていたとばかりに付け加えた。

「あ、でも一つ、興味ある。……あなたの自分語り、まだ聞かなきゃだめ？」

　ああ、そうか。彼女と我々とではこれほどまでの隔《へだ》たりがあるのか——それを理解した國府寺は、束の間声を失う。そして数秒後……くすくすと笑い始めた。

「ふ、ふふふ……そうですよね、ええ、そうですとも……私は何を期待していたのか。あなたの言う通り、我々とあなたとでは最初から立っている次元が違う。遥か下にいる弱者の声が届く道理などない……はは、当たり前ですよね……」

　國府寺は俯《うつむ》いたままぶつぶつ呟く。

　そう、最初からわかりきっていたことだ。こんな懇願めいた弱者の訴えなど誰も聞いてはくれない。上位層がそんな人間ばかりなら、もとよりこんな学園になどなっていないからだ。

　そう、わかっている。わかっていた。だから——

「……いいでしょう、なら……そちらに行くとしましょう……この声を、無視できないぐらい近くまで……！」

　國府寺がゆっくりと顔を上げる。その瞳の中で踊っているのは、燃《も》え盛《さか》るような憤怒と狂気《きょうき》。

　そして右腕《みぎうで》の救世紋を掲《かか》げるや、國府寺は持ちうる全魔力を賭《と》して叫んだ。

「『源種解放』——《混囀廻帰《リ・エイビス》》!!!」

その文字列を詠唱《えいしょう》した瞬間《しゅんかん》、國府寺の根源から常軌《じょうき》を逸《いっ》した量の魔力が迸《ほとばし》る。それは瞬《また》く間に体から溢《あふ》れ出し、周囲の空間さえも歪め始める。

だが、それだけの力に代償《だいしょう》がないはずもない。詠唱から僅《わず》か数秒……目から、鼻から、口から、國府寺の全身からドス黒く変色した血が噴き出す。そう、根源より溢れ出た魔力は、その密度・量ともに彼の制御《せいぎょ》可能な領域を遥かに上回っている。それは『力を解放した』なんて生易しいものではない。自分の心臓に埋《う》まっていた爆弾《ばくだん》を無理矢理《むりやり》破裂《はれつ》させたようなもの。その先にあるのは死だけ。自殺行為以外のなにものでもないのだ。

しかし、國府寺は引き返そうとはしなかった。限界を超《こ》えた負荷《ふか》により心身を切り刻まれながら、それでも解放状態を維持《いじ》する。肉体も精神もとうに壊れているはずの状況でなお、執念《しゅうねん》のみで自我をつなぎとめる。それは固有異能とは関係ない、彼の純然たる意志の力。その狂乱《きょうらん》とも呼ぶべき覚悟《かくご》の果て――彼はついにその場所へ至った。

一瞬、時間が止まる。

凍《こお》り付いたような瞬刻の後、再び動き出す世界。だがそれは先ほどまでとは違う。暴走し、氾濫《はんらん》し、無秩序《むちつじょ》に散逸《さんいつ》するだけだった國府寺の魔力が、統一された意思の下に式を織り始める。

それが形作るのは、もう一つの世界そのもの。

石壁から種が芽吹《めぶ》き、絨毯《じゅうたん》から蟲《むし》が湧《わ》きだし、彫刻《ちょうこく》が獣《けもの》へと姿を変える。いたるところで咲《さ》き乱れる生命の萌芽《ほうが》。エントランスは瞬く間に命溢れる密林へと様変わりする。それはかつてこの地上にあったかもしれない原始の起源にして、いずれ行きつくであろう終焉の混沌《こんとん》。その二つが混じり合った始まりにして終わりの景色。——世界は今、國府寺斎の領域へと書き換《か》えられたのだ。

そんな混濁《こんだく》の中心で、國府寺は恍惚《こうこつ》と呟いた。

「で、できた、私にもできた……！　これが上位ランカーの見ていた高み……!!」

世界さえ書き換えてしまうその力に、國府寺は高揚《こうよう》をあらわにする。そしてもちろん、変わったのは世界だけではなかった。

源種解放によりボロボロになっていた國府寺の体が、急速に癒《い》え始めたのだ。ただし、それは単なる再生ではない。傷の修復と同時にあらゆる能力値が跳《は》ね上がる。それも、先ほどまでの進化などとは別次元の速度で。

そう、彼が今やっているのはもはや進化の定義に収まらない。

元より進化とはすなわち捨象である。陸へ進出することはイコール海を出ることであり、夜行性を得ることはすなわち昼行性を捨てることである。選んだ一つの道を進むこと、それが進化である以上、裏を返せば無限にあったはずの他の選択肢《せんたくし》を切り捨てることを意味している。そうやって選択をし続けるからこそ失敗した種は絶滅《ぜつめつ》するのだ。

だが、今の彼は違う。

彼はすべての道を選択した結果だけを取り込んでいる。

海に残るか、陸に進むか。

翼《つばさ》を得るか、蹄《ひづめ》を選ぶか。

牙を磨《みが》くか、爪を研《と》ぐか。

本来であれば二者択一《にしゃたくいつ》のそれを、國府寺は同時に獲得《かくとく》していく。一つとして可能性を捨てることはなく、それゆえ必ず生き残る。そう、源種解放により進化したのは肉体でも魔力でもない。進化という行為そのものが一段上へと〝進化〟したのだ。

ゆえに、彼はもはや人間と呼べる生物ではなかった。

これまであった生命と、あったかもしれない生命。あらゆる命の可能性の集合体となった彼は、國府寺斎という個でありながら、あらゆる生物を内包した全でもある。彼こそがすべての生命の始祖であり、すべての生命の末裔《まつえい》。

すなわち彼は今、生命の系統樹そのものとなったのだ。

「源種解放……なんと素晴《すば》らしい……！　力が溢れて止まらない……！　こういうのをなんて言うんでしたっけ？　ああ……〝神〟、か」

究極の生命体となった國府寺は甘美《かんび》なるその力に酔いしれる。

一歩踏《ふ》み出せばその足跡《あしあと》から新たな樹木が芽生え、一息吹《ふ》けばその風が新たな獣を生み、一言囁けばその響《ひび》きが新たな昆虫《こんちゅう》の群れとなる。これを神の御業《みわざ》と呼ばず何と呼ぶ？

そんな國府寺を前にして、もはや雛も無関心ではいられなかった。

「……びっくり。あなたもできるんだ」

そう呟いて、雛は改めて國府寺へと向き直る。まるで今初めて眼前の男を認識したかのように。——両者は今、ようやく同じ場所に立ったのだ。

だとしたら、もはややることは一つ。

「お待たせしました。では、今度こそ——始めましょうか？」

生まれ変わった國府寺は再びその牙を雛へ向ける。

確かに先ほどは彼女の圧倒的《あっとうてき》な〝死〟に膝《ひざ》を折った。だがこうして神となった今、もう負ける気がしない。いや、勝負にすらならないだろう。ほんのひと撫《な》で、それで終わる。

この領域は既に彼の掌《てのひら》。たかだか死程度が介入《かいにゅう》できる余地はないのだ。

……だが、勝利に向けて踏み出したはずのその右足は、突如《とつじょ》アメーバ状に変形した。

「なっ……？！」

急に片足を失い崩れ落ちる國府寺。だがそれは束の間。右足はすぐに元通り再生する。

今のは何だ？　形状選択を誤ったか？　いや、問題ない。少しミスをしただけ。慣れればどうってことはない。

一抹《いちまつ》の不安を押《お》し殺しながら、國府寺はすぐに立ち上がる。……が、一秒後。今度は左《ひだり》腕《うで》がねじ曲がった樹木に変わる。またしてもバランスを崩し転倒《てんとう》する國府寺。

やはりおかしい。こんな変化は意図していない。なぜ勝手に？

そうやって困惑《こんわく》している間にも異変は加速する。

右足は蛸《たこ》のような軟体《なんたい》に、左足は細長い鳥の鉤《かぎ》づめに、眼球からはイソギンチャクのような触手《しょくしゅ》が生え、口内では無数の複眼が蠢《うごめ》きだす。肌《はだ》は鱗《うろこ》に、耳は触角《しょっかく》に、血は粘液《ねんえき》に、肉体のすべてが彼の意思に反して無秩序に進化していく。それはまるで、驕った生物に神が下した罰のよう。

進化と退化、拡散と収束、発生と絶滅、己の中で繰《く》り返される矛盾《むじゅん》した生命の流転《るてん》に、肉体が全くついていけていないのだ。

「あ、あ、あ、ああああ……!!!」

見るも醜《みにく》い異形となりながら、無様にのたうち回る國府寺。そんな彼に最後の変異がもたらされる。

歪《いびつ》にゆがむ肉体の中で、なぜか人間のままだった右腕……そこに刻まれた無数の救世紋が、真っ黒に変色し始めたのだ。そしてそこから漏《も》れ出すのは禍々《まがまが》しい異質な魔力。それが放つ漆黒の光を浴びたものは、一つ残らず異様な変貌《へんぼう》を遂げる。

樹々《きぎ》は毒を吐《は》きながら捻《ね》じ曲がり、動物たちは腐《くさ》り堕《お》ちたまま徘徊《はいかい》し、虫たちはひとりでに発火して死に絶える。何もかもが歪みゆく世界で、唯一嬉々《ゆいいつきき》として力を増すのは救世紋から溢れ出る黒色の魔力だけ。

それは世界を歪め、國府寺から力を吸収しながら、刻々と濃度《のうど》を増していき、ついには苗木《なえぎ》のような実体として顕現《けんげん》する。そしてさらにその枝を伸ばして――

「――無様」

刹那《せつな》、〝死〟を凝縮《ぎょうしゅく》した極黒の剣《けん》が閃《ひらめ》いた。それは実体化寸前だった黒い樹を右腕ごと切断し、さらに宙空で切り刻む。存在そのものをこの世から抹殺《まっさつ》された樹は、あっけなく消滅した。

その瞬間、周囲を歪めていた魔力が途絶《とだ》える。変質していた世界は幻《まぼろし》のように霧散《むさん》し、領域が消失したことで異形化していた國府寺も元の姿に。

無力な人間へと回帰した國府寺は……力なくその場に座《すわ》り込んだ。

「はは……そういうことですか……結局私は力に振《ふ》り回されていただけ……やはり私では無理なのですね……」

もはや力も戦意も失った國府寺は、ただ呆然《ぼうぜん》と呟《つぶや》く。

ずっと羨望《せんぼう》していた『源種解放』という名の極致。彼《かれ》は確かにすべてを捧げることでそこへたどり着いた。……だが、そもそも彼は勘違いしていたのだ。

『命を賭して』でしかそこへ到達《とうたつ》できぬような弱者には、もとよりその地に眠《ねむ》る力を使いこなす資格などない。その資格を持つのは、何の犠牲《ぎせい》も払《はら》わず、何の覚悟も必要とせず、鼻歌混じりのお遊びでその地をまたぐような者だけなのである。

國府寺は今、身に染《し》みてそれを理解したのだった。

「ふふふ……綺羅崎雛、あなたの眼《め》にはさぞかし私が滑稽《こっけい》に映っていることでしょう……ですが、この姿をよく覚えておきなさい……これは必ずや訪れるあなたの未来……あなたもいつか私の気持ちを思い知ることになる……！　あなたが、あなたより強い誰《だれ》かと出会ったその時に、必ずね……！」

呪《のろ》いめいたその言葉を最後に、國府寺は意識を失う。

それをじーっと見ていた雛は、不思議そうに首を傾げた。

「今の、なに？」

それは國府寺の捨て台詞《ぜりふ》に対して……ではない。敗者の恨《うら》み言など最初から彼女の耳に届いてはいない。

雛が疑問に思ったのは、最後に見たあの樹のような異物。あれは明らかに彼女の知らぬ何か……それも、久方ぶりに背筋に寒気を覚えるほどに危険な。完全に顕現する前に止めはしたが、もしもあれが実体化しきっていたら……

そこまで考えて、雛は思考をやめた。わからないことはわからない。なら考えるだけ無《む》駄《だ》である。

ゆえに、今雛の頭に浮《う》かんでいることは一つ。

「……おなか、すいた」

そうして雛は踵を返すのだった。

――――……

――……

「――よし、やっとついたな……」

香音救出のために拠《きよ》点《てん》地下へと進んでいた恭弥たちは、今、ようやく最下層へとたどり着いたところだった。

「にしても……」

「わああ、おっきいです！」

「ふむ、こんなにおったのか……」

扉《とびら》の脇《わき》から覗《のぞ》き見る最下層フロアは、まるで大きな聖堂のような造りになっていた。そこに今、百人ものレジスタンスが集まっているのだ。その中心にいるのは転移魔術《まじゅつ》が使えると思《おぼ》しき生徒たち。ただし、空間術式の構築に手間取っている様子。……ここへ殴《なぐ》り込む前に恭弥が組んでおいた転移妨害《ぼうがい》用の結界、それがまだ機能しているらしい。とはいえ、相手は複数の固有異能保持者。いつまでもつか確かなことは言えない。

「早いところ用事を済ませないとな」

「香音ちゃん……一体どこに……!?」

懸命《けんめい》に目を凝《こ》らす小毬だが、これだけの人込《ひとご》みではすぐに見つかるはずもない。……が、それはあくまで目視ではの話。

「大丈夫《だいじょうぶ》、もう見つけた。ちゃんと無事だよ」

群衆の一番奥《おく》、魔力探知で発見したのは見覚えのある浅葱《あさぎ》色《いろ》の魔力——純粋《じゅんすい》で高潔なその色は、間違《まちが》いなく香音のものだ。ひどく憔悴《しょうすい》している上に魔術具による拘束《こうそく》を受けてい

るようだが、ちゃんと生きている。恐《おそ》らく、執行部《しっこうぶ》の情報源にならないよう一緒《いっしょ》に連れて

いくつもりなのだろう。

なんにせよ、何とか間に合った。

「お前らはここにいろ。俺《おれ》が連れてくる」

百人ものレジスタンスが集まってはいるが、大半はただ怯え狼狽《うろた》えているだけ。元より戦闘《せんとう》が苦手な下位ランク生たちだ。國府寺という司令塔《しれいとう》がいなければ所詮は烏合《うごう》の衆にすぎない。学園第二位が乗り込んでくるという非常事態に際し、冷静でいられる者はほとんどいないのだろう。

そしてその混乱は恭弥にとっては何よりも好都合。己に認識阻害《にんしきそがい》をかけると、静かに中へと潜《もぐ》り込む。力押しで救出してもいいのだが、下手に騒《さわ》ぎを起こせば香音を巻き込みかねないし、人質《ひとじち》に取られるリスクもある。こうしてこっそり奪還《だっかん》するのが最善という判断だ。

そうやってうまく生徒たちに紛《まぎ》れ込《こ》んだその時だった。

「――みなさん、どうか落ち着いて」

聖堂奥の階段から現れたのは、神々《こうごう》しい光を纏う女神《めがみ》――スノエラ。

その落ち着いた声音《こわね》と威厳《いげん》に、あれだけ動揺《どうよう》していた生徒たちが嘘《うそ》のように静まり返る。

「みんなの不安な気持ち、私にもよくわかるわ。相手はあの学園第二位……今は斎が対応に当たっていますが、あの子をもってしても敵《かな》うかどうか……」

と言葉を濁《にご》すと、生徒たちはまたしても不安にざわつく。だが、スノエラの言葉はそこで終わりではなかった。

「だけどね、怯えているだけじゃ何も変わらないわ。こういう時こそ力を合わせなくちゃ。斎がいつもそう教えてくれていたでしょう？　思い出して、私たちが何のために集まっているのかを！」

その呼びかけに応じるように、生徒たちは次々と奮い立つ。

「そうだ、俺たちも戦おう！」

「國府寺さんを助けるんだ！」

「みんなで戦えば何とかなるって！」

互《たが》いを鼓舞《こぶ》し合う生徒たちの瞳は、使命感と闘志《とうし》に満ちている。

その姿を眺《なが》めるスノエラはにっこりと微笑《ほほえ》んでいた。

「ああ、みんなとても良い子ね。きっと斎も喜ぶわ。だから……そんなみんなに私からご褒美《ほうび》よ。リンカーネーターなんかよりももっと素晴らしい力をあげましょう！」

その言葉を聞いて沸き上がる歓声《かんせい》。だが恭弥だけは眉を顰《ひそ》めていた。

リンカーネーターよりも上位の力——まだ何か隠《かく》し玉があるというのか？

「さあ、みなさん目を閉じて。大丈夫、ただすべてを受け入れればいいの。そうしたら……怖《こわ》いことはもう、何もなくなるから」

スノエラの囁き通り、生徒たちはみな素直《すなお》に瞼《まぶた》を閉じる。だがなぜだろうか、彼らを見つめる女神の微笑が、恭弥の眼にはひどく邪悪《じゃあく》なものに見えてしまうのは。

そしてスノエラは、満面の笑みである言葉を口にした。

「《強制《オーダー》：源種解放《フロランティア》》」

その瞬間、生徒たちの右腕から一斉《いっせい》に光が放たれる。リンカーネーター由来の救世紋が輝《かがや》き始めたのだ。だが、何かおかしい。淡《あわ》い新緑だったはずの光は、瞬く間に濁った黒に変わる。と同時に生徒たちが一様に胸をかきむしって苦しみ始める。

明らかに尋常《じんじょう》でない事態。こうなってはもう隠密《おんみつ》行動だのとは言ってはいられない。恭弥はすぐさま香音の下へと駆《か》け寄る。

「香音！　大丈夫か、助けに来たぞ！」

「ダメ……何かが……わたくしの中から……！」

周囲の生徒たちと同様に、胸を押さえ苦痛に悶《もだ》えている香音。朦朧《もうろう》としたその様は恭弥に気づいているかも定かではない。そして、その間にも異変は加速する。黒濁した光に続いて、生徒たちからドス黒い異質な魔力が溢れ始めたのだ。

やはり何かが起きようとしている――恭弥が戦慄《せんりつ》を覚えたその時。

「香音ちゃん!!」

生徒の波をかき分け、必死でこちらへやってくる小毬。異変に気づき居ても立ってもいられなくなったのだろう。

だが、今はまずい。

「よせ小毬、来るな!」

そう警告した刹那、

「あ、あ、あ、あああああああ!!!」

一人の生徒が断末魔《だんまつま》にも似た絶叫《ぜっきょう》をあげる。と共に、その体からメキメキと伸《の》び出す真っ黒な異物。樹の枝に酷似《こくじ》したそれは、溢れだす魔力《まりょく》がその尋常ならざる濃度ゆえに具現化したものだ。

そして、その変異は一人だけに留《とど》まらなかった。一人、また一人と連鎖《れんさ》するように生徒から伸び出す黒色の樹。まるで孵化《ふか》した寄生虫が宿主を食い破るように、苗床《なえどこ》となった生徒の肉体を蝕《むしば》みながら禍々しい樹々が芽吹いていくのだ。

そんな地獄《じごく》のような騒乱《そうらん》の中、香音の手が弱々しく恭弥の袖《そで》を引く。そして朦朧とする意識の中で、それでも香音は囁いた。

「……小毬を……お願い……」

「……わかった」

常軌を逸する苦悶《くもん》に苛《さいな》まれながら、それでも最後に口にしたのは親友のこと。その願いを果たすため、恭弥は苦しむ香音に背を向ける。そしてこちらへ駆けてくる小毬を抱《だ》きかかえると、全速力でその場を離脱《りだつ》した。

――そのコンマ一秒後。

すべての生徒から一斉に漆黒《しっこく》の樹が芽を出した。

「間一髪《かんいっぱつ》、か……！」

一瞬にして黒い樹海へと成り果てる大聖堂。

すんでのところでフェリスたちの下へ戻ってきた恭弥は、額の冷《ひ》や汗《あせ》を拭《ぬぐ》う。もしもあと一秒でも遅《おく》れていたら、今頃《いまごろ》あの森に呑《の》み込まれていただろう。

だがそんな安堵《あんど》も束《つか》の間、恭弥の手から抜《ぬ》け出した小毬が、あろうことか真《ま》っ直《す》ぐ聖堂へ引き返そうとするのだ。

「香音ちゃん！　香音ちゃーんっ!!」

「おい、よせ小毬!!」

香音の下へ行こうとする小毬を、恭弥は必死で押しとどめる。

小毬の気持ちは痛いほどよくわかる。だけど、無策で突《つ》っ込むにはあの樹々はあまりにヤバイ。一つの樹海と化した樹々は、前にも増して異様な魔力を垂れ流し続けている。そしてその影響《えいきょう》は既《すで》に目に見える形で現れ始めていた。

樹に没《ぼっ》した聖堂のあちこちで、突如起こる発火現象。かと思えば急に氷柱《つらら》が隆起《りゅうき》し、空中ではバチバチと放電が繰り返される。大理石の柱はどろどろと液状化し、立ち並ぶ本棚《ほんだな》は異臭《いしゅう》を放って腐り堕ち、祭壇《さいだん》は見たこともない奇怪《きかい》な結晶《けっしょう》へと変質していた。もはやすべてが狂《くる》っているその光景は、とてもこの世の物とは思えない。まるで世界の法則が丸ごとねじ曲がってしまったかのよう。

そしてその異変を決定づけることがもう一つ。

「きょうやぁ……すごく、こわいです……」

惨状《さんじょう》を見つめるララの震《ふる》えが止まらない。無論、あれを恐れるのは当然のこと。だがその怯え方《かた》が普通《ふつう》じゃないのだ。恐らく、あの樹々には女神の本能に訴えかける何かがあるのだろう。

そして幸か不幸か、この場にはその正体を知る者がいた。

「――〝禍憑樹《マガツキ》〟……またの名を、デミドラシェル」

「⁈　知ってるのか、フェリス⁈」

ぽつりとその名を呟いたフェリスの表情は、今まで見たことがないほど緊迫《きんぱく》していた。

「あれはいわば、『世界樹のなりそこない』じゃ。世の理《ことわり》を歪《ゆが》め、偽《いつわ》り、捻じ曲げる。善悪などという境界の埒外《らちがい》に存在する〝異なるもの〟じゃよ」

世界そのもののなりそこない？　なんだってそんなものがここに？

眉を顰《ひそ》める恭弥だが、すぐにそんな疑念など吹《ふ》き飛ぶほどに恐ろしい事実を聞くことになる。

「……かつて言ったな？　わしは昔、三度だけラーヴァンクインを振るったことがあると。……そのうちの一度が、あれを殺すときじゃった」

「……！」

全盛期《ぜんせいき》のフェリスが、魔剣《まけん》を利用しなければ殺せなかったという事実。それが何よりも恭弥の背筋を寒くした。

「あの女神、なんだってそんなものを⁉」

この世にあってはならぬ〝歪み〟の結晶――禍憑樹。間違いなくそれはあの女神の差し金だ。そして当のスノエラは混乱に乗じて姿を消している。やはりこうなることがわかっていたのだろう。

だが、今はスノエラの行方《ゆくえ》を気にしている余裕《よゆう》もない。これが世界を蝕む異物であるというのならば――

「……やるしかないんだな？」

「うむ。今のアレはまだ生まれたての幼木じゃ。だがもし完全な成樹となれば、あれの影響はこの小世界すべてに及《およ》ぶ。そうなった後では世界ごと破壊《はかい》する以外に道はない。……それを防ぐには、今、この場で絶たねばならぬのじゃ」

「……そうか、わかった」

恭弥はそれ以上何も聞かなかった。フェリスがそう言うのであれば、それは正しいのだろう。ゆえに迷わず召喚《しょうかん》する《万宝殿《パンテサリウム》》の扉。そこから呼び出すのは、あらゆるものを喰《く》らいつくす最凶の魔剣――

「ちょ、ちょっと待ってください！　あの中にはみんなが……香音ちゃんが……！」

「わかってる。だけど他に手がないんだ。あれを戻すのは……俺には無理だ」

恭弥が三万年かけて学んだのは敵を殺す術《すべ》のみ。禍憑樹と化した人間を元に戻す方法など知らないし、それがあるのならフェリスがとうに指示しているはず。それをしないということは、つまりそんな方法なんてないのだ。

だが、小毬は諦《あきら》めなかった。

「なら、私がやります！」

「な、なに言ってんだよ、無茶《むちゃ》だ！」

それは小毬を馬鹿にしているわけではない。ああなってしまった生徒たちを救うなんて、他の誰にだって不可能なのだ。

けれど、フェリスはふむと頷《うなず》いた。

「……なるほど、先ほどの力か。確かにあれは種を拒絶《きょぜつ》した。あるいは禍憑樹も浄化《じょうか》できるやもしれぬ……」

ぶつぶつと思案するフェリスは、しかし、鋭《するど》く警告する。

「じゃが、はっきり言って博打《ばくち》じゃぞ。失敗すれば当然命はない。わかっておるか？」

その問いに対する答えなど決まっていた。

「わかってます。だけど、私がやらなきゃ！　じゃなきゃ……私が今も生きてる意味がない……！」

そう呟いて、小毬は祈《いの》るように両手を組む。そして彼女《かのじょ》の持つ女神の剣を呼び出した。

「《女神の天涙》――――！」

刹那、迸る光の奔流《ほんりゅう》。宙空に生まれたのは一振《ひとふ》りの剣。小毬の有する固有異能だ。……だがそれは、恭弥の知るものとは全く別物だった。

「これは、浄化の力……!?　いつの間に……？」

　これまでの《女神の天涙》は、いわば剣の形を模しただけの巨大《きょだい》な力の塊《かたまり》だった。そこには何の方向性もなく、ただひたすら力を振りまくだけの剣だった。

　けれど、今目の前に具現化されたその剣は違《ちが》う。

　いびつなるものを断《た》ち、歪んだ世界を正すための浄化の刃《やいば》――翼が空を飛ぶための形をしているように、足が地を駆るための形をしているように、小毬が呼び出した剣が纏《まと》うのは清らかなる純化の権能。その形が、その属性が、剣を構成するすべての要素が、ただあの禍憑樹を葬《ほうむ》るために構築されているとはっきりわかる。

　だが……

「うっ……」

　剣を顕現するや否《いな》や、苦しげに顔を歪める小毬。浄化の力を帯びた《女神の天涙》……それは通常形態の何百倍もの代償を主《あるじ》に要求しているのだ。こうして維持しているだけで全身の力が根こそぎもっていかれそうになる。もしもこれを振ろうものなら、その場で命まで奪《うば》われかねない。

　だがそれを自覚しながら、小毬は剣と共に駆け出した。

「みんなは下がっててください！　私が全部助けますから！」

フェリスの言う通り、これが博打であることはわかっている。失敗して自分が死ぬ……

だけならまだいい。もしも時間をロスした結果成樹になってしまえばそれこそ世界の終わりだ。

だからこそ、泣き言など言っていられない。世界を天秤《てんびん》に掛《か》けたわがままを通そうというのだから、自分の命程度がなんだというのか。手足がちぎれようと、心臓が張り裂《さ》けようと、何としても禍憑樹を討《う》ち滅《ほろ》ぼしみんなを救うのだ。

「はあああああ――!!」

己の命を燃やしながら、小毬は蠢く禍憑樹に切りかかる。

光の刃がその幹をとらえた瞬間《しゅんかん》、ぞぶり、と生物の肉を裂くような嫌《いや》な感触《かんしょく》がして……

「――やった……！」

《女神の天涙》により真っ二つになった禍憑樹は、断面から枯《か》れるように消滅《しょうめつ》していく。

――間違いない、この剣には禍憑樹を浄化できるだけの力があるのだ。

これならきっとみんなを助けられる。

感じる確かな手ごたえ。小毬はすぐさま次の樹へと踵《きびす》を返す。……が、そんな彼女の眼に映ったのは、津波《つなみ》の如《ごと》くこちらへ殺到《さっとう》する無数の禍憑樹の枝だった。

「――え……?」

攻撃《こうげき》されればやり返す。それは自然界においてごく当然に行われる自衛行動。そして禍憑樹もまた例外ではない。――己を害する〝敵〟の存在を感じ取った禍憑樹は、身を守るべく反撃《はんげき》に出たのだ。剣を振るので精一杯《せいいっぱい》だった小毬は、その気配に気づけなかったのである。

襲《おそ》い来る鋭利《えいり》な枝の魔槍《まそう》。それは回避《かいひ》不可能な速度で少女へと迫《せま》り、無慈悲《むじひ》にその心臓を貫《つらぬ》いて――

「――だから、落ち着けって言ってんだろ」

無残に串刺《くしざ》しにされる刹那、その身を救ったのは恭弥だった。

「きょ、恭弥さん……なんで……!?」

「香音に頼《たの》まれちまってな、お前を一人で行かせたら俺が怒《おこ》られちまう。っていうか、忘れたのか？　俺たちは『ララちゃん班（仮）』なんだろ？　だったらこういう時こそチームプレイでいかなきゃな」

小毬を抱きかかえたまま、迫りくる無数の枝を軽々とかわす恭弥。そして距離《きょり》を取ったところで小毬を下ろすと、とっておきの作戦を告げた。

「つってもまあ、俺たちの作戦なんて一つしかないけどな。――やるぞ小毬、『作戦A』だ。攻《せ》めはお前に任せる。守りは全部俺が引き受けた。だから……前だけ向いて突っ走れ!!」

「はいっ!!」

かくして始まる二人の共同作戦。

愚直《ぐちょく》に突っ込む小毬と、その足となって禍憑樹の反撃をかわす恭弥。けれど、奥へ進むほどに禍憑樹の密度は増していく。かわし続けるだけではいずれ限界が来るだろう。かといって防壁《ぼうへき》を張ろうにも、禍憑樹の生み出す歪な領域内では魔術が正常に機能しない。このままではジリ貧《ひん》だ。

だったら……少々ごり押しで行くしかないようだ。

「重奏詠唱《オルケストラ》――《Trê《トウレ》》――《Muspel《ムスペル》》――《Jörð《ヨルズ》》――《Iárn《イヤル》》――《Nifl《ニヴル》》――」

口早な詠唱と同時に、恭弥の周囲に浮かぶ五属性の魔法《まほう》。それぞれ木《トウレ》、火《ムスペル》、土《ヨルズ》、金《イヤル》、水《ニヴル》を司《つかさど》る五つの術式は、その一つ一つが大陸を丸ごと吹き飛ばせるレベルの魔力を内包している。

だが、これはまだ下ごしらえにすぎない。

「五行式法――《相生輪廻《そうしょうりんね》》」

木を転じて火に、火を転じて土に、土を転じて金に、金を転じて水に、水を転じて木に。

生み出した五つの魔法を超高速《ちょうこうそく》で循環《じゅんかん》させる恭弥。生かし、殺し、生かされ、殺される
――相生と相剋《そうこく》、相侮と相乗を無限回試行した先の極致《きょくち》にて、それが至るのは生命と同じ

輪廻の環《わ》。今や木は火であり、火は土であり、土は金であり、金は水であり、水は木である。バラバラだった五つの魔力が、個にして全なる一つの魔力へと昇華《しょうか》したのだ。

そしてそれによって紡《つむ》ぐ術式は──

「──偽典《エコー》・《黄昏を拒む正しき門《アンドルラング》》──」

二人を守護するように展開する五つの円環《えんかん》。それは、魔族《まぞく》の魔術体系と陰陽道《おんみょうどう》の魔術体系とを組み合わせることで生成した疑似的《ぎじてき》な全属性魔法《アルテマ》である。といっても、これは力押しで生み出した偽物《にせもの》。魔術論理の破綻《はたん》を内包した不安定な術式だ。

それでもこれを使う理由は簡単。魔力が不規則に変質する禍憑樹の領域においても、これならば確実に機能する。どの属性がどう変異しようとも、全属性たるこの術は機能不全を起こすことはない。もはや半分開き直ったようなごり押し戦術ではあるが、そのぶん効果は絶大。──襲い来る枝のことごとくが、五つの防壁によりはじき返されていく。

そしてその傍《かたわ》らで、《女神の天涙》を振るう小毬。一振りごとに尋常でない負荷をその身にうけながら、それでも歯を食いしばって一本一本浄化していく。百を超える禍憑樹に対し、それは途方《とほう》もない歩みかもしれない。だがそれでも、一歩ずつ、確実に。立ちふさがる闇《やみ》をすべて払うまで。

しかし、禍憑樹とて手をこまねいて滅びを待つだけではなかった。

眼前の小毬がいずれ自分たちを駆逐《くちく》する天敵であると理解したのだろう。無駄な攻撃をやめた禍憑樹たちは……突如互《とつじょたが》いを攻撃し始める。だがそれは単なる同士《どうし》討ちではない。互いが互いを喰らい合い、より優《すぐ》れた方がすべての力を吸収する――共喰いだ。彼らは選択したのだ。個を捨て、種として天敵たる勇者を葬ることを。

そうして巨大な一つの大樹と化した禍憑樹は、膨《ふく》れ上がった邪気《じゃき》をまき散らして勇者を迎《むか》え撃つ。既に全霊《ぜんれい》を消耗《しょうもう》しきった小毬にとって、それはあまりにも巨大な壁。……だが、禍憑樹は一つ見誤っていた。勇者の背後には、それよりももっと厄介《やっかい》な存在が控《ひか》えていることを。

「文字通り力を合わせて、ってか。……なら、俺たちも真似《まね》っ子といくか」

そう呟いた恭弥は、後ろから抱きかかえるように小毬の手に自分の手を添《そ》える。そして自分の魔力をそっと小毬に預けた。

その瞬間――

「こ、これが、恭弥さんの魔力……⁉」

流《なが》れ込んでくるその力に、小毬は心の底から驚嘆《きょうたん》した。

質、量、密度、すべてが異次元。どれにおいても眼前の禍憑樹と同じか、それ以上ではないか。だがそれでいて、恭弥の魔力は少しも怖くない。本当なら世界丸ごと消し飛ばせるほどの力でありながら、なぜかとても安心するのだ。

それはたとえるならば、温かな春の太陽のよう。その光を全身で受け止めた小毬は、再び剣を握《にぎ》りなおした。

「やれるな、小毬？　みんなを助けるぞ。俺と、お前でだ」

「はいっ！」

恭弥から借り受けた膨大《ぼうだい》な力を、小毬はそのまま《女神の天涙》へと流し込む。剣が求めるがまま、気の済むまで好きなだけ。これまで制御されるばかりであった彼女の固有異能は、今初めて、本来必要とするに足る力の供給を得たのだ。

そして《女神の天涙》は、熟した蕾《つぼみ》が花開くようにその姿を変えていく。

――それは一振りの剣。柄《つか》にも鞘《さや》にもこれといった装飾《そうしょく》のない、ひどく地味な剣だ。一見すると先ほどまでの光の剣よりもずっと貧弱《ひんじゃく》に思えるかもしれない。……だが、持ち主たる小毬にはわかっていた。それが眼前の闇を払うために生み出された、光もたらす道しるべであると。

ゆえに、小毬はその名を呼ぶ。絶対に皆を助けるという、確固たる願いだけを込めて。

「《女神の天涙――『福音もたらす光の枝《レーヴァティン》』形態《オルタ》》――!!」

振るわれる剣。

迸《ほとばし》る眩《まばゆ》い閃光《せんこう》。

それは宇宙の始まりの火花。

それは創世にきらめく燐光《りんこう》。

それは太陽がもたらす七彩《しちさい》。

少女の願いを乗せ真っ直ぐに宙を駆る光の刃は、いびつに捻じ曲がった禍憑樹を貫き、そして――――真っ二つに両断したのだった。

「――やっぱり大したもんだよ、お前」

「――えへへ、恭弥さんのお陰《かげ》です！」

断末魔に似た悲鳴を上げながら、虚空《こくう》へと消滅していく禍憑樹。その浄化と共に、変質していた聖堂も元の姿に戻《もど》っていく。そして己《おのれ》の役目を果たした《女神の天涙》もまた、光の粒子《りゅうし》となって小毬の胸へと還《かえ》っていった。

後に残されたのは穏《おだ》やかな静寂《せいじゃく》と……禍憑樹から解放された生徒たち。

「香音ちゃんっ！」

倒《たお》れ伏《ふ》した親友の元へ駆け寄った小毬は、その体を抱き起こして心配そうに名前を呼ぶ。

一秒か、二秒か、永遠にも思える数秒の末……ぴくりと香音の瞼が動く。そして静かに目を開けたかと思うと……真っ先に瞳《ひとみ》に映る親友の顔を見て、香音はふっと微笑んだ。

「……わたくし、夢を見ていましたわ……あの病室で、あなたとよくしていた勇者ごっこの夢……」

「私も覚えてますよ！　香音ちゃんが持ってきてくれた漫画《まんが》のやつですよね！　いつも私が勇者で……」

「わたくしがお姫様《ひめさま》」

「えへへ、そういえば香音ちゃんのその喋《しゃべ》り方、あの頃《ころ》からだっけ？」

「ええ、もうすっかり癖《くせ》になってしまいましたわ。そう簡単には変えられないものですわね」

なんて穏やかに笑った香音は、それから小毬の頬《ほお》へ手を伸ばした。

「でもね、あなたもそうなのよ。あの頃からずっと……わたくしの勇者様はあなたよ、小毬」

そうして二人、互いの生を確かめるように抱きしめ合う小毬と香音。

それを真似してか、ララもきゃっきゃとフェリスに抱き着き、フェリスもまた尻尾《しっぽ》でその頬を撫でてやる。そうこうしているうちに他の生徒たちも目を覚まし始め、辺りに騒がしさが戻ってきた。全員疲弊《ひへい》はしているが、命に別状はないらしい。

「……ま、ひとまず何とかなったか……」

なんて嘆息《たんそく》する恭弥は、それからどっこいしょと腰《こし》をあげる。

事件は解決。無事全員を救い出せた。めでたしめでたし——と言いたいところだが、まだ一つだけ野暮用《やぼよう》が残っているのだ。

「……行くのか、恭弥？」

「ああ、黒幕を放置ってわけにもいかないだろ？」

そう肩《かた》をすくめて、生存を喜び合う生徒たちの間を一人駆け出す恭弥。

この騒ぎを引き起こした元凶《げんきょう》・女神スノエラが逃《に》げた先——聖堂奥の地下へ続く隠し通路へと向かって。


——……

——……


「——はぁ、はぁ、はぁ……！」

暗い石造りの回廊《かいろう》を、その女——スノエラは必死で駆けていた。

ここは拠点地下に作られた非常用隠し通路。本来なら転移でひとっとびなのだが、展開された妨害結界のせいで空間魔術は使えない。結果、こうやって無様に汗を垂らして走る羽目になっているのだ。

これではまるで愚鈍《ぐどん》な人間のようではないか。己の醜態《しゅうたい》に虫唾《むしず》を覚えながら、スノエラは苛々《いらいら》と顔を歪める。

そうだ、それもこれも、すべてはあの乱入してきた綺羅崎雛のせい。あれから逃げるために禍憑樹化まで使わされてしまった。ここまで事を大きくしてしまえば、もう学園に戻ることは叶《かな》わないだろう。一体何の用があって乗り込んできたのかはしらないが、まったく迷惑《めいわく》な話である。

……だが。

「ふふ、ふふふふ……」

怒《いか》りに煮《に》えくり返る一方で、スノエラはこみ上げる笑みを抑《おさ》えられないでいた。

確かに今回の件は紛《まぎ》れもないアクシデントではあった。だが実を言うと、《強制：源種解放》も『禍憑樹化』も近々行う予定の実験だったのだ。ゆえに学園でやるべきことなどとうに済ませてあったし、大局的に見れば今回の件は誤差の範囲内《はんいない》。むしろ、こうやって実戦でのデータが取れたぶんプラスと言えるかもしれない。

もっとも、素直に残念なこともある。それはあの小毬とかいう落伍勇者の固有異能――リンカーネーターを退け、禍憑樹をも浄化するあの力。それも、恐らくあれは元からそういう異能だったのではない。必要に応じてその性能を変えたのだ。実に興味深い代物《しろもの》だ。

本当なら今すぐ解剖《かいぼう》して徹底的《てっていてき》に調べ上げたいところなのだが……それはまた次の機会だ。ここで捕《つか》まってしまえば元も子もない。今はとにかく逃げるのが先決。優先順位を見誤るほど、スノエラは愚《おろ》かではなかった。

そうして十分ほど走り続けた頃、スノエラはようやく通路の端《はし》へたどり着いた。突き当りの扉を開けると、そこは小さなセーフルーム。そして、目的のものはその奥にあった。

（よし、機能してるわね）

部屋の奥に鎮座《ちんざ》していたのは、小さな転移術式の魔法陣《まほうじん》——有事に備え、日頃《ひごろ》から國府寺の固有異能で魔力を蓄《たくわ》えさせておいたものである。一人用なうえに転移先も固定ではあるものの、そのぶん単純な性能は強力。禍憑樹の影響で妨害結界も弱まっている頃だろうし、これを使えば脱出《だっしゅつ》できるはずだ。

そうしたら後は簡単なこと。アメリカ、中国、ロシア……適当な他国へと転移で亡命すればそれでいい。どこの国も『勇者』という超常《ちょうじょう》の武力に興味津々《きょうみしんしん》な今、そこへ女神が逃げ込んでくれれば当然庇護《ひご》下に置こうとするはず。しかも、国際条約でがんじがらめな日本側からは追手を差し向けることもできない。国外に逃《のが》れさえすれば、堂々と実験の続きができるのである。

そう、彼女は思考の女神。非常時の策ぐらいいくらでも隠し持っているのだ。

（ふん、こんなところで私の革新が止められてなるものですか）

そうしてほくそ笑みながら術式を起動するスノエラ。……が、その時。背後でゆっくりとセーフルームの扉が開く音がした。

まさか、あの恭弥とかいう落伍勇者が追いついてきたのか？　スノエラはぎくりと後ろを振り返る。

けれど、そこにいたのは恭弥ではなかった。

「――みーつけた」

そこに立っていたのは一人の少女。まるで世界そのものに愛されているかのような、光り輝《かがや》かんばかりのその可憐《かれん》さは、殺風景なセーフルームにおいて場違《ばちが》いでさえある。

そんな美少女を前にしたスノエラは……「ひっ」と小さく悲鳴をあげた。

「ロ、ローゼ……!?」

「もー、ひどいなあスノエラちゃん。こういう遊びには僕《ぼく》も誘《さそ》ってくれなくっちゃ」

と、明るく微笑みかけられたスノエラは、正反対に顔を引きつらせる。

「な、なぜあなたがここに?!　……ま、まさか、綺羅崎雛を送《おく》り込んだのはあなた……!?」

「もー、妄想《もうそう》しすぎだって。あの子たちは好き勝手動いてるだけ。指示とか聞くタイプじゃないでしょ？　っていうか、だからこそ僕が担当してるんだし。下手に頭が回る子だとさ、近くに置いとくのは不便だもん」

と肩をすくめたローゼは……それから一歩、スノエラの眼前へと詰《つ》め寄った。

「そんなことよりさあ……僕に言わなきゃいけないこと、あるんじゃない？」

「うっ……」

向けられるのは無邪気《むじゃき》な笑顔。だがそれが今回の件に対する糾弾《きゅうだん》であることは明白だ。

弁明に窮《きゅう》したスノエラは……一転して声を荒《あら》らげた。

「し、仕方ないじゃない！　あなたはいつまで経《た》っても学園で遊んでいるばかり！　新しい世界のことなんか忘れてるんでしょう！　だから私が自分で動いた！　それのどこがいけないと言うの⁉」

非を認めればそれこそ終わり。スノエラは必死でまくしたてる。

その様を、ローゼはくすくすと楽しげに眺めていた。

「うわ～、逆ギレ？　僕知ってるよ。それ、ヒステリーってやつでしょ！　やっぱりおばさんって女神でもこうなっちゃうんだ～」

「なっ……この小娘《こむすめ》が……！」

小馬鹿にしたその態度は、荒ぶったスノエラの精神を逆なでするには十分すぎるもの。緊張《きんちょう》、恐怖《きょうふ》、激昂《げきこう》……追《お》い詰められた彼女は、ついにある行為《こうい》に思い至る。

女神は世界に干渉《かんしょう》できない。だが……女神同士ならば話は別。

スノエラは懐《ふところ》に手を伸ばすと、隠し持っていた銃《じゅう》を握る。

……が、それを取り出そうとしたその時だった。

不意に感じる視線。

ハッとローゼの背後へ目を向ければ、扉の陰《かげ》にたたずむ一人の女生徒と目が合った。

一体いつからそこにいたのか――学園の制服を纏ったその少女には、これといって特筆するような特徴《とくちょう》はない。顔も、体も、すべてが普通。平均値をそのまま人の形にしたような、何の印象にも残らぬ容姿をしている。

……だが、なぜだろう？　その無感情な瞳に見据《みす》えられるだけで、指の一本さえ動かなくなってしまうのは？　全身が勝手に震えだし、冷や汗が止まらない。鼓動《こどう》がうるさいぐらいに早鐘《はやがね》を打ち、息をすることすらままならない。まるで、蛇《へび》に睨《にら》まれた蛙《かえる》のように。

そうして硬直《こうちょく》してしまったスノエラを見て、ローゼはまたしても笑った。

「まあまあ、落ち着いてよ。っていうかさ、なんか勘違《かんちが》いされてそうだけど……別に僕、君の実験に怒ってるなんて一言も言ってないけど？」

「え……そ、そうなの……？」

「あ、やっぱりわかってなかった？　あはは、当たり前じゃん。誰《だれ》が捜査班《そうさはん》押《お》さえてたと思ってるの？　そもそもさ——あのおもちゃ《リンカーネーター》、元はと言えばあげたの僕じゃん。君ならうまく改良してくれると思ったから渡《わた》したんだし、僕的にはむしろ感謝してるぐらいだよ」

「な、なら、まだ研究を続けても……」

「もちろん！」

ローゼの満面の笑みを見て、ほっと安堵の吐息《といき》をつくスノエラ。

……だが、その表情はすぐに凍《こお》り付くことになった。

「……まあ、でも……怒ってないとも言ってないけどね」

「え？」

「最初に言ったでしょ。僕も誘ってよってさあ」

「ちょ、ちょっと待って……」

「独《ひと》り占《じ》めは良くないことだよねえ？」

「は、話を聞いて……！」

「だからさ……」

と聞く耳を持たぬローゼの手には、いつの間にか四角い旅行鞄《かばん》が握られている。伽羅《きゃら》色のなめし革《がわ》でできたそれは、一見するとややアンティークチックなだけの普通の鞄にしか見えない。

だが、それを目にした瞬間スノエラの顔が引きつった。

「《狂言廻しのちっぽけな嘘《フール・エッダ》》……！」

そしてローゼは、怯《おび》えるスノエラに向けて告げるのだった。

「ちょっとだけ……お仕置きね？」

その言葉と同時に、ローゼの指が鞄の留め具を外す。パタンと開いたその中に詰まっていたのは――真っ暗な〝闇〟。それは大宇宙の深淵《しんえん》に酷似した、空虚《くうきょ》にして濃密《のうみつ》な『無』そのもの。

「ひぃっ……！」

恐怖の悲鳴をあげながら必死で逃げ出すスノエラ。……だが、それはあまりに遅《おそ》すぎた。暗闇《くらやみ》の底から、ずるずると伸び出す無数の手。それは瞬《また》く間《ま》にスノエラの全身に絡《から》みつくと、そのまま鞄の奥底《おくそこ》へと引きずり込《こ》む。後に残るのは恐怖にまみれた女神《めがみ》の悲鳴だけ。

そうしてすべてが闇の奥《おく》に消えた後、鞄は何事もなかったかのように独りでに閉じるのだった。

「よーし、お仕事おわり～。それじゃあ僕らも帰ろっか」

再び鞄を持ち上げながら、背後の少女に声をかけるローゼ。女生徒は何の反応も示さないが、ローゼは気にした様子もない。ポケットから取り出した黒いチョークを使って、鼻歌混じりに空中へ魔法陣を描《えが》き始める。

しかし、その時だった。

「ん？　どうかしたの？」

何の前触《まえぶ》れもなく唐突《とうとつ》に背後へ振《ふ》り返る女生徒。そしておもむろに右手を掲《かか》げると、一言だけ呟《つぶや》いた。

「――《spellzhervell《スフェルヴィア》》」

刹那《せつな》、迸る極黒の業火《ごうか》。極太《ごくぶと》のレーザー砲《ほう》さながらのそれは、一瞬《いっしゅん》にして避難《ひなん》通路を丸ごと吹き飛ばしてしまった。

「わあ～お。どーしたの急に？　もしかして……誰かいた？」

そう尋《たず》ねるローゼの瞳が、不意に険を帯びる。……だがそれは束の間。瓦礫《がれき》の隙間《すきま》から逃げていく一匹《ぴき》のネズミを見た時にはもう、その表情は普段《ふだん》通りの笑顔《えがお》に戻っていた。

「んー、君はもうちょっと力の使い方を覚えなきゃだねえ。まっ、まだ赤ちゃんだから仕方ないか？」

なんて一人で笑いながら、ローゼは女生徒の手を引いた。

「とにかく帰るよ。早くゲームの続きしたいからさ」

そう言って、ローゼは描き上げた転移魔法陣へと入る。妨害《ぼうがい》結界があるはずのこの場所でなお、それは当然の如く効果を発揮し、二人はどこかへと転移していく。

そうしてすべてが静まり返った後――

「……ぷはっ」

瓦礫の下から顔を出したのは、粉塵《ふんじん》まみれの恭弥だった。

「ったく、警告もなしにぶっ放すとか正気かよ……」

ぽんぽんと全身の埃《ほこり》を払《はら》う恭弥は、愚痴《ぐち》るように呟く。

「っていうか……なんだってあの女神、魔族なんか連れてんだ？」

今しがた見た光景を思い出しながら、首をかしげる恭弥。いや、わからないのはそれだけじゃない。スノエラの真意、ローゼの正体、女神たちが一体この学園で何をやろうとしているのか、不可解なことだらけだ。

だが、それを確かめる方法ならわかる。

眼前に浮《う》かんでいるのは、ローゼが使った転移魔法陣。既に消滅を始めてはいるものの、今なら痕跡《こんせき》をたどることは可能だ。

追ってすべてを確かめるか否か。束《つか》の間《ま》逡巡《しゅんじゅん》した恭弥だが……答えはすぐに出た。

女神の陰謀《いんぼう》だの、学園の目的だの、きな臭《くさ》い何かがあるのは間違《まちが》いない。だけど、それがこっちと何の関係があるというのか。学園には最強の勇者様がごまんといる。万が一世界のピンチなんて展開になったとしても、どうせ彼《かれ》らが何とかするだろう。

そう、恭弥が守りたいのは世界の平和なんかじゃない。ある一匹の黒猫《くろねこ》のくだらない平《へい》穏《おん》だ。だったら、これ以上リスクを冒《おか》して藪《やぶ》をつつく必要がどこにある？　そういうのは本物の勇者たちに任せておけばいいのだ。モブはモブらしく隅《すみ》っこに引っ込んでいるのが得策だろう。

だから……

「さてと、俺《おれ》も戻るか」

そうして恭弥は魔法陣に背を向けて、フェリスたちの待つ地上へと帰るのだった。

第七章　分かれ道

草原を吹き抜《ぬ》ける爽《さわ》やかな風。

青空を囀《さえず》りかわす可憐《かれん》な小鳥たち。

現実世界と酷似《こくじ》したここは、レジスタンスの拠点《きょてん》として創られた亜空間《あくうかん》だ。……といっても、正確には〝元〟とつけるべきだろう。禍憑樹《マガツキ》の大暴れにより拠点は半壊《はんかい》。今や見る影もない廃墟《はいきょ》となっている。

だがそれでも、中にいた生徒たちは全員無事。みな揃《そろ》ってこの草原へと逃げ延《の》びている。誰も犠牲《ぎせい》になった者がいないこと、それが一番の戦果だ。……いや、一番というのなら、それはこの二人の笑顔がまた見られたことだろうか。

なんて少し気障《きざ》っぽく思いながら、恭弥《きょうや》は隣《となり》へ視線を向ける。

「本当に頑張《がんば》ったわね、小毬《こまり》。あなたのお陰でみんな助かったわ」

「えへへ、私こそたくさん助けてもらったからですよ！」

と、二人して微笑《ほほえ》み合うのは小毬と香音《かのん》。どちらも力を使い果たしてはいるが、ちゃんと生きている。こうして再び言葉を交《か》わすこの瞬間こそ、小毬が命をかけた対価なのだ。

ただ、いつまでもそうしていることを状況《じょうきょう》は許してくれなかった。

「――おい、何をしている。早く来い」

と少し離《はな》れたところから香音を呼ぶのは、『執行部《しっこうぶ》』という腕章《わんしょう》をつけた生徒。もちろん対象は香音だけではない。あっちでもこっちでも、警備班の生徒たちがレジスタンスの移送を開始している。

すべて終わった後、彼ら執行部《・・・》は突如《とつじょ》としてこの空間にやってきた。そして平原に逃れていたレジスタンスたちを取り囲んだのだ。もっとも、レジスタンスは全員が憔悴《しょうすい》しきっていた上、女神スノエラの裏切りを受けて消沈《しょうちん》していた。誰も執行部に歯向かう気力などなく、結果的に戦闘《せんとう》は起こらずに済んだ。今はこうして移送という形で学園への帰還《きかん》を待っているのである。

そして香音もレジスタンスの一員であった以上、それを拒否《きょひ》することはできない。

「それじゃあ、もう行くわね」

「う、うん……」

「ふふ、そんな顔しないの。わたくしはもう大丈夫《だいじょうぶ》だから。あなたのお陰でね」

と、心配そうな小毬に微笑みかける香音。その表情には、初めて会ったときと同じ凛《りん》とした気高さが戻ってきていた。『ローゼン・シニル』から与《あた》えられたあの恐怖を乗り越《こ》えたのだろう。だからきっと、彼女はもう大丈夫だ。

「それから……あなたもね、九条恭弥《くじょう》。ありがとう」

「あ、ああ。まあ俺は大したことしてないけどな」

「そうね、小毬のお陰だわ。あなたはおまけですわね」

「そ、そこまで言わなくとも……」

「ふふっ、冗談《じょうだん》よ。……小毬のこと、任せましたわよ」

そう言い残し、毅然《きぜん》と歩いていく香音。その姿があまりに堂々としているせいか、連行しているはずの執行部員がまるで従者のように見えてしまう。

さすがは小毬の友達。やっぱりただのエセお嬢様《じょうさま》ではなかったか。……なんて恭弥が感心していたところで、穏やかな気分を吹《ふ》き飛ばす声が聞こえてきた。

「――いやあ～、お手柄《てがら》やったねえ、恭弥くん」

と、背後から聞こえてくる関西弁。同じエセでもこちらは随分《ずいぶん》と嫌な感じだ。もちろん、その主が誰であるかは今更《いまさら》問うまでもない。

「どうもです、葛葉《くずは》先輩《せんぱい》……」

振り返った先に立っていたのは、いつも通り人を食ったような笑顔を貼《は》り付けた葛葉。

大量の警備班をここへ連れて来たのは他でもない彼女なのだ。ちょうど全部終わった直後に現れたあたり、最初からこうなることを見越《みこ》していたのだろう。面倒《めんどう》な戦闘はすべて恭弥たちに押《お》し付け、おいしいところだけかっさらっていく。清々《すがすが》しいほど彼女らしいやり方に、恭弥は一周回って感心してしまったぐらいだ。もっとも、手柄が欲《ほ》しかったわけではないので、恭弥的にはどうでもよいのだが。

そんなことよりも……

「あいつら、これからどうなるんですか？」

恭弥は連行されていくレジスタンスたちを見て尋ねる。彼にとってレジスタンスはフェリスを危険に晒《さら》した奴《やつ》らだ。正直言ってどうなろうと構いやしない。ただ、やはり香音の処遇《しょぐう》だけは気になる。

すると葛葉は「せやなあ」と口を開いた。

「奴らのやったんは学園転覆未遂《てんぷくみすい》や。違法《いほう》薬物拡散に内乱陰謀、違法会合に危険思想煽動《せんどう》……まっ、校則を適用しよう思えばいくらでもできる。強制退学どころか、ふつーに監獄《かんごく》送りでも何の不思議もないわなあ」

などと、返ってくるのは恐《おそ》ろしい答え。この学園は半独立地帯。日本の法律は通用せず、学園執行部が決めた校則という名の法がすべてを支配している。その学園に反旗を翻《ひるがえ》してしまったのだから、どんな重い罰《ばつ》が下されてもおかしくはない。

……が、葛葉はすぐに肩をすくめた。

「なーんてな、冗談やからそんな顔しなや。うち、君のそういうしょんぼりした子犬みたいな顔に弱いんや。……安心しい。転移先はひとまず病院や」

「え……ほ、本当ですか⁉」

「確かに奴らは薬物やらリンチやらやっとったけどな、幸か不幸か今は〝何でもアリ〟のトーセン真っ最中や。期間中のオイタなら『勝つための工夫《くふう》』で不問に処されるのが通例や。じゃなきゃ死人のでるような演習大会なんてやっとれんわ。何より……奴らの剥《む》いた牙《きば》は、執行部までは全く届いとらんかった。上層部にとっちゃ『平常運転』ってやつやね」

それを喜ぶべきか悲しむべきか、恭弥にはわからなかった。

「せやから、治療《ちりょう》の後も聴取《ちょうしゅ》がメインや。君の報告で黒幕が女神スノエラっちゅうのもわかっとるしな。学園としても煽動されただけの低ランクよりそっちの行方《ゆくえ》を追う方がよっぽど急務や。……まっ、スノエラさんがどこへ消えたんかわかればもっと話は早いんやけどなあ」

と意味深に視線を送られた恭弥は、ささっと目をそらした。……何を聞かれようと、最後に見たあの出来事を報告するつもりはない。下手に関わり合いになるのが一番まずいのはよくわかっているのだ。

「まあそういうわけやから、悪いようにはせーへんよ」

「そうか……安心しました。てっきり強制退学とかもあるかと思ってたので……」

「ははっ、そんなわけないやーん。なんせ……あんまし底辺に消えられたら学園も困るかららなあ。食物連鎖《れんさ》と一緒《いっしょ》や、世の中には食い物にされる下層は必要なんよ。生かさず、殺さず、せいぜい上位層のために這《は》いつくばっといてもらわな。現実社会と一緒やろ?」

最後の部分には同意しかねるが、なんにせよひどいことにはならなそうだ。恭弥は少しホッとする。

……ただ、葛葉は一つだけ付け加えた。

「ま、ゆーてもそれは一般《いっぱん》隊員に限った話、やけどな」

葛葉が視線を送る先。八人がかりで護送されてきたのは一人の青年——レジスタンスのリーダーである國府寺《こくふじ》だ。

そして國府寺は、小毬の前に差し掛《か》かったところで足を止めた。

「これはこれは小毬さん、お元気そうですねえ」

と、相変わらずねちっこい喋り方《かた》で絡む國府寺。

だが、対する小毬はそれどころではなかった。

「……國府寺、さん……腕《うで》が……！」

小毬の視線の先、國府寺の右腕は肘《ひじ》の先で唐突に途切《とぎ》れている。……恐らくは雛《ひな》にやられたものだろう。

「おやおや、私の心配までしてくれると？　はは、相変わらず甘《あま》い人ですね、あなたは」

と、國府寺は嫌味《いやみ》たっぷりに笑う。……が、その言葉には続きがあった。

「ですが……ありがとうございます」

「え……？」

「状況からして何となく察しはつきますよ。我々を救ってくれたのはあなた方なのでしょう？　これでも一応リーダーでしたからね、礼を言いますよ。……もっとも、何もかも壊《こわ》してくれたのもあなた方ですがねえ」

なんて相変わらずの憎《にく》まれ口《ぐち》も忘れない國府寺。

「にしても、腹立たしいものだ。私にとってあなたは捨て去った過去。綺麗事《きれいごと》ばかりを並べ、『正しくあろう』などという理想論を夢見るあなたに助けられるとはね。まったく、皮肉なものですねえ」

などといつもの冷笑《れいしょう》を浮かべる國府寺は……ふと、何かに気づいた。

「……ん？　いや、皮肉でもなんでもない……それが正常、なのか……？　はは、はははは……一体どこで捻《ね》じ曲がってしまったのやら……」

何やらぶつぶつと呟いて、國府寺は顔を上げた。

「まあ、せいぜいそのまま突《つ》き進《すす》みなさい。どうせすぐに己の愚かさを思い知るでしょうが……その時までは、ね」

「言われなくてもそのつもりです！」

と、小毬は真《ま》っ直《す》ぐに國府寺を見返す。

その瞳を見て何を思ったのか、ふん、と鼻を鳴らした國府寺は、どこか満足気に笑いながら連行されていく。……ただし、その行く先は他生徒たちとは別の転移魔法陣だ。

「國府寺くんは首謀者《しゅぼうしゃ》やからな。送られる先は『ナルヴィディア監獄』――勇者専用の牢《ろう》獄《ごく》や。色々と黒い噂《うわさ》のあるところでな、うちなら死んでも入りとうないわ。まっ、でもしゃーなしや。反抗《はんこう》組織の結成、違法薬物の拡散、上位層を狙《ねら》った集団リンチ、おまけに執行部の大魔法陣管理室にまで侵入《しんにゅう》したんやからな」

「……ん？　お、おい、それって……」

「なんや？　何か言いたいことでもあるん？」

と、葛葉は白々しく首をかしげる。その意味を理解した恭弥は、すぐに目を背《そむ》けた。

「……いや、別に」

「うんうん、それでええねん。大魔法陣ジャックの下手人は國府寺斎《いつき》。それを即日逮捕《そくじつたいほ》した警備班は汚名《おめい》返上。なっ、これでだーれも損せんで済む。丸く収まったっちゅうわけや」

何ともこずるいやり方だが、恭弥は何も言わなかった。

彼は小毬とは違《ちが》う。別の誰かが罪を背負ってくれるなら、それに越したことはない。

「さてと、あらかた移送も終わったことやし、うちもそろそろ引き上げるわ」

と、来たときと同じく一方的に話を打ち切った葛葉は、去り際に思い出したように振り返る。

「そうや、次会うまでに考えといてな」

「？　何をですか？」

「ご褒美《ほうび》やご褒美。言ったやろ？　囮《おとり》として結果だしたらあげるって」

それを聞いて恭弥は思い出す。そういえば、そんなようなことを言っていたっけ。

「なんでもええからな。……もちろん、ちょっとムフフなことでもな」

「はいはい、考えときますよ」

ご褒美なんてもらった日には、どんな代償《だいしょう》を払わされるかわかったものではない。絶対にお願いなんてするものか、と心に決める恭弥であった。

そうして葛葉は執行部と共に去っていく。

　これでようやく静かになった。……かと思いきや……

「うぅ、大丈夫かなあ……」

　と、連行されていく香音たちを見送る小毬は、そわそわと行ったり来たりしている。落ち着きのないその様子は、禍憑樹と対峙《たいじ》していた時の方がまだ堂々としているぐらいだ。

「そんなに心配ならついていけばいいんじゃないか？」

「でも……わ、私、香音ちゃんを信じてるので！」

　前にも似たようなことを言っていたな、と思い出す恭弥。どうやらそれが小毬なりの気の遣《つか》い方らしい。……ただ、こんなにわたわたおろおろされてはこちらの方が落ち着かない。なので、恭弥はある提案をした。

「そうだな……ならお前も診察《しんさつ》を受けに行けよ。相当無茶《むちゃ》しただろ？　香音の見舞《みま》いはそのついでだ」

　なんて、適当にでっちあげた理屈《りくつ》をつけてやると……

「それは……確かにそうかもです！」

　単純な小毬はすぐさま乗ってくる。

　実際、あの禍憑樹とやり合ったのだ。静養が必要なのは紛れもない事実。この一件でどうせしばらくサバイバル戦も中断になることだし、一石二鳥というやつである。

「じゃ、じゃあ私行ってきます！」

「ララも！　ララもいくです！」

と、小毬に倣《なら》って横から手を挙げるララ。さっきからずっとシュンシュン起動する転移魔法陣に釘付《くぎづ》けだったのだ。大方ワープ移動がしてみたいだけだろう。

「恭弥さんも来ますよね？」

「あ、俺か？」

と問われた恭弥は、首を横に振った。

「いや、さすがに俺が行くのはあれだろ……」

元より危《あや》うい組織だったとはいえ、レジスタンス壊滅《かいめつ》の直接的な原因は恭弥だ。その彼がのこのこ病院までついて行くというのはさすがに嫌味が過ぎるだろう。

「ちょっとしたら迎《むか》えに行くから、お前は病院で待っててくれ」

「そっか……わかりました！　行こうララちゃん！」

「おみまい、バナナもってくです！」

と、二人して魔法陣へ駆《か》け出す小毬とララ。

ただその間際《まぎわ》、小毬は不意に振り返った。

「恭弥さん……ありがとうございました！」

「何言ってんだよ、今回のはお前の力だろ」

禍憑樹から皆《みな》を救ったのは、他でもない小毬の浄化《じょうか》の力だ。だが、それだけじゃないことを恭弥は知っている。あの恐ろしい異形の存在を前にしてなお、他人を救うことを諦《あきら》めない心……それが何よりも強い彼女《かのじょ》の剣《つるぎ》なのだ。

そうして今度こそ小毬とララは転移していく。

この空間に残されたのは恭弥一人だけ。……いや、正確には一人と一匹、と言うべきか。

「お前は行かなくていいのか？」

草原に腰を下ろしながら、不意に問う恭弥。

すると、その答えは足元から返ってきた。

「んにゃ、誰かさんが寂《さび》しがるといかんからのぅ」

のそのそと隣にやってきたのは、一匹の黒猫——フェリスだ。

フェリスはぴょんと恭弥の膝《ひざ》に飛び乗ると、そのままゆったりと丸くなる。まるで座布《ざぶ》団《とん》か何かだとでも思っているかのようだ。

そんな黒猫を撫《な》でながら、恭弥は呟くように言った。

「……すまん。怖《こわ》い思いをさせた」

「くく、何を言うか。怖がる理由がどこにある？　そなたは必ず来る。だから何も心配などしておらんかったぞ」

「はは、さすが肝《きも》の据《す》わったことで」

いつまで経っても魔王《まおう》の度胸にはついていける気がしない。

「……でも、俺は怖かったよ。お前を失うかと思った」

「ふふ、相変わらず臆病《おくびょう》じゃのぅ、そなたは」

「まったくだ」

なんて口では詰《なじ》りながらも、フェリスは慰《なぐさ》めるように優《やさ》しく体を摺《す》り寄せる。

その甘い体温を感じながら恭弥は思う。このぬくもりを守れて本当に良かったと。

……ただし、感慨《かんがい》に浸《ひた》るその前に、フェリスの眼《め》が悪戯《いたずら》っぽく光った。

「しかしじゃ、このわしにも一つ予想外なことはあったぞ。まさか、そなたが女連れで現れるとはのぅ」

「うっ、変な言い方やめろって。色々あったんだよ……」

「ほぉ、わしが居ぬ間に新しい女をたらしこむ理由とは、ぜひ聞きたいのぅ」

と意地悪く責められて、恭弥はもごもごと口にした。

「あんまからかうなよ。……知ってるだろ。お前以外の女に興味はないって」

その降伏《こうふく》宣言を聞いたフェリスは、嬉《うれ》しそうににんまり笑うのだった。

「そうかそうか、そんなにわしにでれでれか？」

「ああ」

「そんなにめろめろか？」

「ああ」

「そんなにくびったけか？」

「ああ」

「にゃふふふふ！」

と、大層満足げに笑う魔王様。

なんだかとても悔《くや》しいけれど……事実なのだからしょうがない。

今回引《ひ》き離されて、恭弥はよくよく思い知った。自分がどれだけフェリスに夢中なのか。

彼女がいない世界を想像するだけで吐《は》き気《け》がした。共に過ごした時間は既《すで》に三万年を超《こ》えている。だけど……それっぽちじゃ、まだまだ全然足りないのだ。

と、そんな折だった。

噂をすればなんとやら、そこへ思わぬ人物がやってきた。

「──恭弥」

不意に背後からかけられる声。

振り返ってみれば、林の間から現れたのは件《くだん》の綺羅崎《きらさき》雛だった。

「あれ、雛先輩《せんぱい》？　どうしてここに……？」

先ほど恭弥が見かけたとき、雛は執行部に囲まれて事情聴取を受けていた。なにせ表向き、今回の件はすべて彼女が単独で解決したことになっている。

理由は単純。誰一人《だれひとり》として恭弥の動きを視認《しにん》することすらできなかったからだ。ゆえに、蹴散《けち》らされたレジスタンス生たちは自分を倒《たお》したのは学園第二位の雛だと思っているし、禍憑樹討伐《とうばつ》の際も目覚めたら終わっていただけ。まさか事件の裏に落伍勇者がいたなどと気づくはずもないのだ。

と、まあそれはさておき、恭弥はその登場に目を丸くする。

「事情聴取、結構前に終わってましたよね？　もう帰ったんじゃ……？」

雛の聴取が終わったのは十五分以上前。『終わった』、というより雛のコミュ力に難がありすぎて『打ち切られた』といった方が正しいのだが……ともかく、雛もあの後どこかへ去っていったはず。どうしてここに？

すると、その答えは至極《しごく》単純だった。

「道、迷った」

「な、なるほど……」

どうやらずっと林をさまよっていたらしい。

「あの、ここって異空間なんで、転移魔術《まじゅつ》使わないと帰れないですよ。ほら、あっちにゲートあるでしょ？」

「ん。理解」

執行部が残していった魔法陣を指さすと、雛は素直《すなお》に頷《うなず》く。

戦闘以外てんでダメなのは相変わらずのようだ。

だけど、ちょうど良かった——と恭弥は微笑んだ。

「今更ですけど……今回は本当にありがとうございました」

恭弥は感謝を込めて頭を下げる。

最初は成り行きでの同行ではあったが、結果的に彼女がいたことで無事フェリスを救出できた。そうでなければ間に合わなかったかもしれない。

「別に。自分のため」

「それでもです。本当に助かりました。雛先輩のお陰《かげ》ですよ」

「すとっぷ。……むずむずする」

と、雛はそっぽを向いてしまう。どうやら照れているらしい。日頃《ひごろ》から礼を言われ慣れていないのがよくわかる。

苦笑《くしょう》した恭弥は、それからふと気になって尋ねた。

「そういえば、そっちの目的はどうでした？　リンカーネーター、手に入れたんですよね？」

「ダメ。ただのおもちゃ。意味ない。残念」

「そ、そうですか……」

と、唇《くちびる》を尖《とが》らせる雛。

それがあまりに残念そうなので、恭弥は慌《あわ》てて慰める。が……

「ま、まあ、でもいいじゃないですか。もう十分強いんですし……」

「ダメ。全然足りない。まだ届かない」

確信めいたその口ぶりを聞いて、恭弥はつい最初に抱《いだ》いた疑問を思い出してしまった。

「あの、そもそもなんですけど……どうしてそこまで強くなりたいんですか？」

それは初対面の時にも尋ねたこと。だがあの時は結局答えを聞きそびれてしまったのだ。

「あ、もちろん言いたくないなら詮索《せんさく》するつもりはないですよ。でも、もしかしたら俺にも何か手伝えるならって思って。ほら、今回のお礼代わりにでも……」

そう補足しながらも、どうせ教えてはもらえないだろうなと察する恭弥。

だが、意外にも雛は口を開く。

「目的、一つだけ」

と、予想に反し素直に答えた雛は……普段よりさらに冷たい表情でその目的を口にした。

「――廃棄魔王、殺す」

その瞬間《しゅんかん》、辺りの雑音が一気に遠のいた。

視界から色という色が消え失《う》せ、大気は氷のような冷気を纏《まと》い、足元の感覚さえ崩《くず》れ去っていく。

そんなすべてが色あせた世界で、恭弥は震《ふる》える声を絞《しぼ》り出す。

「は……廃棄魔王、って……あの、ですよね……？」

「ん」

「な、なんで、そんな……？」

その答えはシンプルだった。

「果南《かなん》の仇《かたき》、討《う》つ。廃棄魔王、果南殺した」

果南――それは雛が唯一《ゆいいつ》の親友と呼んでいた少女の名だ。あの時から少しおかしいとは思っていた。それだけ仲の良い友人がいるのなら、なぜ今彼女は孤独《こどく》なのかと。その答えがこれだ。

だけど……

「じ、時系列的におかしくないですか⁈　廃棄魔王ってずっと昔の存在でしょ！　先輩《せんぱい》の友達と戦うわけが……！」

そう、何かの間違いだ。きっと雛の勘違いに決まっている。

だがその反論に答えたのは、雛ではなかった。

「『戦姫の角笛《ヴァルハラ・ゲート》』――選定と埋葬《まいそう》の女神・ヴァルのみが扱《あつか》える召喚《しょうかん》術式。時間さえ超えて必要な戦士を招集する、召喚術の奥義《おうぎ》とも呼ぶべき呪法《じゅほう》じゃよ。かつて女神はそれを用いて廃棄魔王に決戦を挑《いど》んだ。……が、結果は全滅《ぜんめつ》。ヴァル含《ふく》めた多数の上位女神と勇者を失ったことで、女神たちは世界ごと魔王を封印《ふういん》することを決めたのじゃ」

雛の前にもかかわらず、堂々と口を開くフェリス。その不用意さはむしろ気づかせようとしているとさえ見えるほど。

「猫《ねこ》、喋《しゃべ》った」

「お前は黙《だま》ってろ……！」

これ以上興味を引いてしまう前に、恭弥はフェリスを黙らせる。

フェリスは何も言い返さず、ただ口をつぐむだけ。

「あの戦い、果南、選ばれた。でも……帰ってこなかった。だから廃棄魔王、仇」

「で、でも……でも……魔王は封印された！　だからもう終わりでしょ⁉」

「違う。魔王、封印された。でも、まだ生きてる。だから、終わらない」

そう言い切る雛は、さらに恐ろしい事実を告げる。

「ローゼ、言ってた。女神《めがみ》、もうすぐ動く。封印といて、廃棄魔王、完全に殺すって」

「え……？」

「だから私、強くなる。その時に、必ず殺す」

「そ、そんな……魔王は封印された、もうそれでいいじゃないですか……だ、だいたい、ほら、危ないですよ！　廃棄魔王はすごく強いんでしょ?!　なら雛先輩だって殺されてしまうかも……！」

「構わない。覚悟《かくご》、できてる。私、そのために生きてる」

「だ、だけど——」

「——くどい。廃棄魔王、殺す。これ、絶対。世界が終わっても、必ず、殺す」

その一言一句に込められているのは不退転の覚悟。それを聞けば否応《いやおう》なくわかってしまう。もはやどれだけ言葉を重ねても何の意味もないことが。

だから、恭弥はもう俯《うつむ》くしかなかった。

「そうか……そうなのか……」

無力感に苛《さいな》まれながら、恭弥は呟く。

知らなかった。雛がそのために力を求めていたなんて。

知らなかった。女神たちが廃棄魔王抹殺《まっさつ》を狙っていたなんて。

知らなかった。フェリスの物語が、まだ終わっていなかったなんて。

そう、知らない間に世界は動いていた。女神はフェリスを許すつもりなんてなかった。彼女たちはじきに廃棄世界の封印を解いて乗り込んでくる。そしたらすぐに廃棄魔王が逃《とう》亡《ぼう》したことに気づき、全力で捜《さが》し始めるだろう。なにせ一度は世界を滅《ほろ》ぼしかけた最凶最悪の魔王だ、野放しにしておけるはずもない。そうしていずれはたどり着く。今や無力となってしまったフェリスに。そうなったらあとは簡単だ。世界平和のため、殺された者たちのため、反撃《はんげき》もできない彼女の息の根を――

「恭弥、寒い？　震えてる」

雛が少し心配そうに問う。

事実、恭弥は震えていた。これから起こるであろう確定した未来が、怖くて怖くてたまらなかった。今回の件でよくよく思い知ったのだ。『敵を倒す』のではなく、『誰《だれ》かを守る』ことがいかに困難かを。

敵は固有異能を有する全勇者。この世界樹のどこにも味方なんていない。女神からも勇者からも永久に逃《に》げ続けるなんて不可能だ。いつか何かの拍子《ひょうし》に見つかってしまう。いや、万が一可能だったとして、そこに何の意味がある？　逃げ、隠《かく》れ、潜《ひそ》み、日々追手の影《かげ》に怯《おび》えながら世界の隅っこで生きていくのか？　それでは何のためにフェリスをあの荒野《こうや》から連れ出したのかわからない。

そうだ、彼女の手を取ったのは、自由で平和な日常を謳歌《おうか》してもらうため。明るい陽《ひ》の光の下、心から笑ってもらうため。もしもそれを脅《おびや》かそうとする者たちがいるのなら――

「……やるべきことは、一つ、だよな……」

その結論に思い至った時、恭弥の震えがぴたりと止まった。

「……あの、雛先輩」

「ん？」

「もう一度聞きます。……覚悟は……できてるんですよね？」

「当然。殺し合い。命かける。当たり前」

「そっか……それが聞けて、良かった……」

ほっと吐息《といき》をついた恭弥は、それから静かに立ち上がる。

だがそれを制するようにフェリスが口を開いた。

「恭弥、よせ」

「ん？　何がだ？」

「そなたの考えていることぐらいわかる。……じゃから、やめよ」

静かに、だがはっきりと警告するフェリス。

けれど、恭弥はそちらを見ないまま肩《かた》をすくめた。

「だって……仕方ないじゃないか」

「ああ、仕方ないのぅ。殺せば、殺される。仕方のない当然の摂理《せつり》じゃ。じゃからよい。なるがままに任せる、それでよいのじゃ」

「はは、すごいな。やっぱりお前は肝が据わってるよ」

恭弥はすぐに理解する。先ほど口を挟《はさ》んだのも、あえて気づかせようとしてのこと。自分が狙われていると知ってなお、いや、知っているからこそ、フェリスは逃げも隠れもするつもりはない。すべての罪を背負い、魔王として討たれる――その最後の役目を受け入れようとしているのだ。

だけど――

「だけどさ……お前にはできても、俺には無理だ。お前の言う通りだよ。俺は臆病だから。だから怖くてたまらない。あいつらが本気でお前を殺しに来る……それを考えただけで、震えが止まらないんだ……」

そう呟《つぶや》きながら、恭弥は自嘲的《じちょうてき》に笑う。

「はは、やっぱり落伍勇者だな、俺。とても小毬みたいにはなれそうにないや。みんなを救うとか、そんなかっこいいこと考えられない。俺は……お前だけの剣であればいい。そう思っちまう」

「ああ、嬉しいぞ。じゃがわかるじゃろう？　わしはそれを望まん。そなたも知っているはずじゃ。その一線を越えた先……待ち受けるのはあの荒野じゃと」

それはフェリスだからこそ告げられる最大限の警告。

だから……恭弥はふっと微笑んだ。

「なあ、覚えてるか？　サバイバル戦が始まった夜にした話。……あの続き、今答えるよ」

そうして恭弥は、ようやくフェリスと視線を合わせる。

少年のその瞳《ひとみ》は、どこまでも真っ直ぐに彼女だけを見ていた。

「俺もだよ、フェリス。俺もお前がいれば、そこがどこでも構わない。世界の果てでも、地獄《じごく》の底でも、何もない空っぽの荒野でも。お前さえ――お前だけがいてくれるなら、それでいい」

恭弥が浮《う》かべるのは、いつもの柔《やわ》らかな微笑み。だがその瞳の奥《おく》には、氷のように冷たい覚悟が灯《とも》っている。たとえ怪物《かいぶつ》になろうとも、大切なものを守るという覚悟が。

それを見た瞬間、フェリスが雛へと叫《さけ》ぶ。

「逃げよ、小娘《こむすめ》!!　今すぐ恭弥から離《はな》れ――」

だが、その警告は途中《とちゅう》で途切れた。

恭弥の行使した転移魔術により、一瞬《いっしゅん》でこの領域から追い出されるフェリス。その声はもう誰にも届かない。

後に残されたのは恭弥と雛の二人だけ。

「猫、どうしたの？　恭弥、何してる？」

と、雛は目をぱちくりとさせる。何が起きているのか……いや、これから何が起きようとしているのか、さっぱりわかっていない様子だ。そんな雛へ恭弥は優しく微笑みかけた。

「わからなくていいですよ。すぐ済みますから」

それだけ告げて、恭弥は雛の眼前に手をかざす。

そして一言だけ呟いた。

「《焔《ほむら》》」

刹那《せつな》、地の底から噴《ふ》き上がる巨大《きょだい》な炎柱《えんちゅう》。それは大地を焼き焦《こ》がし、遥《はる》か天空の雲さえ蒸発させながら、世界を真紅《しんく》に染め上げる。そうしてきっかり十秒後。炎は現れた時と同じく唐突《とうとつ》に消滅《しょうめつ》した。後にはただ、円形にくりぬかれた奈落《ならく》がぽっかりと口を開けるばかり。

……いや、大地さえも焼失《しょうしつ》したその奈落に、一つだけ残っているものがある。それはちょうど雛がいたはずの場所。今や虚空《こくう》となったその宙に、微動《びどう》だにせず浮かんでいたのは異質な極黒《ごくこく》の球体。光さえも拒絶《きょぜつ》する〝無〟の色をしたそれは、まるで鳥の卵のようにも見える。

そしてその中から顔を出したのは、傷一つない雛――

「無効化……絶対防御《ぼうぎょ》……いや、『即死《そくし》』ってところか。なるほど、確かにチートだ」

冷静に分析《ぶんせき》する恭弥の前で、雛はただ悲しげに呟く。

「わからない。なんで、こんなことする？　わからない。なんで、胸ちくちくする？　わからない。わからない……」

動揺《どうよう》、困惑《こんわく》、哀傷《あいしょう》……名前も知らぬ感情の数々に戸惑《とまど》う雛。だが、その先の結論はすぐに出た。なぜなら彼女は、一人の少女である前に勇者なのだから。

「わからない、けど……わかった。恭弥――ここでバイバイ」

その瞬間、歓喜《かんき》するように蠢《うごめ》く即死の魔力《まりょく》。わからない感情などに構う必要はない。今確かなことは、眼前の少年が敵であることのみ。だとしたら、勇者としてやることは決まっている。……が、恭弥がみすみすそれを許すはずもなかった。

雛が動き出すその前に、遥か後方で展開する魔法陣《まほうじん》。そこから照射されるのは超速《ちょうそく》・超《ちょう》密度《みつど》の熱線砲《ほう》。かすめるだけで竜《りゅう》さえ蒸発するほどの熱量だ。

その危険性を瞬時《しゅんじ》に理解した雛は、即座《そくざ》に死の防壁《ぼうへき》で阻《はば》む。だが恭弥とてそれは織《お》り込《こ》み済み。一射目を目くらましとして続けざまに展開される無数の魔法陣。上下左右全方位を取り囲んだそれは、一斉《いっせい》に空中の雛へ集中砲火をかける。

それは圧倒的《あっとうてき》火力による飽和《ほうわ》攻撃《こうげき》。しかも、すべてが単発式ではなく継続《けいぞく》照射式だ。大陸一つを焦土《しょうど》にしてあまりある火力が、常時降り注ぎ続けるのである。……けれど、やはり無意味だった。最初と同じく球体となった即死防壁に死角はない。中に閉じこもってしまえば熱も魔力も完全に遮断《しゃだん》されるだけ。これぞまさに正真正銘《しょうしんしょうめい》の絶対防御形態。天敵たりえた國府寺ですら届かなかった〝死の壁《かべ》〟という防壁は決して破られはしないのだ。

だが、それこそが恭弥の狙いだった。

「ま、そうなりますよね」

即死という性質を看破した時点で、恭弥はその弱点にも気づいていた。それは……魔力が即死の性質を帯びていることそれ自体。殺すことに特化しすぎたあの魔力では、身体強化もできなければ雛自身を動かすこともできない。こうして今空中に浮いているのは単に重力さえ殺しているからにすぎないのだ。

つまりはこういうこと――一秒で蒸発する火力を、雛の魔力が届かぬ距離《きょり》で、３６０度全方位から、継続的《けいぞくてき》に照射し続ける。この四つの条件が揃《そろ》った時点で、雛は「防御を解かねば動けないが、防御を解けば死ぬ」という詰《つ》みの状態に陥《おちい》ったのだ。

無論、本来雛側からすれば相手の魔力切れを待てばいいだけの話。これら四つの条件を満たすだけでも大変なのに、それを長時間維持《いじ》できる者などこの世に一握《ひとにぎ》りといないはずだからだ。……が、生憎《あいにく》と恭弥こそがその一握りのうちの一人なのだった。

「安心してください。この術……千年もすれば終わるんで」

各魔法陣に充填《じゆうてん》した魔力は千年分。少々すくなめではあるが、恭弥にとってはそれで十分。千年の間に餓死《がし》するならばそれでよし。防壁を維持できず蒸発してもよし。どうにか無事に乗り越《こ》えたとしても……その頃《ころ》にはもう、恭弥もフェリスも天寿《てんじゆ》を全《まつと》うしている。

だからもう、これでいい。

恭弥は早々に背を向けると、現実世界への転移門を作り出す。雛はもう自力では動けない。後はこの亜空間《あくうかん》を丸ごと封印し、外的要因が干渉《かんしよう》する余地を排除《はいじよ》すれば万全《ばんぜん》だ。

これで一人目——勇者を屠《ほふ》った恭弥は何の感慨も覚えることなく踵《きびす》を返す。……が、その時だった。

「——びっくり。本当に。恭弥、強い。今まで見た誰よりも」

極黒の球体から響《ひび》く雛の声。それは恭弥の力を素直に賞賛するもの。

即座に弱点を見抜《みぬ》く洞察力《どうさつりょく》、そこから最適な攻略法《こうりゃくほう》を導き出す判断力、そしてそれを実行するだけの膨大《ぼうだい》な魔力。即死チートを相手にここまで戦える者は初めてだ。雛は素直にその事実を認める。

ただし、揺《ゆ》るがぬ事実ならばもう一つある。

「だけど……私、もっと強い」

完全に封殺《ふうさつ》されているこの状況《じょうきょう》で、そのセリフはともすれば強がりに聞こえるかもしれない。だが、恭弥にはわかっていた。

雛はそんなくだらない嘘《うそ》をつける性格ではない。彼女がそう言うということは、つまり本当に持っているということだ。詰みに等しいこの戦局を、根本からひっくり返すような奥の手《て》を。

そして雛は、静かにそれを呟いた。

「《限定《イル》：源種解放《フロランティア》》――」

刹那、極黒の球体が胎動《たいどう》する。どくどくと脈打ち始めたそれは、早鐘《はやがね》を打つ心臓の如《ごと》くその鼓動《こどう》を加速させ……不意にぱたりと沈黙《ちんもく》する。そして数秒後、静謐《せいひつ》を破る微《かす》かな音と共に、絶対防御たるはずの球体の表面にひびが走った。最初は小さかったその割れ目は、徐々《じょじょ》に上から下へと広がっていき、そしてついに中から――まるで卵から雛鳥《ひなどり》が孵《かえ》るかのように——ソレが姿を現した。

「——《異朔凪媄《イザナミ》》」

音を立てて砕《くだ》け散る黒球。と同時に、六枚の漆黒《しっこく》の翼《つばさ》が花開くかの如く展開する。そしてそれを有するのは、胸元《むなもと》に雛を抱いたいびつな女型の天使。その醜《みにく》く膨《ふく》れ上がった巨体《きょたい》を形作るのはすべてあの即死の魔力だ。

それはまさしく、触《ふ》れるものすべてを死に至らしめる幽世《かくりよ》の女帝《じょてい》。そこから滲《にじ》みだす濃《のう》密《みつ》な〝死〟は瞬《また》く間《ま》に世界を塗《ぬ》り替《か》えていく。森が、川が、生物たちが、この空間に存在しているあらゆる命という命の灯《ひ》が、女帝の降臨と同時に一瞬で死に絶える。その代わりに咲《さ》き誇《ほこ》るのは、本体と同じ極黒の魔力結晶《まりょくけっしょう》。その異質で歪《いびつ》な形状は奇《く》しくも彼岸花《ひがんばな》に酷《こく》似《じ》していた。

そう、恭弥は否応なく理解する。ここは生が潰《つい》え死が形を持つ世界。色のない黄泉《よみ》の花に彩《いろど》られた幽世の魔境《まきょう》。絶対たる死に覆《おお》われた、綺羅崎雛が統《す》べる領域なのだと。

「そうか……これがお前たち《勇者》の本領か……！」

勇者たちが持つ固有異能、それは世界の法則に割《わ》り込む理外の力だ。しかし、今目《ま》の当たりにしている源種解放はその一段階上——完全に自分だけの世界を構築している。その様態はあの禍憑樹に近いと言えよう。

ただし、決定的に違うことが一つ。それは……高度に、かつ、完璧《かんぺき》に。この世界が雛の意思により統率《とうそつ》されているということ。彼女は今この瞬間、新たに生まれたこの幻想《げんそう》世界の神となっているのだ。

そして領域の支配者と化した雛の第一声は……純粋《じゅんすい》な疑問だった。

「恭弥、なんで生きてる？」

異朔凪媄の世界におけるルールはシンプル――『領域内に存在するものはすべて死ぬ』、ただそれだけ。防御不能の超広範囲《ちょうこうはんい》強制即死……それが解放された雛の固有異能だ。

だというのに、恭弥は今こうして呼吸をしている。それ自体がこの世界にとって異常事態なのだ。

けれど、返ってきた答えは簡単だった。

「いや、普通《ふつう》に死んでますよ。秒間十万回ぐらいは。でも、それより生産量の方が多いだけです。ほら、人間の体もそうでしょ？　毎日三千億ぐらいの細胞《さいぼう》が死んでるけど、それよりも多く生産してるから全体として生きている。恒常性《こうじょうせい》って言うんですかね？　まっ、いつだったかテレビで見ただけなんで、詳《くわ》しくは知らないですけど」

「……よくわからない」

雛にとって彼《かれ》の説明は全く理解不能。何を言っているのかさっぱりわからない。

ただ、どうすればいいかならわかる。簡単だ。まだ死んでいないというのなら――死ぬまで殺すだけのこと。

「――《深妬羽《みつは》》――」

異朔凪媄が大きく翼を振《ふ》るった瞬間、恭弥めがけて無数の羽が飛来する。触れれば即死、防御不可、弾数《だんすう》無限。雨あられと降り注ぐ羽礫《はねつぶて》は明らかにオーバーキル。

だがその程度で手を緩《ゆる》める雛ではない。

「――《狗姑痴《くくち》》――」

続いてあちこちの地面からぶくぶくと沸《わ》き上がる魔力の塊《かたまり》。それは歪な猟犬《りょうけん》の形を成しながら、自動で恭弥を追尾《ついび》する。ここは既に雛の領域。いわば彼女の腹の中。異朔凪媄本体からでなくとも、いくらだってスキルは使えるのだ。

そして雛はさらに畳《たた》みかける。

「――《病婢虚《やまびこ》》――」

ひび割れるようにして開かれる異朔凪媄の口。そこから放たれるのは、空間をランダムに乱反射する不可視の波動。不規則な軌道《きどう》を描《えが》く「波」の攻撃《こうげき》は、雛本人でさえ予測不可能な代物《しろもの》だ。

超物量《ちょうぶつりょう》の《深妬羽》、精密追尾の《狗姑痴》、不規則攻撃の《病婢虚》……五月雨《さみだれ》式に繰《く》り出される三種のスキルは、いずれも一触即死《いっしょくそくし》のまがうことなき必殺《ひっさつ》技。あらゆる回避《かいひ》行動を想定した必中・必殺の連携《れんけい》だ。

けれど、それらでさえ雛にとっては単なる布石にすぎない。本命はこの後にあった。

「――《媚蜘埜難餓血刄《みちのながちは》》――」

その呟きと同時に、異朔凪媄が空中から一振《ひとふ》りの刃《やいば》を取り出す。柄《つか》、鍔《つば》、刀身、すべてが極黒の死によってできたその剣を、雛は軽く横薙《よこな》ぎに振るった。

――刹那、三日月型の弧を描き飛翔する剣閃。一瞬で領域の端まで急拡大した黒き斬撃により、雛の前方２８０度すべてが更地《さらち》に変貌《へんぼう》する。森も、山も、川も、軌跡《きせき》上にあったはずのものは残らず死滅《しめつ》し、あとには空っぽの虚無《きょむ》が漂《ただよ》うばかり。以後二度と、そこに何かが芽生えることはない。なぜならこの剣は、〝生〟という概念《がいねん》そのものを断《た》つ刃なのだから。

そうして永劫《えいごう》の死地と化した荒野にて…………恭弥は相変わらず静かに佇《たたず》んでいた。

「……わからない」

かすり傷一つなく、吐息一つ乱さず、当然のような顔で生きている少年。それを見て、雛は思わず首をかしげる。

《媚蜘埜難餓血刄》による斬撃は、対象との間に介在《かいざい》する〝距離〟を殺すことで光をも超える速度となる。無論、その原理は他の遠距離《えんきょり》攻撃《こうげき》も同じ。つまりこれまでの攻撃はすべて必中なはずなのだ。

なのに、一つとして恭弥をとらえることはできなかった。距離がゼロとなったその瞬間には、恭弥はもうその一歩先へ踏《ふ》み出している。とらえるその刹那にほんの僅《わず》かだが既に動いているのだ。それはまるでアキレスと亀《かめ》のパラドクスを体現しているかのように。逃《のが》れられぬ運命であるはずの死が、彼にだけは永遠に追いつけない――

だが雛が首をかしげたのは、もっと単純な疑問によるものだった。

「怖くないの？」

思わず手を止めたまま問う雛。

未《いま》だかつて、彼女の能力を前に怯えなかった者などいなかった。どれだけ殺戮《さつりく》の限りを尽《つ》くしてきた魔王であろうと、絶対的な〝死〟の権能を前にすれば恐《おそ》れおののき震えあがった。だがそれは当然だ。

なぜなら、〝恐怖《きょうふ》〟の根源こそが〝死〟だから。

そもそも恐怖という感情は死を忌避《きひ》するために生まれた防衛機構の一つ。ゆえに死を前にして恐怖するというのは原理的に当たり前の話なのだ。だからこそ魔王でさえ彼女の能力に相対すれば恐怖せずにはいられない。

だが、彼は違《ちが》う。

顔色も変えず、震えもせず、死を前にして少しも乱れることがない。まるで死線をくぐることが日常みたいに。雛の眼にはそれが何よりも異質に映ったのだ。

けれど、恭弥は「何言ってるんですか」と肩をすくめた。

「怖いですよ普通に。俺《おれ》だって死にたくないですから。ただ……『当たったら死ぬ』って、正直当たり前すぎて今更《いまさら》感が……」

一触即死《そくし》のチート能力……確かに字面《じづら》だけ見れば恐ろしい。だが、そんなことを言えばフェリスの攻撃もそうだった。触れれば根源ごと焼きつくされる炎。触れれば永劫に凍結《とうけつ》する氷。触れれば世界ごと弾《はじ》け飛ぶ雷《かみなり》……フェリスとの戦闘《せんとう》において、『触れていい攻撃』なんて甘《あま》いものは一つとしてなかった。恭弥からしてみれば、即死攻撃などというものは取り立てて騒《さわ》ぐほどのものではないのだ。

もっとも、今回に関しては怯えぬ理由がもう一つ。

「それに、どうしても思っちゃうんですよ。――『ああ、良かった』って」

それは見栄《みえ》でも虚勢《きょせい》でもない、心からの安堵《あんど》。

恭弥にとって何よりの恐怖は見慣れた即死攻撃などではない。最も愛する者が傷つけられること。であれば、自分の身だけが危険に晒《さら》されているこの状況に怯える理由などどこにある？

ゆえに、雛が強ければ強いほど、恭弥の胸は安堵で満たされる。天の神様にひざまずいて感謝を捧《ささ》げたいぐらいに。だってそうだろう？　この恐るべき勇者の力がフェリスに向く前に……今ここで潰《つぶ》せるのだから。

「っと、ちょっと喋りすぎましたね。それじゃ……そろそろターン交代でいいですか？」

なんて軽い調子で尋《たず》ねた恭弥は、静かに一言呟いた。

「《万宝殿《パンテサリウム》》――」

宙空に呼び出されたのは、異界の宝物庫へと続くいつもの黄金の扉《とびら》。……だが、今回用があるのはこっちじゃない。

「――《禁忌封域《アーカイヴ》》」

起動語を告げた瞬間、扉の内側がどくりと脈打つ。と同時に眩《まばゆ》い黄金色《こがねいろ》が濁《にご》りはじめ、見る見るうちにおぞましい血の朱色《しゅいろ》に染まっていく。それはまるで、中へ踏み入らんとする者へ警告しているかのよう。この先は封《ふう》じられた禁域――決して呼び起こしてはならぬ〝禁忌《きんき》〟が眠《ねむ》る匣《はこ》である、と。

ただし、それは主たる恭弥を除いての話。

「開錠《イフタフ》」

一言、それだけ命じるや、固く封じられていた扉が静かに開く。その瞬間、内側から漏《も》れ出したのはどろりと泥濘《でいねい》の如く粘《ねば》つく呪詛《じゅそ》の膿《うみ》。《禁忌封域》内部はこの世を腐敗《ふはい》させる呪《のろ》いでみっちりと満たされていたのだ。

けれど、それを目の当たりにする雛は気づいていた。あんな呪いなどただの前座。内部を満たす保存液に過ぎない。そう、本当に扉が封じているのは、呪海の奥底《おくそこ》にたゆたう数多《あまた》の呪物《じゅぶつ》。いずれも創世級を遥かに超えた名もなき神代の宝具たち。その禍々《まがまが》しさたるや、あの禍憑樹を彷彿《ほうふつ》とさせるほど。心地《ここち》よい呪詛の中で、彼らは今か今かと待っているのだ。この封印から解き放たれ、世界を滅ぼすその日が来るのを。

そして今、その一つに目覚めの時が来る。

「来い――《蝮の胎腑《フラスク・オブ・エキドネア》》」

その名を呼ばれた瞬間、呪詛の膿と共にずるりと恭弥の足元へ参じる宝具。だが、それは武器でも防具でもなく――古ぼけた真っ黒な大釜《おおがま》。一見すると古道具屋の隅《すみ》で埃《ほこり》をかぶっているような骨董品《こっとうひん》にしか見えない。

あんなものが一体何の役に立つのか？　雛が眉を顰《ひそ》めたその時、それは始まった。

「《錬成《アルキャスト》－第四真理《フォースクアドラント》－創生転化《ホムマグヌムオプス》》――」

詠唱《えいしょう》、と呼ぶにはあまりに短すぎる三つの文節。それを淡々《たんたん》と口にしながら、恭弥は釜《かま》の上に左手を伸《の》ばす。そして爪《つめ》の先で軽く人差し指を傷つけると、そこから滴《したた》り落ちるのは真紅の雫《しずく》。

その血が釜へと飲《の》み込まれるその間際《まぎわ》、恭弥は最後の単語を口にした。

「──《万鬼夜行《ヘクセンナハト》》」

刹那、大釜が脈打つと同時に、空一面にびっしり浮かび上がる幾何学《きかがく》模様。まるで満天の星と見まがうほどのそれは、錬金術《れんきんじゅつ》の体系に連なる幾何法陣《ジオマギカ》だ。そしてその幾何法陣から、何か小さな雨粒《あまつぶ》のようなものが大量に降り注ぐ。

「……？」

何事かと目を凝《こ》らした雛は、しかし、すぐに気づいた。

遠すぎて雨粒にしか見えなかったそれは、醜悪《しゅうあく》な姿をしたモンスターの群れ。それも、一匹《ぴき》一匹がとんでもない邪気《じゃき》を放っている。恐らくはいずれも高ランクステージの魔王《まおう》級のスペックだろう。それが億を超《こ》える大群をなして幾何法陣から降ってきているのだ。

だけど……

「ありえない」

雛は思わず呟く。

錬金術：第四真理──本来存在しないとされる錬金術第四の奥義。その司《つかさど》る領域は『生命創造』。あの魔王の群れは少年がこの場で錬成したもので間違《まちが》いはないだろう。

だが、問題はそこにある。錬金術とは無から有を生み出す力ではない。元となる「何か」を、世界にとってそれと同じ価値を持つ「別の何か」に置換《ちかん》する変換《へんかん》公式だ。ゆえに、どの真理においても『等価交換《こうかん》』と呼ばれる原則は遵守《じゅんしゅ》されねばならない。そして今回、少年が支払《しはら》った代償《だいしょう》はといえば……血の一滴《てき》だけ。

だとするならば、こういうことになる。たった一滴の彼の血に、数百億もの魔王と釣《つ》り合うだけの価値がある——世界樹そのものがそう認めている、と。

まるで悪い冗談《じょうだん》のようなその仮説を……しかし、雛は鼻で笑い飛ばした。

どうせあの釜の力に決まっている。いや、もしも本当に彼本人の力だったとしても——

「意味、ない」

そう呟いた瞬間、飛来するモンスターたちの第一陣が到達《とうたつ》した。大蛇型《ナーガ》、飛竜型《ドレイク》、巨人型《ギガンテス》、魔蟲型《ワーム》……降り注ぐ魔物《まもの》たちは千種万様。その圧倒的すぎる数の暴力を前に、雛は迎撃《げいげき》することすらできない。あっという間に異形の波に呑《の》み込まれてしまう。

……が、それは雛にとって何の問題でもなかった。

辺りに響き渡《わた》る断末魔《だんまつま》。しかし、それは雛のものではなく……襲《おそ》いかかったはずの魔物たちの悲鳴。少女の血肉を求め異朔凪媄へと喰《く》らいついた異形たちは、その瞬間に例外なく絶命していく。――魔王級の力を誇る怪物だろうと、即死チートは平等にその命を刈《か》り取るのだ。

そう、結局はいつもこうだ。

雛は退屈《たいくつ》そうに嘆息《たんそく》する。

挑戦《ちょうせん》を受けるのはこれが初めてではない。学園第二位の座を狙《ねら》って、これまでも多くの勇者が彼女《かのじょ》に挑んできた。そんな彼らは決まってこう言うのだ。『俺のナントカは世界最強』だの、『私のナンチャラは宇宙一』だの、皆《みな》最初は自信満々にその能力を見せびらかしてくる。……だけど、結末はいつだって同じ。――死の壁に阻まれ、膝《ひざ》を折り、震えながら敗走する。誰一人《だれひとり》として雛には届かない。そのたび彼女は不思議に思うのだ。なぜみんなこんな簡単なことがわからないのだろう？

〝死〟は決して死なない――この世に生がある限り死という概念は常に存在し続ける。だから、世界の終わりが来たとしても一番最後まで生き残るのは死という概念だ。もしも〝不死〟なんてものがあるとしたら、それは〝死〟そのものに他ならない。

ゆえに、その〝死〟に守護された雛は絶対に負けないのだ。

そしてそれは今回も例外ではなかった。

「……すごいな……それ……」

ぼんやりと呟く恭弥は、死にゆく魔物たちをなすすべもなく見つめている。

死の防壁の絶対性に気づいたのだろう。もはやどうこうしようという気力もないらしい。

……だが、恭弥の呟きには続きがあった。

「さっき、それのこと『イザナミ』って呼んでましたっけ？　それって日本神話のあれですよね、イザナギの妻で、人間に死の概念を与《あた》えた女神。『毎日千人殺す』とか言って、それ以来日本では人が死ぬようになったとか。はは、ほんとぴったりだ。そういうスキル名って勝手に頭に浮かんでくるらしいじゃないですか。元ネタとどう関係してるんですかね？」

などとどうでもいい話を始めた恭弥は、不意に尋ねた。

「ところでなんですけど、雛先輩《せんぱい》……あなたは一日で何人殺せますか？」

「……何の話？」

質問自体の意味もわからないし、その質問を今する意図もわからない。恭弥の思考が理解できず、雛は怪訝《けげん》な顔で首をかしげる。

だが、最初から答えなど期待していなかったらしい。中途半端《ちゅうとはんぱ》に話を打ち切った恭弥は……雛ではなく大釜に声をかけるのだった。

「おい、目は覚めたか？　そろそろ真面目にやれ。じゃなきゃ……前みたいに解体するぞ？」

その脅すような声音《こわね》に反応したのか、釜が微かに蠢く。と同時にその深奥《しんおう》から伸び出てきたのは細長い一本の触手《しょくしゅ》。その先端《せんたん》には注射針のような鋭《するど》い棘《とげ》がついている。

そして現れた触手はうねうねと蠢いたかと思うと……突如《とつじょ》恭弥の腕《うで》を突《つ》き刺《さ》してその血を啜《すす》り始めた。

「ああ、それでいい」

ずるずると音を立てて血と魔力を吸収する釜。それを抵抗《ていこう》もせず傍観《ぼうかん》するだけの恭弥。

その異様な光景によりもたらされるのは、幾何法陣の多重展開と……続いて生成されるさらなる魔獣《まじゅう》の群れ。

たった一滴の血であれほどの数のモンスターを生み出したのだ。こうして直《じか》に血を吸い上げている今、その数は先ほどの比ではない。

だが、結果は同じこと。

無数に降り注ぐ魔物たちは、異朔凪媄に触れるだけでたちどころに死滅する。単にその規模が大きくなっただけで何一つ変わりはしない。

雛には心底理解できなかった。なぜ無駄《むだ》とわかっていることを繰り返すのか。死の防壁は絶対無敵。どんなに数を増やしたところで関係ない。そこには何の意味もない。……そう、意味はないのだが……それにしたって……

「……ちょっと、増えすぎ」

兆、京、垓《がい》、秄《じょ》……刻々と生成される魔物の数は、既《すで》に雛の知る桁数《けたすう》を遥かに超えたとんでもない量になっている。その総数たるやこの広大な異空間がぎっしりと埋《う》め尽くされるほど。あまりの錬成規模に、とうとう殺す数よりも殖《ふ》える数の方が上回ってしまったのだ。

といっても、一体一体は所詮《しょせん》ステージ：Ⅷの魔王級程度。いずれも雛の脅威《きょうい》となるレベルではない。現に、異朔凪媄は未だに無傷のまま。立っているだけでブラックホールの如く無尽蔵《むじんぞう》に命を吸《す》い込んでいく。多少動きにくくなっただけで、先ほどまでと何ら変わりはしない。

馬鹿の一つ覚えみたいに数を増やすのではなく、むしろ一点集中して質を高める方向にシフトしていればまだ結果は違ったかもしれないのに。……なんてことを考えていた雛は、不意に気づいてしまった。

『動きにくい』――？

普通ならばそれは至極《しごく》当然の感覚だ。この領域は既に圧倒的《あっとうてき》魔獣の質量により飽和《ほうわ》状態。動きにくいどころか、本来押《お》しつぶされて窒息《ちっそく》するのが自然というもの。

だが、こと彼女に関してそれは当てはまらない。なにせ、異朔凪媄に全身を覆われている彼女には、熱も、衝撃《しょうげき》も、圧力も、ダメージも、何一つ届きはしない。触れた瞬間《しゅんかん》に消滅する以上、動きが阻害《そがい》されるはずもないのだから。

けれど今、彼女は確かに動きにくいと感じている。満員電車に押し込められた時のような、四方八方からの圧迫《あっぱく》感を受けている。そしてそれが気のせいでないことは、次第《しだい》にはっきりするのだった。

穣《じょう》、溝《こう》、澗《かん》、正《せい》……一秒ごとにその桁《けた》を増やす魔獣。乗算的に膨れ上がる密度。そのたび感じる圧迫感は、次第に確かな感触《かんしょく》となり、のしかかる重みとなり、そして明確な圧力として異朔凪媄を襲う。——ここにおいて、もはや誤魔化《ごまか》しようもない。常軌《じょうき》を逸《いっ》した数の〝命〟の重みによって、異朔凪媄が押し潰されようとしているのだ。

そこでようやく、雛は先ほどの問いかけの意味を理解した。

——『あなたは一日で何人殺せますか?』——

そう、何も難しいことはない。恭弥はただ、言葉通りのことを問うていただけ——

「そうそう、さっきの話の続きですけど……一日に千人殺して日本を滅ぼそうとしたイザナミに対して、イザナギがどう対抗《たいこう》したか知ってます？　だったら『一日千五百人産む』って答えたらしいですよ。神様のくせに超《ちょう》ごり押しですよね」

なんて笑いながら、恭弥は肩をすくめた。

「でも……あながちでたらめでもなかったみたいですね」

もはや疑う余地もなく、恭弥の狙いは明瞭《めいりょう》だった。

無際限に生成する〝生〟による力押し――無論、それは作戦と呼ぶにはあまりにも無茶《むちゃ》な代物。なにせ、雛の固有異能は〝死〟という概念そのものなのだ。その定義とは〝生〟を終わらせるもの。すなわち、概念の根本定義からして生では死に勝てないはず。

だが一方で、概念というものはえてして意外と曖昧《あいまい》なものでもある。

たとえば、『薬』。薬とは毒を中和する概念であるが、過剰《かじょう》に摂取《せっしゅ》すればそれは毒よりも恐ろしい劇薬となる。

たとえば、『奴隷《どれい》』。奴隷とは所有者に支配される概念であるが、奴隷とて集まり団結すれば国さえも滅《ほろ》ぼす軍となる。

たとえば、『火』。火とは水により制される概念であるが、コップ一杯《いっぱい》の水で簡単に消える蝋燭《ろうそく》の灯とて、ひとたび燃え上がれば湖をも干上《ひあ》がらせる業火《ごうか》となる。

『数を増やす』――たったそれだけの実に単純なことで、概念の裏表などあっけなく逆転してしまうのだ。

そして今恭弥がやろうとしていることは、まさにそれだった。

〝死〟に対して本来なら一方的に狩《か》られるだけの〝生〟という概念。それを無尽蔵にぶつけることにより、力ずくで彼女の領域を書《か》き換《か》えようとしている。それは雛本人すら知らない即死チートの限界への挑戦。チート能力の押し付け合いから、単純な力と力のぶつけ合いという土俵へ持ち込んでいるのだ。

だがしかし――

「だから、なに？」

無理矢理《むりやり》同じ土俵に上がりこみ、強引《ごういん》に突破《とっぱ》しようとしている……で、それがどうした？その目論見《もくろみ》がうまくいったとしても、あくまで一方的だった立場からイーブンになっただけ。本当の勝負は始まってすらいない。

純粋な力比べに持ち込まれたというのなら、それに勝てばいいだけの話。

「恭弥、舐《な》めすぎ……！」

静かな怒気《どき》と共にぶくぶくと沸き立つ魔力。それに応じて異朔凪媄の肉体もまた数倍に膨れ上がる。

能力頼《だよ》りの女だと思ったら大間違《おおまちが》い。この途方《とほう》もない死の固有異能を扱《あつか》えるということは、それに足る器であるということ。能力抜《ぬ》きにしたって、その絶大なスペックで後《おく》れを取る道理なし。

そう、この力は神をも脅《おびや》かしたあの廃棄魔王を殺すための力。だったらこんな落伍勇者相手に躓《つまず》いてなどいられない。彼女は勝つ。そして復讐《ふくしゅう》を遂《と》げる。すべてはその目的のために。

主の意思に呼応して、異朔凪媄は再び生の濁流《だくりゅう》を押し返し始め――

「――《複製《レプリケート》》」

その時、恭弥の冷たい声が響き渡った。

「――《複製》、《複製》、《複製》、《複製》、《複製》、《複製》、《複製》――」

淡々と繰り返される短い詠唱。

ひしめく魔獣たちの隙間《すきま》から見えたのは、まるで倍々ゲームのように増えていく《蝮の胎腑》。二つ、四つ、八つ、十六……その数は留《とど》まるところを知らない。創世級の呪物たる《蝮の胎腑》を、恭弥は術式のみで完全に再現・構築しているのだ。

『宝具頼り』と侮《あなど》っていたのは彼女の方。恭弥にとって創世級の魔装など、手本があれば再現できる程度の小道具に過ぎなかったのである。

――その事実に絶句した瞬間、これまでの数百倍の衝撃が雛を襲った。

「ぐっ……！」

四方八方から襲い来る膨大な圧力。

複製された《蝮の胎脣》から生まれる〝生〟の濁流は、異朔凪媄ごと雛を押し潰す。

ぶつりぶつりと千切れる肉。

音を立てて軋《きし》む骨。

今にも破裂《はれつ》しそうな内臓。

それはまるで巨人に握《にぎ》り潰されているかのよう。一瞬でも気を抜けば異朔凪媄もろともぺしゃんこにされてしまうだろう。ひたすら耐《た》えることしかできない雛は……しかし、一つの活路を見出《みいだ》していた。

《蝮の胎脣》を増やしたということは、そのぶんだけ恭弥の消耗《しょうもう》も加速したということ。この攻勢《こうせい》をしのぎさえすれば次はこちらが反撃《はんげき》する番がくるはず。

……だが、雛はそこで思わぬことを知る。反撃を待ち望んでいたのは、彼女だけではなかったのだと。

「あの……まだですか？」

と、唐突に尋ねる恭弥。

何のことかわからず眉を顰《ひそ》める雛へ、恭弥はじれったそうに促《うなが》す。

「だから、反撃ですよ。そっちのターンですけど」

「……!?　な、何、言って……？」

「言葉通りの意味です。次の力、早く見せてくださいよ。覚醒《かくせい》？　超越《ちょうえつ》？　限界突破？　まあなんでもいいんですけど。そういう奥の手、まだあるんでしょ？　実はこれから先も勇者とやり合うことになりそうなんで、今のうちにどういう力があるのか見ておきたいんですよね」

　などと説明しながら、恭弥は本当にただ待っているだけ。その余裕《よゆう》ぶりを見るに、やろうと思えばさらに《蝮の胎腑》を増やすこともできるだろう。だがあえて何もせず、雛がこの状況をどう打開するのかじっと観察しているのだ。

　それを見て、雛は思い出す。最初に攻撃を始める際、恭弥は『ターン交代でいいか？』と聞いていた。あれは単なる前口上に過ぎないと思っていた。だがそうじゃなかった。彼は本気で交互《こうご》にやり合うつもりでいたのだ。次の戦いに向けての情報収集のために。

　つまり、恭弥にとってはこの一連の攻撃さえ、相手の本気を引き出すためのほんの小手調べに過ぎなかったということ――

　この瞬間、雛は否応《いやおう》なく思い知らされる。恭弥と自分との間にある絶対的な戦力差を。

「化け物……」

人智《じんち》を超えた規格外の少年を前に、もはや雛に打つ手などなかった。

異朔凪媄ごと潰されて死ぬか、術を解いて魔物の餌食《えじき》となるか、いや、それ以前にこれだけ源種解放を続けているのだ、力尽《ちからつ》きて死ぬ方が早いかもしれない。

いずれにせよ待っているのは死。その確定した未来に他の道はない。それを理解した雛の胸で生起する感情は……しかし、諦《あきら》めではなかった。

「……ふざけないで」

消え入りそうな呟《つぶや》きが、ぽつりと零《こぼ》れる。

その瞬間、とうに限界だったはずの異朔凪媄がにわかにさざ波だった。

それは傍目《はため》には気づかないような、ほんの微かな変化。……だが、勘違《かんちが》いではない。

「……私、まだ、負けない……！」

今度はより力強く、はっきりと。

顔を上げた雛の表情には、この土壇場《どたんば》でなお潰えぬ闘志《とうし》が漲《みなぎ》っている。

それに呼応するかのように、風前の灯火《ともしび》だったはずの異朔凪媄が再び大きく燃え上がった。

そう、確かに彼女は追い詰められている。

絶対的な実力差。肌《はだ》で感じる死の恐怖。何をしても勝てぬという無力感。それらは今なお彼女を押し潰さんと牙《きば》を剥《む》いている。

だが、そのすべてをはねのけて雛は再び闘志を燃やす。

なぜなら、絶対に負けられない理由があるから。

「……果南、友達。大切な、友達。うまく喋《しゃべ》れない私、仲良くしてくれた。何もできない私、助けてくれた。いつも傍《そば》にいて、いつも心配してくれた。なのに、私、何も返せなかった。何もしてあげれなかった。だから……私、できることとする。廃棄魔王、殺す。果南の仇《かたき》、絶対に、討《う》つ……!!」

それは、世界平和のためでも、悪を許さぬ義憤《ぎふん》でも、善行への使命感でもない。どこまでも単純で、どこまでも純粋な——ただの復讐。それはもしかすると勇者としてあるまじき不純な動機と揶揄《やゆ》されるかもしれない。だが本当のところはどうか？

勇者の資質について、人々は様々に語る。

正義の意思だとか。

立ち向かう勇気だとか。

人々を思う優《やさ》しさだとか。

しかし、勇者というものの本質的な役割はそんなものではない。

勇者とは魔王を殺す剣《つるぎ》——そのために彼らは呼び出され、そのために彼らは力を与えられる。正義感だの、勇気だの、優しさだの、そんなものは兵器たる勇者にはそれこそ不純物。彼らに必要なのは『殺意』と『力』の二つのみ。

そしてその点で言うならば、綺羅崎雛ほど勇者にふさわしい者はいない。

魔王を殺す。そこに一抹《いちまつ》の雑念もなく、そのために鍛《きた》え上げてきた。ゆえに迷わず、ゆえに強い。それは太陽が明るいのと同じぐらい当然の道理。

そんな究極の勇者たる雛がこんなところで終わるはずがないのだ。

「だから、負けない……！　あなたに勝って、魔王殺す！　果南の仇、とる！　それで……果南に言うの！　心配ないよって。平気だよって。私はもう、一人でも大丈夫《だいじょうぶ》って——!!」

殺意によって培《つちか》われた雛の力に、今、果南への想《おも》いが加わる。

友と過ごした思い出の一つ一つが、友に伝えたかった言葉の一言一言が、彼女の新たな武器となる。

友のために、敵を討つ——世界で一番純粋なその殺意に、女神《めがみ》の天恵《てんけい》が応えぬはずがない。

「——《夜遡舞娥燹灯《やそまがつひ》》——!!」

雛の声に呼応して大きく咆哮《ほうこう》する異朔凪媄。

その背中からはさらに六枚もの羽が展開され、肩《かた》からは鋭い剣を携《たずさ》えた四本の腕が伸び出し、全身は轟々《ごうごう》と燃《も》え盛《さか》る黒炎《こくえん》となって膨れ上がる。完全体となった異朔凪媄は、その無垢《むく》なる死の業火で触れるものすべてを灰燼《かいじん》へと帰す。

そう、この窮地《きゅうち》において雛は進化していた。

己《おのれ》の限界という殻《から》を打ち破り、もう一つ先の勇者へと孵化《ふか》しようとしているのだ。それはさながら、死ぬたびに輝《かがや》きを増して生まれ変わる不死鳥の如く。より強く、より速く、より美しく。眼前の敵を飛び越《こ》えて、その向こうの本懐《ほんかい》を遂げるために――と、その時、恭弥がおずおずと口を挟《はさ》んだ。

「あの、盛り上がってるところ悪いんですが……その自分語り、まだ聞かなきゃだめですか？」

そう尋ねる恭弥の瞳《ひとみ》に浮《う》かんでいたのは、侮蔑《ぶべつ》でも嘲笑《ちょうしょう》でもなかった。

――どこまでも純粋な、ただの〝無関心〟。

無尽蔵に魔物を生み出し、今まさに勇者を屠《ほふ》ろうとしている少年は、その事実に何も感じていないのだ。高揚《こうよう》も、逡巡《しゅんじゅん》も、罪悪感も、何一つ。……ちょうど雛自身が、復讐以外のすべてをどうでもいいと思っていたように。

ただ一点、違うところがあるとすれば、それは……少年の想いの方がずっと――ずっと、

ずっと、ずっと、ずっとずっとずっとずっとずっと——強いのだということ。まるで数万年もの間、ひたむきにそれだけを考えて生きてきたみたいに。

だから、雛にはわかる。否応なくわからされてしまう。

この少年には、決して敵《かな》わないのだ、と。

そうして絶句する雛へ向かって、恭弥は少し落胆《らくたん》したように告げるのだった。

「うーん、それが精一杯《せいいっぱい》なら……もういいや。——さよなら、雛先輩」

たったそれだけの別れを告げて、恭弥は軽く《蝮の胎腑》へ魔力《まりょく》を流す。

その瞬間、爆発的《ばくはってき》に増加する魔獣の群れ。その数はこれまでとは比べ物にもならず、進化したはずの異朔凪媄さえいともたやすく押し潰される。奥《おく》の手《て》がないとわかった以上、恭弥にとって生かしておく価値はなく、雛にもまた抵抗する選択肢《せんたくし》はない。なぜなら彼女は今、圧倒的《あっとうてき》〝弱者〟なのだから。

ああ、そうか。こういう気持ちだったのか。

死の間際、雛は初めて思い知る。今まで無関心に踏みつぶしてきた弱き者たちの痛みを。

——だが、それはあまりにも遅《おそ》すぎるのだった。

「……ごめんね、みんな……ごめんね、果南……」

そうして彼女の世界は、真っ黒に塗《ぬ》り潰された。

終章　本当の始まり

空が青い。

風が吹《ふ》いた。

鳥が飛んでいる。

青々とした森の中、少女はぼーっと寝転《ねころ》んでいた。

と、そこへ――

「あ、いたいた！」

向こうから駆《か》け寄ってきたのは、美少年と筋肉隆々《りゆうりゆう》の青年というちぐはぐな二人組。

そして美少年はやや不機嫌《ふきげん》に彼女の名を呼ぶ。

「どこ行ってたんだよ――雛《ひな》お姉ちゃん」

その瞬間、少女はようやく自分の名前を思い出した。

「ははは！　いつにも増してぼーっとしているな、綺羅崎《きらさき》！」

「もー、ほんと勘弁《かんべん》してよ……ほら、さっさと行くよ！」

「……ん」

と、少女——雛は急《せ》かされるがまま起き上がる。

いや、起き上がろうとした。

だが……

「……あれ……？」

体が動かない。全身の力が抜けきって、指の一本さえ言うことを聞いてくれない。

「ちょっと、何してんの？」

「どうした綺羅崎！」

「……わかんない」

雛はただありのままを答える。

そう、わからない。なぜここにいるのか、なぜこんなことになっているのか、まるで抜け落ちているかのように記憶《きおく》がぽっかりと消えているのだ。唯一《ゆいいつ》確かなのは、これが『源種解放』を使用した反動であるということだけ。

つまり、自分は〝何か〟と戦ったのだ。即死《そくし》の異能をもってしてなお、これほどの消耗を強《し》いられる何かと。

それを思い出そうとした時、雛は気づく。

無くなった記憶の代わりにその身に残されたもの。それは……思い出そうとするだけで全身を襲う、どうしようもない恐怖の震《ふる》え。

だから雛は、怯《おび》えた声で虚空《こくう》に問うのだった。

「……私、何と戦った……？」


――――……

――……


「――で、なぜ邪魔《じゃま》をした？」

レジスタンスの拠点跡地《きょてんあとち》。

壮絶《そうぜつ》な戦闘の跡が刻まれたその亜空間《あくうかん》にて、恭弥《きょうや》は眼前の少女に問う。

流れるような灰色の髪《かみ》と深い琥珀色《こはくいろ》の瞳が特徴的《とくちょうてき》な、どこか妖《あや》しい雰囲気《ふんいき》を纏《まと》う美少女。

地味な服装の上からでもわかる抜群《ばつぐん》のスタイルも相まって、街中を歩けば間違いなく衆目を集めることだろう。……もっともそれは、全身を無数の杭《くい》に貫《つらぬ》かれ、大岩に磔《はりつけ》にされているこの状況《じょうきょう》でなければ、の話だが。

《天秤守の執行猶予《アヌビス・エレオス》》――刺さっている対象の生をつなぎとめる不殺の聖杭だ。本来は治《ち》療《りょう》に用いられる神話級宝具であるが、その特殊《とくしゅ》な効果ゆえに別の用途《ようと》で使われることも多々ある。たとえばそう、死ななくなることを利用した拷問《ごうもん》道具、とか。——今まさに、恭弥がやろうとしているように。

だが、この状況を理解してなお、少女の頬《ほお》に浮かんでいたのは軽薄《けいはく》な笑《え》みであった。

「いや〜、正直邪魔しちゃ悪いかな〜とは思ったんすけど〜、あの子って一応『抑止力《よくしりょく》』候補なんすよね〜。じきに色々と目覚め始めるんで〜、ジブンら的には今殺されると困っちゃうんすよ〜。あ、っていうか自己紹介《しょうかい》がまだでしたっすね。ジブンの名前は……」

と、へらへら笑う少女の言葉を、恭弥は早々に遮《さえぎ》った。

「御託《ごたく》はいいから、用件だけ言え。……お前のその固有異能があれば姿を見せずに雛を逃《に》がせたはずだ。そうしなかったってことは……俺に話があるんだろ？」

「あれ、なーんだ、それなりに頭も回るじゃないっすか。んじゃ、ま、ご要望通りシンプルにいきましょう」

その宣言通り、少女はさらりとそれを口にした。

「ねえ九条《くじょう》恭弥さん……ローゼ、殺しちゃってくれません？」

少女が放ったその言葉は紛《まぎ》れもない女神の暗殺依頼《いらい》。

あまりに突飛《とっぴ》すぎる内容に恭弥は大きく溜息《ためいき》をついた。

勇者と思《おぼ》しき謎《なぞ》の少女が女神を殺そうとする理由……どうせまたろくでもないことに決まっている。ああ、聞きたくない。耳を塞《ふさ》いで回れ右して、自室のベッドで横になりたい。

だけどわかっている。どうあがいたって、いずれはそれを聞くことになるのだと。

まったくこの世界は本当にままならないものだ。

俺《おれ》はただ……フェリスと静かに暮らしたいだけなのに。

「……わかった。もう少し詳《くわ》しく聞かせてくれ」

おわり

あとがき

こんにちは、紺野千昭です。このたびは『最凶の魔王に鍛えられた勇者、異世界帰還者たちの学園で無双する2』をお手に取っていただき誠にありがとうございます。今作でも素敵な挿絵を担当いただいたｆａｍｅ様、たくさんサポートしてくださった担当編集様及び編集部の皆様、そして何よりも読者の皆様お一人お一人へ心から感謝申し上げます！

さて本巻の話ですが、今作は学内対抗戦回でした。個人的に『学内トーナメント』や『中間試験』みたいなイベントが大好きで自分でもいつか書いてみたいとひそかに願っていたので、また一つ夢が叶った形です（それとロボットものの大気圏脱出シーンも好きなのですが、さすがにこの作品で出番はなさそうなので残念です）。もちろん他にもまだまだたくさん書きたいシーンがあります。すべてを詰め込みたい……というのは欲張りすぎかもしれませんが、そのぐらい自分自身でも楽しんで書き続けられたらいいなと思います！

それではまたどこかでお会いできましたら、何卒よろしくお願いいたします。

次巻予告

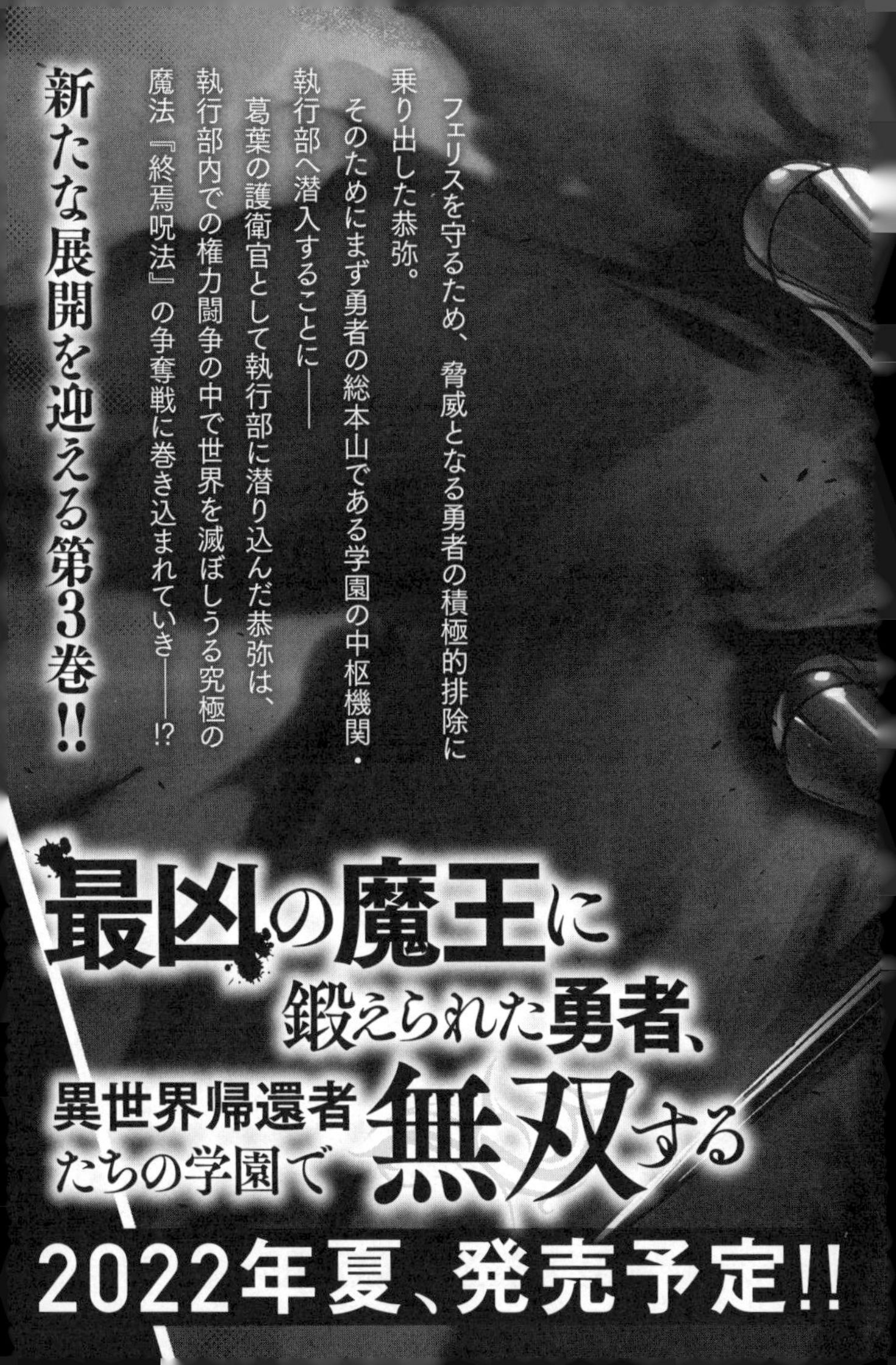
フェリスを守るため、脅威となる勇者の積極的排除に
乗り出した恭弥。
そのためにまず勇者の総本山である学園の中枢機関・
執行部へ潜入することに——
葛葉の護衛官として執行部に潜り込んだ恭弥は、
執行部内での権力闘争の中で世界を滅ぼしうる究極の
魔法『終焉呪法』の争奪戦に巻き込まれていき——!?
新たな展開を迎える第3巻!!
最凶の魔王に鍛えられた勇者、
異世界帰還者たちの学園で無双する
2022年夏、発売予定!!

HJ文庫 https://firecross.jp/
1005

最凶の魔王に鍛えられた勇者、異世界帰還者たちの学園で無双する 2

2022年5月1日　初版発行

著者——紺野千昭

発行者—松下大介
発行所—株式会社ホビージャパン

〒151-0053
東京都渋谷区代々木2-15-8
電話　03(5304)7604（編集）
　　　03(5304)9112（営業）

印刷所——大日本印刷株式会社

装丁——小沼早苗（Gibbon）／株式会社エストール

Printed in Japan

ISBN978-4-7986-2827-1　C0193

ファンレター、作品のご感想お待ちしております

〒151－0053　東京都渋谷区代々木2－15－8
(株)ホビージャパン HJ文庫編集部 気付
紺野千昭 先生／ fame 先生